Four Stories from
Cervantes' *Novelas ejemplares*

European Masterpieces
Cervantes & Co. Spanish Classics Nº 28

General Editor: Tom Lathrop

MIGUEL DE CERVANTES SAAVEDRA

Four Stories from
Cervantes' *Novelas ejemplares*

Edited and with notes by
MICHAEL J. MCGRATH
Georgia Southern University

Cervantes & Co.

ON THE COVER:
Niños jugando a los dados, de Bartolomé Esteban Murillo. Alte Pinakothek.

Copyright © 2008 by European Masterpieces
An imprint of LinguaText, Ltd.
270 Indian Road
Newark, Delaware 19711-5204 USA
(302) 453-8695
Fax: (302) 453-8601

www.EuropeanMasterpieces.com

MANUFACTURED IN THE UNITED STATES OF AMERICA

ISBN: 978-1-58977-039-3

EUROPEAN
Masterpieces

Table of Contents

For my brother KEVIN

Introduction to Students[1]

THE PURPOSE OF THIS edition of four stories from Miguel de Cervantes' *Novelas ejemplares* (1613), or *Exemplary Stories*, is to make more accessible to non-native speakers of Spanish a book whose author "presupposes an active reader who will put the text on the stage of his own productive imagination, and reconciles in this way what might appear otherwise as weaknesses of the literary artifact."[2] The *Novelas ejemplares* were an immediate best seller: four editions appeared in the first ten months, and a total of twenty-three editions were in circulation before the end of the seventeenth century. Each of the stories in this edition illustrates a different facet of Cervantes' genius: *La gitanilla* is a story that combines idealism and realism; *El amante liberal* is a story modeled after the Byzantine adventure novels, whose plots contain amorous intrigue and characters who travel across a myriad of real geographic locales; *El celoso extremeño* is representative of Cervantes' realism; and *Rinconete and Cortadillo* consists of picaresque elements.

THE LIFE OF MIGUEL DE CERVANTES Y SAAVEDRA

Cervantes was born in Alcalá de Henares, a university town twenty miles north of Madrid, in 1547. While his exact date of birth is unknown, it is believed he was born on September 29, which is the Feast of Saint Michael, and baptized on Oct. 9. He was one of seven children born to Rodrigo de Cervantes, who was a barber-surgeon (medical practitioner), and Leonor de Cortinas.

---

1 I wish to thank John Jay Allen for his thoughtful comments on earlier versions of this introduction.

2 Michael Nerlich, "Juan Andrés to Alban Forcione: On the Critical Reception of the *Novelas ejemplares,*" *Cervantes's Exemplary Novels and the Adventure of Writing* (Minneapolis, MN: The Prisma Institute, 1989) 39.

Following several unsuccessful years in Valladolid, Cordoba and Seville, Rodrigo de Cervantes moved his family to Madrid in 1566. During this time, Cervantes, who was a disciple of the humanist priest Juan López de Hoyos, composed a sonnet that he dedicated to Queen Isabel de Valois, who was the wife of King Philip II. In addition, he wrote four poems in honor of the Queen upon her death a year later. López de Hoyos published the poems shortly after the Queen's death.

Cervantes moved to Rome to work in the household of Cardinal Giulio Acquaviva at the age of twenty-two. The brief time Cervantes spent in Italy afforded him the opportunity to learn about Italian literature, and the Italianate influence upon Cervantes' own literary style is discernible in many of his compositions, especially *La Galatea, Don Quijote*, and the *Novelas ejemplares*. Cervantes enlisted in the army in 1570 as a soldier and supported the Holy League, which consisted of soldiers from Spain, Italy, and Malta, in its battles against the Turkish Muslims. Cervantes fought valiantly in the Battle of Lepanto (Greece, 1571), a conflict that decided the future of Europe. In spite of a serious illness and a wound that crippled Cervantes' left hand for life, he disobeyed orders and refused to abandon his post.

After five years as a prisoner of war in Algiers, during which time he attempted to escape four times, Cervantes returned to Spain in 1580. Cervantes wrote about his experience as a prisoner in *El capitán cautivo*, one of the interpolated stories that appears in *Don Quijote*, and in *Los baños de Argel*, a play that noted Cervantine scholar Ángel Valbuena describes as "la forma más profunda dada por Cervantes, en cualquier género, al tema de su propio cautiverio y ambiente africano."[3] In addition to writing plays during this time, Cervantes published the first, and only, part of the pastoral novel *La Galatea* (1585). While this novel did not earn Cervantes the recognition he had desired, he included this genre in *Don Quixote*, which contains several pastoral narrations. Cervantes' relationship with Ana de Villafranca, who was married at the time, produced the writer's only child, Isabel de Saave-

---

3 Juan Luis Alborg, *Historia de la literatura española: Época barroca* (Madrid: Editorial Gredos, 1993) 60-61.

dra. He married Catalina de Salazar y Palacios, who was from the town of Esquivias (Toledo), in 1584.

Cervantes worked as a purchasing agent of supplies from 1587-1594, during which time he lived in Seville. One of his duties included gathering food for the Invincible Armada, which waged an unsuccessful war against England in 1588. In 1592 Cervantes was found guilty of abusing his authority and sent to prison for a short time. He began to work as a tax collector in 1594, but three years later his mishandling of the government's money landed him in jail once again. In spite of his personal setbacks, Cervantes continued to write. It is believed that Cervantes began his masterpiece *El ingenioso hidalgo don Quijote de La Mancha* while in jail.

Cervantes spent time in Madrid, Esquivias, and Toledo from 1597-1604. In 1604 Cervantes and his family moved to Valladolid, the city where King Philip III had established his royal court in 1601. Cervantes lived the last ten years of his life, however, in Madrid. During this time, he composed his best known literary accomplishments: *Novelas ejemplares, El viaje del Parnaso, Segunda parte del ingenioso caballero don Quijote de la Mancha, Ocho comedias y ocho entremeses,* and *Los trabajos de Persiles y Sigismunda*. Cervantes died on April 22, 1616, eleven days before William Shakespeare.[4]

NOVELAS EJEMPLARES

Cervantes writes in the prologue to the *Novelas ejemplares* that he is the first author to write original short stories in Spanish: "[...] yo soy el primero que he novelado en lengua castellana, que las muchas novelas que en ella andan impresas, todas son traducidas de lenguas extranjeras, y éstas son mías propias, no imitadas ni hurtadas."[5] The *novela*, from the Italian *novella*, was a literary genre whose popularity reached new heights with Boccaccio's *Decameron* (1351).[6] During the

---

4 The date of each author's death is based upon the Gregorian calendar. The English calendar during Shakespeare's lifetime was the Julian calendar, and according to it, Shakespeare died on the same day as Cervantes.

5 *Novelas ejemplares I*, ed. Harry Sieber (Madrid: Catédra, 1991) 13.

6 Boccaccio was one of Cervantes' main sources of inspiration in the *Novelas*

next two centuries, however, several European authors experimented with different forms of the short story. Cervantes' *Novelas ejemplares* represented "the profundity of the alteration which the genre experienced in this period."[7] The combination of Cervantes' mastery of narrative techniques with the essential features of Boccaccio's stories produced Cervantes' most important literary accomplishment next to *Don Quijote*. Two Spanish writers who modeled their literary style after Cervantes' *Novelas ejemplares* were María de Zayas, whose *Desengaños amorosos* (1647; *The Disenchantment of Love*) is a collection of ten novellas, and Alonso Jerónimo Salas Barbadillo, who is the author of several collections of short stories.

The *Novelas ejemplares* appeared in print in 1613 when Juan de la Cuesta, whose presses produced the first editions of *Don Quijote* in 1605 and 1615, published the collection of twelve novellas. There is evidence that Cervantes wrote at least two of the stories, however, before 1613. Earlier versions of *Rinconete y Cortadillo* and *El celoso extremeño* were part of a manuscript anthology compiled around 1604 for Fernando Niño de Guevara, who was the Archbishop of Seville. When Cervantes applied for permission to publish his collection of novellas, the title was *Novelas ejemplares de honestísimo entretenimiento*.[8] This title, more so than the one by which the collection of stories is known today, emphasizes Cervantes' desire to entertain rather than preach to the reader:

> Mi intento ha sido poner en la plaza de nuestra república una mesa de trucos, donde cada uno pueda llegar a entretenerse, sin daño de barras; digo sin daño del alma ni del cuerpo, porque los ejerci-

---

ejemplares. Seventeenth-century playwright Tirso de Molina referred to Cervantes as the "Spanish Boccaccio." Alban Forcione, *Cervantes and the Humanist Vision: A Study of Four Exemplary Novels,* (Princeton: Princeton University Press, 1982) 31.

7   Forcione 23.

8   The abbreviated title may be attributed to Cervantes' desire to distinguish the stories from the questionable morality of some of the Italian novellas, including Boccaccio's *Decameron*, which the Romantic poet Samuel Taylor Coleridge condemned for its "gross and disgusting licentiousness." Quotation appears in Herbert G. Wright, *Boccaccio in England from Chaucer to Tennyson* (Fair Lawn, NJ: Essential Books, 1957) 319.

cios honestos y agradables, antes aprovechan que dañan. Sí, que no siempre se está en los templos; no siempre se ocupan los oratorios; no siempre se asiste a los negocios, por calificados que sean. Horas hay de recreación, donde el afligido espíritu descanse.[9]

Even though Cervantes subordinates the moral lesson of the stories, there is no mistaking the high moral tone of the *Novelas ejemplares*. In the Prologue Cervantes writes that he would rather cut off his one remaining hand than induce his reader to think or to act immorally: "[...] que si por algún modo alcanzara que la lección destas novelas pudiera inducir a quien las leyera a algún mal deseo o pensamiento, antes me cortara la mano con que las escribí, que sacarlas en público."[10] Cervantes invites the reader to discover what he describes as "el sabroso y honesto fruto que se podría sacar, así de todas juntas como de cada una por sí."[11] The "delicious and honest fruit" about which Cervantes writes includes positive human qualities that the reader should imitate and negative behavior that the reader should avoid.

The majority of the *Novelas ejemplares* generally fall into two classifications. The "romantic" novellas, also known as Italianate and idealist, are *El amante liberal* ("The Generous Lover"), *La fuerza de la sangre* ("The Force of Blood"), *La española inglesa* ("The English Spanish Lady"), *Las dos doncellas* ("The Two Damsels"), and *La señora Cornelia* ("Lady Cornelia"). Cervantes' "romantic" stories consist of a plot that centers upon love and adventure, a dialogue that includes song and poetry, and a resolution that is dramatic and coincidental. The "realistic" novellas, which may also be defined as picaresque, include *Rinconete and Cortadillo* ("Rinconete and Cortadillo"), *El licenciado Vidriera* ("The Glass Graduate"), *El celoso extremeño* ("The Jealous Man from Extremadura"), *El casamiento engañoso* ("The Deceitful Marriage"), and *El coloquio de los perros* ("The Colloquy of the Dogs"). In these stories, Cervantes blends his intimate knowledge of Spanish society with his own observations about its vices. The remaining two stories,

---

9   Sieber 52.
10 Sieber 52.
11 Sieber 52

La gitanilla ("The Little Gypsy Girl") and *La ilustre fregona* ("The Illustrious Kitchenmaid") fall into a third classification that may de defined as "hybrid" because the stories are a combination of "romantic" and "realistic." In *La gitanilla*, for example, Preciosa, the daughter of a chief magistrate, is raised as a gypsy, and the nobleman Don Juan de Cárcamo transforms himself into the gypsy Andrés Caballero in order to prove himself worthy of Preciosa's love. E. Michael Gerli notes how the dual nature of *La gitanilla* affects the reader:

> Indeed, from the opening words of the story, the narrative is fraught with misrepresentation and cunning illusion designed to defraud the careless reader while leaving the attentive one with a sense of awe and satisfaction as he discovers the work's intricate complexity, its subtle reversals, ironic contrasts, and parodic nuances.[12]

While most scholars agree that the novellas fall into the category of "romantic," "realistic," or "hybrid," the classification of the stories has been a source of debate for a number of years.[13] Cervantes, as a master of deception and ambiguity, fuels this debate with a style of prose fiction in which there are few absolutes.

PLOT SUMMARIES
La gitanilla

Juan Cárcamo, who is a young nobleman, falls in love with Preciosa, who is a gypsy girl. Preciosa informs Juan that he must abandon his aristocratic life and live as a gypsy for two years in order to prove his love for her. Juan, who assumes the name Andrés Caballero when he agrees to live as a gypsy, kills a soldier whose insults about thieving gypsies offend his honor. While Andrés is imprisoned and awaiting execution for the murder, Preciosa learns that she is the kidnapped

---

12 E. Michael Gerli, "Romance and Novel: Idealism and Irony in *La Gitanilla*," *Cervantes* 6.1 (1986): 31.

13 Howard Mancing, "Prototypes of Genre in Cervantes' *Novelas ejemplares*," *Cervantes* 20.2 (2000): 127-150.

daughter of the Chief Magistrate of Murcia. Soon after Preciosa's father pardons Andrés, he and Preciosa marry.

El amante liberal

The story's protagonist is Ricardo, who is madly in love with Leonisa. A group of Turkish corsairs kidnap Ricardo and Leonisa, and each is sold into slavery. Following the death of his master, Ricardo becomes the property of the Viceroy of Cyprus. Now on the island of Cyprus, Ricardo witnesses the arrival of a Jewish merchant who seeks to sell a beautiful Christian woman, who is Leonisa. Both Ricardo's master, Hasan Pasha,[14] and the retiring viceroy, Ali Pasha, are captivated by Leonisa's beauty. After much debate about which one should be able to purchase Leonisa for the Grand Turk, the Cadi[15] of Nicosia settles the disagreement by offering to transport Leonisa to Constantinople in order to present her to the Sultan on behalf of both pashas. After a series of coincidences, Ricardo and Leonisa are reunited.

The two pashas and the Cadi, who also falls in love with Leonisa, hope to gain possession of the slave Leonisa. Ricardo and Mahamut, who is Ricardo's friend, pretend to support the Cadi's efforts to possess Leonisa. They advise the Cadi to set sail with Leonisa, and once the Cadi and Leonisa are at sea, Ricardo and Mahamut plan to attack the ship and rescue Leonisa. The two pashas, however, attack the ship unexpectedly. The soldiers loyal to the pashas and to the Cadi engage in a battle, at the end of which Ricardo and his fellow Christians are able to capture the galley and return to Sicily. After Ricardo and Leonisa declare their love for one another, the Bishop of Trapani marries them.

El celoso extremeño

Felipe Carrizales is an elderly gentleman who squanders all of his inheritance on wine and women until he is nearly penniless. After he lives for nearly twenty years in the Indies, where many people go in

---

14 Pasha was a term reserved for Turkish military and political leaders.

15 *Cadi* is a word of Arabic origin, *al-quadi* (judge), and refers to a person who exercises civil authority.

search of wealth, he returns to Spain and falls in love with a young girl, whom he wishes to marry. Fearful that his bride, Leonora, will leave him, Felipe goes to great lengths to ensure that she does not have contact with anyone except him and the servants. The prison-like condition of Felipe's house piques the curiosity of Loaysa, a young and handsome bachelor who is determined to discover who lives behind the seemingly impenetrable walls of the house. Felipe's female servants, who become enamored of Loaysa's affable personality and talent as a musician, arrange for Loaysa to meet Leonora. Loaysa falls in love with Leonora, who, even though she has feelings for Loaysa as well, is protective of her honor and resists the young man's advances. Upon seeing Leonora asleep in Loaysa's arms, Felipe realizes that he cannot continue to treat his wife as a prisoner. Felipe, who is now near death, arranges for a notary to rewrite his will, according to which Leonora is free to marry Loaysa. After Felipe dies, however, Leonora enters a convent, and Loaysa, who feels betrayed, travels to the Indies.

Rinconete y Cortadillo

Rinconete and Cortadillo meet at a roadside inn and provide each other a life story that reveals the picaresque nature of their characters: neither has a home, one is a card-sharper and the other is a pickpocket, and both utilize their wits to steal from people. Unlike the picaresque character whose travels lead him to many different places in search of a better life, Rinconete and Cortadillo travel only from the inn where they meet to Seville. Soon after Rinconete and Cortadillo arrive in Seville, their thieving ways catch the attention of the criminal underworld, whose head is a powerful figure named Monipodio. Once Rinconete and Cortadillo are introduced to Monipodio and his band of low-life minions, the two young men assume a passive role as observers of Monipodio and his criminal fraternity.

Grammatical Notes

While sixteenth- and seventeenth-century orthographical and grammatical rules are significantly different from the rules of twenty-first century Spanish, contemporary readers are able to decipher many words and phrases due to their close resemblance to modern Spanish. Examples of archaic Spanish are noted in the text either in the margins or in the footnotes, and include the following:

Contraction. Unlike today, the preposition *de* contracted with pronouns and demonstrative adjectives: *della = de ella; desta = de esta.*

Assimilation. The *–r* of the infinitive is assimilated to the *–l* of the pronouns *lo, los, la, las, le,* and *les: heredalle = heredarle.*

Enclitic. The placement of a pronoun on the end of a conjugated verb: *Vase = Se va.*

Future Subjunctive. The future subjunctive disappeared soon after Cervantes' time. The conjugation of the future subjunctive was similar to the ending of the past subjunctive, except for the last letter, which was an *–e* instead of an *–a.* Examples include *contentare, pidieren,* and *diere.*

Haber de + infinitive. The construction *haber de* precedes the infinitive forms of verbs and has different meanings when translated into English. This construction is commonly used to express a future action: *He de pagar = I shall pay.*

Vos. The predominant singular form of address in the *Novelas ejemplares* is *vos.* Its degree of familiarity is between the familiar *tú* and the more formal *vuestra merced* ("your grace"). Its conjugations are similar to today's *vosotros* forms (-áis, -éis, -ís).

VOCABULARY IN THE MARGINS

Words in the margins are those that many undergraduate students may not know. The first time a word appears, it is defined in the margin. Later appearances are not translated unless there it has a new meaning. In the text itself, a degree sign ° follows the word that appears in the margin. For short phrases, the symbol ' precedes the first word and a degree sign ° follows the last word.

SOURCES

This edition of *La gitanilla, El amante liberal, El celoso extremeño,* and *Rinconete y Cortadillo* is based upon Florencio Sevilla Arroyo's electronic texts that appear on the web site of the Biblioteca Fundación Virtual Miguel de Cervantes (www.cervantesvirtual.com). I am grateful to Professor Sevilla Arroyo for granting me permission to use his texts of the stories. I would like to thank Marta Sanz Massa of the Biblioteca Fundación Virtual Miguel de Cervantes for making available Professor Sevilla Arroyo's texts.

I consulted two translations to resolve doubts I had about vocabulary that appear in the margins and in the notes: B.W. Ife's Spanish-English translation titled *Exemplary Novels I* (Warminster: Aris and Phillips, Ltd., 1992)[16] and Lesley Lipson's *Exemplary Stories* (Oxford: Oxford University Press, 1998). The explanatory notes of the aforementioned translations and in the Spanish edition of the *Novelas ejemplares* edited by Harry Sieber (Madrid: Cátedra, 1986) provided invaluable guidance. In addition, I consulted the *Diccionario de Autoridades*, Tom Lathrop's *Don Quijote Dictionary* (Newark, DE: Juan de la Cuesta, 1999), and the *Vox Spanish-English Dictionary* to resolve lexical doubts. Finally, I consulted Edith Hamilton's classic study *Mythology* (Boston: Little, Brown, and Company, 1998) to explain mythological references.

Selected Bibliography

Casalduero, Joaquín. *Sentido y Forma de las Novelas ejemplares*. Madrid: Gredos, 1969.

Castro, Américo. *Hacia Cervantes*. Madrid: Taurus, 1967.

———. *El pensamiento de Cervantes*. Barcelona: Noguer, 1973.

Cervantes, Miguel de. *Exemplary Stories*. Trans. Lesley Lipson. Oxford: Oxford University Press, 1998.

———. *Exemplary Novels I*. General Ed. B.W. Ife. Warminster, England: Aris and Phillips, Ltd., 1992.

———. *Novelas ejemplares*. 2 vols. Ed. Harry Sieber. Madrid: Cátedra, 1986.

---

16 I consulted the following novellas in Ife's edition: R.M. Price's translation of *La Gitanilla* (*The Little Gypsy Girl*), Lynn Williams' translation of *El amante liberal* (*The Generous Lover*), and Richard Hancock's translation of *Rinconete y Cortadillo*.

———. *Novelas ejemplares*. 3 vols. Ed. Juan Bautista Avalle-Arce. Madrid: Castalia, 1982.

Clamurro, William H. *Beneath the Fiction: The Contrary World of Cervantes' Novelas ejemplares*." New York: Peter Lang Publishing, 1997.

Dunn, Peter N. "Las *Novelas ejemplares*." *Suma Cervantina*. Ed. Juan Bautista Avalle-Arce and E.C. Riley. London: Tamesis: 1973. 81-118.

El Saffar, Ruth. *Novel to Romance: A Study of Cervantes's Novelas ejemplares*. Baltimore: Johns Hopkins University Press, 1974.

Forcione, Alban. *Cervantes and the Humanist Vision: A Study of Four Exemplary Novels*. Princeton: Princeton University Press, 1982.

Gerli, E. Michael. *Refiguring Authority: Reading, Writing, and Rewriting in Cervantes*. Lexington: University Press of Kentucky, 1995.

Hart, Thomas R. *Cervantes' Exemplary Fictions: A Study of the Novelas ejemplares*. Lexington: University Press of Kentucky, 1994.

Mancing, Howard. "Prototypes of Genre in Cervantes' *Novelas ejemplares*." *Cervantes* 20.2 (2000): 127-150.

Nerlich, Michael and Nicholas Spadaccini, eds. *Cervantes's Exemplary Novels and the Adventure of Writing*. Minneapolis: The Prisma Institute, 1989.

Ricapito, Joseph. *Cervantes's Novelas ejemplares: Between History and Creativity*. West Lafayette: Purdue University Press, 1996.

Riley, E.C. *Cervantes's Theory of the Novel*. Oxford: Clarendon, 1962.

Rodríguez-Luis, Julio. *Novedad y Ejemplo de las Novelas de Cervantes*. Madrid: José Porrúa Turanzas, S.A., 1980.

La gitanilla

PARECE QUE LOS GITANOS y gitanas solamente nacieron en el mundo para ser ladrones: nacen de padres ladrones, críanse° con ladrones, estudian para ladrones y, finalmente, salen con ser ladrones corrientes y molientes a todo ruedo;[1] y la 'gana del hurtar° y el hurtar son en ellos como accidentes° inseparables, que no se quitan sino con la muerte.

    Una, pues, desta° nación,° gitana vieja, que podía ser jubilada° en la ciencia de Caco,[2] crió una muchacha 'en nombre de° nieta suya, a quien puso nombre Preciosa, y a quien enseñó todas sus gitanerías° y modos de embelecos° y trazas° de hurtar. Salió la tal Preciosa la más única bailadora que se hallaba° en todo el gitanismo,° y la más hermosa y discreta que pudiera hallarse, no entre los gitanos, sino entre cuantas hermosas y discretas pudiera pregonar° la fama. Ni los soles, ni los aires, ni todas las inclemencias del cielo, a quien más que otras gentes están sujetos los gitanos,[3] pudieron deslustrar° su rostro ni curtir° las manos; y lo que es más, que la crianza tosca° en que se criaba no descubría° en ella sino ser nacida de mayores prendas° que de gitana, porque era en estremo° cortés y 'bien razonada.° Y, con todo esto, era algo desenvuelta,° pero no de modo que descubriese algún género de deshonestidad;° antes, con ser aguda,° era tan honesta, que en su presencia no osaba° alguna gitana, vieja ni moza, cantar cantares

= se crían they grow up

the desire to steal, ins-
tincts

= de esta, society, re-
tired; as

deceit, tricks, gypsy
customs; found
gypsy world

proclaim

spoil, harden
rough, revealed
lineage
= extremo, well-spoken
immodest
impropriety, clever
dare

---

1 **Salen...** *they become perfect thieves*
2 **Caco** Cacus. A three-headed, fire-breathing giant from classical mythology that stole cattle from Heracles, who later slayed Cacus.
3 **A quien...** *that gypsies are subject to more than other people*

lascivos ni decir palabras no buenas. Y, finalmente, la abuela
conoció el tesoro que en la nieta tenía; y así, determinó el águila°   *old bird*
vieja sacar a volar su aguilucho° y enseñarle a vivir por sus uñas.°   *little eagle, talons*

    Salió Preciosa rica de villancicos, de coplas, seguidillas y
zarabandas,[4] y de otros versos, especialmente de romances,° que   *ballads*
los cantaba con especial donaire.° Porque su taimada° abuela   *grace, crafty*
'echó de ver° que tales juguetes° y gracias, en los pocos años y   *realized, charms*
en la mucha hermosura de su nieta, habían de ser 'felicísimos
atractivos° e incentivos para acrecentar su caudal;[5] y así, se los   *powerful attractions*
procuró° y buscó por todas las vías que pudo, y no faltó poeta   *sought out*
que se los diese: que también hay poetas que se acomodan con
gitanos, y les venden sus obras, como los hay para ciegos,° que les   *blind people*
'fingen milagros° y van a la parte de la ganancia.° De todo hay en   *inventing miracles, profits; forces*
el mundo, y esto de la hambre tal vez 'hace arrojar° los ingenios a
cosas que no están en el mapa.

    Crióse Preciosa en diversas° partes de Castilla, y, a los quince   *various*
años de su edad, su abuela putativa° la volvió a la Corte y a su   *supposed*
antiguo rancho,° que es adonde ordinariamente le tienen los   *camp*
gitanos, en los campos de Santa Bárbara,[6] pensando en la Corte
vender su mercadería, donde todo se compra y todo se vende. Y
la primera entrada que hizo Preciosa en Madrid fue un día de
Santa Ana, patrona y abogada° de la villa,[7] con una danza[8] en   *advocate*
que iban ocho gitanas, cuatro ancianas y cuatro muchachas, y
un gitano, gran bailarín,° que las guiaba.° Y, aunque todas iban   *dancer, led*
limpias y bien aderezadas,° el aseo° de Preciosa era tal, que poco   *well dressed, appearance; captivating*

---

    4 **Salió Preciosa...** Preciosa had a vast repertoire of carols, folksongs, seranades, and sarabandes. A sarabande was a popular seventeenth century dance characterized by lively movement of the whole body.

    5 **Acrecentar...** *increase her fortune*

    6 The fields of St. Barbara, named after the convent erected there in the seventeenth century, are in northern Madrid.

    7 St. Anne was the mother of the Virgin Mary. Pope Julius II decreed in 1510 that a celebration in her honor take place on July 26. Gypsies who lived on the outskirts of Madrid revered St. Anne as well. Preciosa's ballad celebrates the virginity of St. Anne when she gave birth to the Virgin Mary. The Vatican, however, condemned in 1677 the belief that St. Anne was a virgin at the time of the birth of the Virgin Mary.

    8 Gypsies often danced in religious processions during the sixteenth- and seventeenth-centuries

a poco fue enamorando° los ojos de cuantos la miraban. De entre
el son° del tamborín y castañetas y fuga° del baile salió un rumor°   sound, movement, mur-
que encarecía la belleza y donaire de la gitanilla, y corrían los   mur
muchachos a verla y los hombres a mirarla. Pero cuando la oyeron
5   cantar, por ser la danza cantada, '¡allí fue ello!° Allí sí que 'cobró   that was it!
aliento° la fama de la gitanilla, y de común consentimiento de   became a reality
los diputados° de la fiesta, desde luego le señalaron el premio y   judges
joya de la mejor danza; y cuando llegaron a hacerla en la iglesia
de Santa María,⁹ delante de la imagen de Santa Ana, después de
10 haber bailado todas, tomó Preciosa unas sonajas,° al son de las   hand drum
cuales, dando en redondo largas y ligerísimas vueltas, cantó el
romance siguiente:

> Árbol preciosísimo
15 > que tardó en dar fruto
> años que pudieron
> cubrirle de luto,°   mourning
> y hacer los deseos
> del consorte° puros,   friend
20 > contra su esperanza
> no muy bien seguros;
> de cuyo tardarse
> nació aquel disgusto
> que lanzó del templo
25 > al varón más justo;
> Santa tierra estéril,
> que 'al cabo° produjo   at last
> toda la abundancia
> que sustenta el mundo;
30 > casa de moneda,
> do se forjó el cuño°   mold
> que dio a Dios la forma

---

9 The Santa María church was the site of many important religious and political
ceremonies.

que como hombre tuvo;
madre de una hija
en quien quiso y pudo
moſtrar Dios grandezas
sobre humano curso.°   understanding
Por vos y por ella
sois, Ana, el refugio
do van por remedio
nueſtros infortunios.
En cierta manera,
tenéis, no lo dudo,
sobre el Nieto, imperio
pïadoso y juſto.
A ser comunera
del alcázar sumo,
fueran mil parientes
con vos de consuno.
¡Qué hija, y qué nieto,
y qué yerno! Al punto,
a ser causa juſta,
cantárades triunfos.
Pero vos, humilde,
fuiſtes el eſtudio
donde vueſtra Hija
hizo humildes cursos,
y agora a su lado,
a Dios el más junto,
gozáis de la alteza
que apenas barrunto.

     El cantar de Preciosa fue para admirar a cuantos la escuchaban. Unos decían: "¡Dios te bendiga la muchacha!"[10] Otros: "¡Láſtima es que eſta mozuela sea gitana! En verdad, en verdad, que merecía

---

10 **¡Dios te...** *may God bless you, young lady*

ser hija de un gran señor." Otros había más groseros, que decían:
"¡Dejen crecer a la rapaza,° que ella hará de las suyas!¹¹ ¡A fe que se   *young girl*
va añudando en ella gentil red barredera para pescar corazones!"¹²
Otro, más humano, más basto° y más modorro,° viéndola andar   *uncouth, simple*
tan ligera en el baile, le dijo: "¡A ello, hija, a ello! ¡Andad, amores,
y pisad el polvito¹³ atán menudito!"¹⁴ Y ella respondió, sin dejar
el baile: "¡Y pisarélo yo atán menudó!"¹⁵

Acabáronse las vísperas y la fiesta de Santa Ana, y quedó
Preciosa algo cansada, pero tan celebrada de hermosa, de aguda°   *wit*
y de discreta y de bailadora, que a corrillos° se hablaba della° en   *gossip groups, = de ella*
toda la Corte. De allí a quince días, volvió a Madrid con otras tres
muchachas, con sonajas y con un baile nuevo, todas apercebidas°   *in possession of*
de romances y de cantarcillos alegres, pero todos honestos; que
no consentía Preciosa que las que fuesen en su compañía cantasen
cantares descompuestos,° ni ella los cantó jamás, y muchos   *brazen*
miraron en ello y la tuvieron en mucho.¹⁶ Nunca se apartaba della
la gitana vieja, hecha su Argos,¹⁷ temerosa no 'se la despabilasen
y traspusiesen;° llamábala nieta, y ella la tenía por abuela.   *steal her*
Pusiéronse a bailar a la sombra en la calle de Toledo, y de los que
las venían siguiendo se hizo luego un gran corro;° y, en tanto que   *circle of spectators*
bailaban, la vieja pedía limosna° a los circunstantes,° y llovían en   *money, bystanders*
ella ochavos y cuartos como piedras a tablado;¹⁸ que también la
hermosura tiene fuerza de despertar° la caridad° dormida.   *awaken, charity*

Acabado el baile, dijo Preciosa: "Si me dan cuatro cuartos,
les cantaré un romance yo sola, lindísimo 'en estremo,° que trata   *very*

---

11 **Que ella...** *she will be up to her old tricks.* The reaction of the spectators speaks to the animosity Spaniards felt toward gypsies, who, like the Jews and the Moors, were victims of discrimination. For more information about the plight of the gypsies in early modern Spain, see Ricapito.

12 **Se va...** *she will grow up to catch many hearts in her dragnet*

13 **Pisad...** *dance on every speck of dust*

14 **¡Andad...** *come on, love, step lively!*

15 Preciosa's response alludes to a ballad's well known refrain. This refrain also appears in Cervantes' interlude *La elección de los alcaldes de Daganzo.*

16 **Muchos...** *many people admired and thought highly of her*

17 Argus was a mythological creature with a hundred eyes.

18 **Llovían...** *money rained down like stones upon a stage.*

de cuando la Reina nuestra señora Margarita[19] salió a misa 'de
parida° en Valladolid y fue a San Llorente; dígoles que es famoso,   high rank
y compuesto por un poeta de los del número, como capitán del
batallón."[20]

5   Apenas hubo dicho esto, cuando casi todos los que 'en la
rueda° estaban dijeron a voces: "¡Cántale, Preciosa, y ves aquí mis   around her
cuatro cuartos!"

Y así granizaron° sobre ella cuartos, que la vieja no se daba   showered
manos a cogerlos.[21] Hecho, pues, su agosto y su vendimia,[22]
10 repicó Preciosa sus sonajas y, al tono 'correntío y loquesco,° cantó   joyfully and carefree
el siguiente romance:

> Salió a misa de parida
> la mayor reina de Europa,
15 > en el valor y en el nombre
> rica y admirable joya.
> Como los ojos se lleva,
> se lleva las almas todas
> de cuantos miran y admiran
20 > su devoción y su pompa.°   splendor
> Y para mostrar que es parte
> del cielo en la tierra toda,
> a un lado lleva el sol de Austria,
> al otro, la tierna° Aurora.   tender
25 > A sus espaldas le sigue
> un Lucero° que a deshora   morning star
> salió, la noche del día

---

19 Margaret of Austria was the wife of Philip III (1598-1621) and mother of
Philip IV (1621-1665).

20 Military expression with which Cervantes comments upon the large number
of poets. A **batallón** consisted of 8,000 soldiers.

21 **No se...** *did not have enough hands to catch all of them*

22 **Hecho...** when the riches were collected. The expression **su agosto y su vendimia** refers to the maturing of fruit in August and the gathering of it in September.
Due to the large amount of money she receives from the spectators, Preciosa will not
have to wait to gather her fruit (=money).

que el cielo y la tierra lloran.
Y si en el cielo hay estrellas
que lucientes carros forman,
en otros carros su cielo
vivas estrellas adornan.
Aquí el anciano Saturno
la barba 'pule y remoza,° — neat and dapper
y aunque es tardo,° va ligero; — slow
que el placer cura la gota.° — gout
El dios parlero° va en lenguas — loquacious
lisonjeras° y amorosas, — flattering
y Cupido en cifras° varias, — shape and form
que rubíes y perlas bordan.
Allí va el furioso Marte
en la persona curiosa
de más de un gallardo° joven, — charming
que de su sombra se asombra.
Junto a la casa del Sol
va Júpiter; que no hay cosa
difícil a la privanza° — favor
fundada en prudentes obras.
Va la Luna en las mejillas
de una y otra humana diosa;
Venus casta,° en la belleza — chaste
de las que este cielo forman.
Pequeñuelos° Ganímedes[23] — tiny
cruzan, van, vuelven y tornan
por el 'cinto tachonado° — studded girdle
de esta esfera milagrosa.
Y para que todo admire
y todo asombre, no hay cosa
que de liberal no pase

---

23 Ganymede was a handsome Trojan prince who was the cupbearer of the gods on Olympus. The reference is to royal attendants.

hasta el extremo de pródiga.
Milán con sus ricas telas
allí va en vista curiosa;
las Indias con sus diamantes,
y Arabia con sus aromas.
Con los mal intencionados
va la envidia mordedora,°   biting
y la bondad en los pechos°   soul
de la lealtad española.
La alegría universal,
huyendo de la congoja,°   anguish
calles y plazas discurre,°   runs
descompuesta° y casi loca.   disheveled
A mil mudas° bendiciones   silent
abre el silencio la boca,
y repiten los muchachos
lo que los hombres entonan.°   sing
Cuál dice: "Fecunda vid,°   vine
crece, sube, abraza y toca
el olmo° felice° tuyo   elm, felicitous
que mil siglos te haga sombra
para gloria de ti misma,
para bien de España y honra,
para arrimo° de la Iglesia,   support
para asombro de Mahoma."°   Muhammad
Otra lengua clama y dice:
"Vivas, ¡oh blanca paloma!
que nos 'has de dar° por crías   will give us
águilas de dos coronas,
para ahuyentar° de los aires   chase away
las de rapiña° furiosas;   prey
para cubrir con sus alas
a las virtudes medrosas."
Otra, más discreta y grave,

5

10

15

20

25

30

más aguda y más curiosa
dice, vertiendo° alegría   pouring out
por los ojos y la boca:
"Esta perla que nos diste,
nácar° de Austria, única y sola,   mother-of-pearl
¡qué de máquinas° que rompe!   plot
¡qué de disignios° que corta!   plan
¡qué de esperanzas que infunde!
¡qué de deseos mal logra!
¡qué de temores aumenta!
¡qué de preñados° aborta!"   plans
En esto, se llegó al templo
del Fénix santo que en Roma
fue abrasado, [24] y quedó vivo
en la fama y en la gloria.
A la imagen de la vida,
a la del cielo Señora,
a la que por ser humilde
las estrellas pisa agora,°   = ahora
a la Madre y Virgen junto,
a la Hija y a la Esposa
de Dios, 'hincada de hinojos,°   humbly kneeling
Margarita así razona:
"Lo que me has dado te doy,
mano siempre dadivosa;°   generous
que a do falta el favor tuyo,
siempre la miseria sobra.°   abundant
Las primicias,° de mis frutos   first
te ofrezco, Virgen hermosa:
tales cuales son las mira,
recibe, ampara° y mejora.   help

---

24 Reference to St. Lawrence (225-258), who was a permanent deacon of the
Roman Catholic Church. The Roman emperor Valerian ordered St. Lawrence burned
to death on a grid-iron. Shortly before his death, St. Lawrence supposedly told his executioners to turn him over, because he was already "well cooked" on one side.

A su padre te encomiendo,
que, humano Atlante,° 'se encorva,°　　　　Atlas, bends
al peso de tantos reinos
y de climas° tan remotas.　　　　　　　　climates
Sé que el corazón del Rey
en las manos de Dios mora,
y sé que puedes con Dios
cuanto quieres piadosa."
Acabada esta oración,
otra semejante entonan
himnos y voces que muestran
que está en el suelo la Gloria.
Acabados los oficios
con reales ceremonias,
volvió a su punto este cielo
y esfera maravillosa.[25]

Apenas acabó Preciosa su romance, cuando del ilustre auditorio° y grave senado [26] que la oía, de muchas se formó una　　audience voz sola que dijo: "¡Torna a cantar, Preciosica, que no faltarán cuartos como tierra!"[27]

Más de docientas personas estaban mirando el baile y escuchando el canto de las gitanas, y en la fuga,° dél acertó a pasar　　crescendo por allí uno de los tinientes,° de la villa, y, viendo tanta gente junta,　　= tenientes *town magis-* preguntó qué era; y fuele° respondido que estaban escuchando　　*strates;* = le fue a la gitanilla hermosa, que cantaba. Llegóse el tiniente, que era curioso, y escuchó un rato, y, por no ir contra su gravedad,° no　　gravitas

---

25 This ballad contains several allegorical elements: **Lucero** is a reference to Philip IV, who was born in 1605; the sol de Austria is Philip III; **la tierna Aurora** is a reference to Philip III's daughter Ana, who was born in 1601; **Margarita** is Margarita de Austrias, who was Philip III's wife; and **Júpiter** is the Duke of Lerma, who was Philip III's confidant and the person to whom Philip III entrusted all of his authority.

26 It was not uncommon for Spanish authors of the seventeenth century to describe a group of listeners as a **senado**.

27 **Que no...** *there will be no shortage of money. A cuarto was a coin of little value*

escuchó el romance hasta la fin; y, habiéndole parecido por todo
estremo bien la gitanilla, mandó a un paje° suyo dijese a la gitana   page
vieja que al anochecer fuese a su casa con las gitanillas, que quería
que las oyese doña Clara, su mujer. Hízolo así el paje, y la vieja
dijo que sí iría.

Acabaron el baile y el canto, y mudaron° lugar; y en esto   moved
llegó un paje muy bien aderezado a Preciosa, y, dándole un papel
doblado, le dijo: "Preciosica, canta el romance 'que aquí va,°   on this paper
porque es muy bueno, y yo te daré otros de cuando en cuando,
con que cobres° fama de la mejor romancera° del mundo."   receive, ballad singer

"Eso aprenderé yo de muy buena gana," respondió Preciosa,
"y mire, señor, que no me deje de dar los romances que dice, con
tal condición que sean honestos; y si quisiere que se los pague,
concertémonos por docenas, y docena cantada y docena pagada;
porque pensar que le tengo de pagar adelantado° es pensar lo   in advance
imposible."[28]

"Para papel, siquiera, que me dé la señora Preciosica," dijo
el paje, "estaré contento; y más, que el romance que no saliere
bueno y honesto, no ha de entrar en cuenta."

"A la mía quede el escogerlos,"[29] respondió Preciosa.

Y con esto, se fueron la calle adelante, y desde una reja,°   window grate
llamaron unos caballeros a las gitanas. Asomóse Preciosa a la
reja, que era baja, y vio en una sala muy bien aderezada y muy
fresca muchos caballeros que, unos paseándose y otros jugando a
diversos juegos, se entretenían.

"¿Quiérenme dar barato,[30] ceñores?" dijo Preciosa (que,
como gitana, hablaba ceceoso,° y esto es artificio en ellas, que no   with a lisp
naturaleza).

A la voz de Preciosa y a su rostro, dejaron los que jugaban el
juego y el paseo los paseantes; y los unos y los otros acudieron a
la reja por verla, que ya tenían noticia della, y dijeron: "Entren,
entren las gitanillas, que aquí les daremos barato."

---

28 Her negotiation with the page is added evidence of her singular nature.
29 **Para papel...** allow me to choose them
30 **¿Quiérenme...** *do you want me to play?*

"Caro sería ello," respondió Preciosa, "si nos pellizcacen.°"   pinch (touch)

"No, a fe de caballeros," respondió uno, "bien puedes entrar,
niña, segura, que nadie te tocará a la vira° de tu zapato; no, por el   shoelace
hábito° que traigo en el pecho."   cross

Y púsose la mano sobre uno de Calatrava. [31]

"Si tú quieres entrar, Preciosa," dijo una de las tres gitanillas
que iban con ella, "entra en hora buena; que yo no pienso entrar
adonde hay tantos hombres."

"Mira, Cristina," respondió Preciosa, "de lo que te has de
guardar es de un hombre solo y a solas, y no de tantos juntos;
porque antes el ser muchos quita el miedo y el recelo° de ser   threat
ofendidas. Advierte, Cristinica, y está cierta de una cosa: que la
mujer que se determina a ser honrada, entre un ejército de soldados
lo puede ser. Verdad es que es bueno huir de las ocasiones,° pero   risks
han de ser de las secretas y no de las públicas."

"Entremos, Preciosa," dijo Cristina, "que tú sabes más que un
sabio."

Animólas° la gitana vieja, y entraron; y apenas hubo entrado   = las animó
Preciosa, cuando el caballero del hábito vio el papel que traía en
el seno, y llegándose a ella se le tomó, y dijo Preciosa: "¡Y no me
le tome, señor, que es un romance que me acaban de dar ahora,
que aún no le he leído!"

"Y ¿sabes tú leer, hija?" dijo uno.

"Y escribir," respondió la vieja, "que a mi nieta hela° criado yo   = la he
como si fuera hija de un letrado.°"   man of letters

Abrió el caballero el papel y vio que venía dentro dél un
escudo de oro, y dijo: "En verdad, Preciosa, que trae esta carta el
porte° dentro; toma este escudo que en el romance viene."   postage

"¡Basta!" dijo Preciosa, "que me ha tratado de pobre el poeta,
pues cierto que es más milagro darme a mí un poeta un escudo
que yo recebirle; si con esta añadidura° han de venir sus romances,   addition

---

31 Calatrava was one of the three military orders in Spain that originated in the
Middle Ages when monks banded together to defend their monasteries from attacks
by the Moors. The other two were Santiago and Alcántara.

traslade todo el *Romancero general*[32] y envíemelos uno a uno, que yo les 'tentaré el pulso,° y si vinieren duros, seré yo blanda en recebillos."°

    try them

    = recibirlos

Admirados quedaron los que oían a la gitanica, así de su discreción como del donaire con que hablaba.

"Lea, señor," dijo ella, "y lea alto; veremos si es tan discreto ese poeta como es liberal.

Y el caballero leyó así:

> Gitanica, que de hermosa
> te pueden dar parabienes:°
> por lo que de piedra tienes
> te llama el mundo *Preciosa*.

    congratulations

>   Desta verdad me asegura
> esto, como en ti verás;
> que no se apartan° jamás
> la esquiveza° y la hermosura.

    separated

    aloofness

>   Si como en valor subido
> vas creciendo en arrogancia,
> no le arriendo la ganancia
> a la edad en que has nacido; [33]

>   que un basilisco° se cría
> en ti, que mate mirando,
> y un imperio que, aunque blando,
> nos parezca tiranía.

    basilisk

>   Entre pobres y aduares,°
> ¿cómo nació tal belleza?
> O ¿cómo crió tal pieza°
> el humilde Manzanares?[34]

    gypsy camps

    beauty

>   Por esto será famoso
> al par del Tajo[35] dorado

---

32 Anthology of ballads published in 1600.
33 **No le arriendo...** *I do not envy the virtues of the age in which you were born*
34 Reference to the Manzanares River, which flows through Madrid.
35 The Tajo River is the longest waterway of the Iberian Peninsula.

y por Preciosa preciado
más que el Ganges[36] caudaloso.

    Dices la buenaventura,
y dasla mala contino;°   continuously
5   que no van por un camino
tu intención y tu hermosura.

    Porque en el peligro fuerte
de mirarte o contemplarte
tu intención va a desculparte,°   = **disculparte**
10   y tu hermosura a dar muerte.

    Dicen que son hechiceras°   witches
todas las de tu nación,
pero tus hechizos° son   spells
de más fuerzas y más veras;
15   pues por llevar los despojos°   spoils
de todos cuantos te ven,
haces, ¡oh niña! que estén
tus hechizos en tus ojos.

    En sus fuerzas te adelantas,
20   pues bailando nos admiras,
y nos matas si nos miras,
y nos encantas° si cantas.   mesmerize

    De cien mil modos hechizas:
hables, calles, cantes, mires;
25   o te acerques, o retires,
el fuego de amor atizas.°   stir up

    Sobre el más esento° pecho   = **exento** *free*
tienes mando y señorío,°   command
de lo que es testigo el mío,
30   de tu imperio° satisfecho.   power

    Preciosa joya de amor,
esto humildemente escribe
el que por ti muere y vive,

---

36 The Ganges River is in India, 1557 miles long.

pobre, aunque humilde amador.

"En 'pobre' acaba el último verso," dijo a esta sazón Preciosa, "¡mala señal¡ Nunca los enamorados han de decir que son pobres, porque a los principios, a mi parecer, la pobreza es muy enemiga del amor."

"¿Quién te enseña eso, rapaza?" dijo uno.

"¿Quién me lo ha de enseñar?" respondió Preciosa. ¿No tengo yo mi alma en mi cuerpo? ¿No tengo ya quince años? Y no soy manca,[37] ni renca,° ni estropeada° del entendimiento. Los ingenios° de las gitanas van por otro norte° que los de las demás gentes: siempre se adelantan a sus años; no hay gitano necio,° ni gitana lerda;° que, como el sustentar° su vida consiste en ser agudos,° astutos y embusteros, despabilan° el ingenio a cada paso, y no dejan que críe moho° en ninguna manera. ¿Ven estas muchachas, mis compañeras, que están callando y parecen bobas?° Pues éntrenles° el dedo en la boca y tiéntenlas las cordales,[38] y verán lo que verán. No hay muchacha de doce que no sepa lo que de veinte y cinco, porque tienen por maestros y preceptores al diablo y al uso,° que les enseña en una hora lo que habían de aprender en un año."

Con esto que la gitanilla decía, tenía suspensos° a los oyentes,° y los que jugaban le dieron barato, y aun los que no jugaban.° Cogió la hucha° de la vieja treinta reales, y más rica y más alegre que una Pascua de Flores, antecogió° sus corderas° y fuese en casa del señor teniente, quedando que otro día volvería con su manada° a dar contento aquellos tan liberales señores.

Ya tenía aviso° la señora doña Clara, mujer del señor teniente, cómo habían de ir a su casa las gitanillas, y estábalas° esperando

Marginal glosses:
limping, handicapped
cleverness, direction
stupid
slow-witted, sustaining
sharp, sharpen
rust
foolish
insert

experience

spellbound, audience
gambling
bag
took, lambs (= girls)

flock
news
= las estaba

---

37 **Manca** maimed. Cervantes lost the use of his left hand in 1571 from an injury he sustained in the Battle of Lepanto.

38 **Tiéntenlas...** *feel their wisdom teeth.* Preciosa invites the spectators to feel the wisdom teeth of the young gypsies to prove that they, the gypsies, are intelligent like Preciosa.

como el agua de mayo ella y sus doncellas y dueñas, con las de otra
señora vecina° suya, que todas se juntaron para ver a Preciosa.   neighbor
Y apenas hubieron entrado las gitanas, cuando entre las demás
resplandeció Preciosa como la luz de una antorcha° entre otras   torch
5   luces menores. Y así, corrieron todas a ella: unas la abrazaban,
otras la miraban, éstas la bendecían,° aquéllas la alababan.° Doña   blessed, praised
Clara decía: "¡Éste sí que se puede decir cabello° de oro! ¡Éstos sí   hair
que son ojos de esmeraldas!"

La señora su vecina la desmenuzaba° toda, y hacía pepitoria   scrutinized
10 de todos sus miembros y coyunturas. Y, llegando a alabar un
pequeño hoyo° que Preciosa tenía en la barba,° dijo: "¡Ay, qué   dimple, chin
hoyo! En este hoyo han de tropezar cuantos ojos le miraren."

Oyó esto un 'escudero de brazo° de la señora doña Clara, que   servant
allí estaba, de luenga barba y largos años, y dijo: "¿Ése llama vuesa
15 merced hoyo, señora mía? Pues yo sé poco de hoyos, o ése no es
hoyo, sino sepultura de deseos vivos. ¡Por Dios, tan linda es la
gitanilla que hecha de plata o de alcorza° no podría ser mejor!   sugar icing
¿Sabes decir la buenaventura,° niña?"   fortunes

"De tres o cuatro maneras," respondió Preciosa.
20 "¿Y eso más?" dijo doña Clara. "Por vida del tiniente, mi
señor, que me la has de decir, niña de oro, y niña de plata, y niña
de perlas, y niña de carbuncos,° y niña del cielo, que es lo más que   carbuncles
puedo decir."

"Denle, denle la palma de la mano a la niña, y con qué haga
25 la cruz," dijo la vieja, "y verán qué de cosas les dice; que sabe más
que un doctor de melecina."°   = medicina

'Echó mano° a la faldriquera° la señora tenienta, y halló que   placed her hand, pocket
no tenía blanca.° Pidió un cuarto a sus criadas, y ninguna le tuvo,   money
ni la señora vecina tampoco. Lo cual visto por Preciosa, dijo:
30 "Todas las cruces, en cuanto cruces, son buenas; pero las de plata
o de oro son mejores; y el señalar la cruz en la palma de la mano
con moneda de cobre, sepan vuesas mercedes que menoscaba° la   reduces
buenaventura,° a lo menos la mía; y así, tengo afición° a hacer   fortune, preference
la cruz primera con algún escudo° de oro, o con algún 'real de a   coin

ocho,° o, por lo menos, de a cuatro, que soy como los sacristanes: silver coin
que cuando hay buena ofrenda,° se regocijan."°   offering, rejoice

"Donaire° tienes, niña, por tu vida," dijo la señora vecina.   grace

Y, volviéndose al escudero, le dijo: "Vos, señor Contreras,
5   ¿tendréis a mano algún real de a cuatro? Dádmele, que, en
viniendo el doctor, mi marido, os le volveré."

"Sí tengo," respondió Contreras, "pero téngole empeñado°   pawned
en veinte y dos maravedís° que cené anoche. Dénmelos, que yo   each is 1/34 of a real
iré por él 'en volandas."°   in payment
10   "No tenemos entre todas un cuarto," dijo doña Clara, "¿y
pedís veinte y dos maravedís? Andad,° Contreras, que siempre   quickly
fuistes impertinente."

Una doncella de las presentes, viendo la esterilidad de la casa,
dijo a Preciosa: "Niña, ¿hará 'algo al caso° que se haga la cruz con   serve a purpose
15   un dedal° de plata?"   thimble

"Antes," respondió Preciosa, "se hacen las cruces mejores del
mundo con dedales de plata, como sean muchos."

"Uno tengo yo," replicó la doncella, "si éste basta,° hele   is enough
aquí, con condición que también se me ha de decir a mí la
20   buenaventura."

"¿Por un dedal tantas buenasventuras?" dijo la gitana vieja.
"Nieta, acaba presto, que se hace noche."

Tomó Preciosa el dedal y la mano de la señora tenienta, y
dijo:

25

Hermosita, hermosita,
la de las manos de plata,
más te quiere tu marido
que el Rey de las Alpujarras.[39]
30   Eres 'paloma sin hiel,°   gentle as a dove
pero a veces eres brava

---

39 In 1492 Ferdinand and Isabella exiled Boabdil, who was the last Moorish
king, to the Alpujarras, a mountainous region near Granada, where the last remaining
Moors established themselves after the Battle of Granada.

como leona de Orán,[40]
o como tigre de Ocaña.[41]
Pero en un tras, en un tris,
el enojo se te pasa,
y quedas como alfinique,°   = **alfeñique** *sugar paste*
o como cordera mansa.
Riñes mucho y comes poco:
algo celosita andas;
que es juguetón° el tiniente,   playful
y quiere arrimar la vara.[42]
Cuando doncella, te quiso
uno de una buena cara;
que mal hayan los terceros,°   meddlers
que los gustos desbaratan.°   despair
Si a dicha tú fueras monja,°   nun
hoy tu convento mandaras,
porque tienes de abadesa°   abbess
más de cuatrocientas rayas.°   lines
No te lo quiero decir...;
pero poco importa, vaya:
enviudarás, y otra vez,
y otras dos, serás casada.
No llores, señora mía;
que no siempre las gitanas
decimos el *Evangelio*;[43]
no llores, señora, acaba.
Como te mueras primero
que el señor tiniente, basta
para remediar el daño°   damage
de la viudez° que amenaza.°   widowhood, threat

---

40 Oran is a coastal city in western Algeria.
41 Preciosa confuses Hyrcania, which was an ancient province of Persia, with the
Spanish town Ocaña. Hyrcanian tigers were ferocious.
42 **Quiere...** he likes to take his chances.
43 "Good news."

Has de heredar,° y muy presto,   *inherit*
hacienda en mucha abundancia;
tendrás un hijo canónigo,°   *cathedral priest*
la iglesia no se señala;
De Toledo no es posible.
Una hija rubia° y blanca   *fair*
tendrás, que si es religiosa,
también vendrá a ser perlada.°   *prelate*
Si tu esposo no se muere
dentro de cuatro semanas,
verásle corregidor°   *magistrate*
de Burgos o Salamanca.
Un lunar° tienes, ¡qué lindo!   *mole*
¡Ay Jesús, qué luna clara!
¡Qué sol, que allá en los antípodas°   *southern*
escuros° valles aclara!   = **oscuros** *dark*
Más de dos ciegos° por verle   *blind men*
dieran más de cuatro blancas.
¡Agora sí es la risica!°   *giggling*
¡Ay, que bien haya esa gracia!
Guárdate de las caídas,
principalmente de espaldas,°   *back*
que suelen ser peligrosas
en las principales damas.
Cosas hay más que decirte;
si para el viernes me aguardas,°   *wait*
las oirás, que son de gusto,
y algunas hay de desgracias.

Acabó su buenaventura Preciosa, y con ella encendió el
deseo de todas las circunstantes° en querer saber la suya; y así se   *people present*
lo rogaron todas, pero ella las remitió° para el viernes venidero,°   *delayed, coming*
prometiéndole que tendrían reales de plata para hacer las cruces.

En esto vino el señor tiniente, a quien contaron maravillas° de   *wonders*

la gitanilla; él las hizo bailar un poco, y confirmó por verdaderas y
bien dadas las alabanzas° que a Preciosa habían dado; y, poniendo   praise
la mano en la faldriquera, hizo señal de querer darle algo, y,
habiéndola espulgado,° y sacudido,° y rascado muchas veces, al   searched, shaken
5   cabo sacó la mano vacía° y dijo: "¡Por Dios, que no tengo blanca!   empty
Dadle vos, doña Clara, un real a Preciosica, que yo os le daré
después."

"¡Bueno es eso, señor, por cierto! ¡Sí, ahí está el real de
manifiesto! No hemos tenido entre todas nosotras un cuarto para
10   hacer la señal de la cruz, ¿y quiere que tengamos un real?"

"Pues dadle alguna valoncica° vuestra, o alguna cosita; que   necklace
otro día nos volverá a ver Preciosa, y la regalaremos° mejor."   pamper

A lo cual dijo doña Clara: "Pues, porque° otra vez venga, no   = **para que**
quiero dar nada ahora a Preciosa."

15   "Antes, si no me dan nada," dijo Preciosa, "nunca más volveré
acá. Mas sí volveré, a servir a tan principales señores, pero 'traíré
tragado° que no me han de dar nada, y ahorraréme° la fatiga del   take for granted, save me
esperallo. Coheche° vuesa merced, señor tiniente; coheche y   take bribes
tendrá dineros, y no haga usos nuevos, que morirá de hambre.
20   Mire, señora: por ahí he oído decir (y, aunque moza, entiendo
que no son buenos dichos) que de los oficios se ha de sacar dineros
para pagar las condenaciones de las residencias[44] y para pretender
otros cargos."

"Así lo dicen y lo hacen los desalmados,"° replicó el teniente,   shameless
25   "pero el juez° que da buena residencia no tendrá que pagar   judge
condenación alguna, y el haber usado bien su oficio será el
valedor° para que le den otro."   guarantee

"Habla vuesa merced muy a lo santo, señor teniente,"
respondió Preciosa, "ándese a eso y cortarémosle de los harapos°   clothes
30   para reliquias."°   relics

"Mucho sabes, Preciosa," dijo el tiniente. "Calla, que yo daré

---

44 **Residencia** refers to the judge who ruled upon the job performance of a
public official. The judge had to remain, or "reside," in the same place during a pre-
determined period of time.

traza° que sus Majestades te vean, porque eres pieza de reyes."[45] °plan

"Querránme para truhana,"° respondió Preciosa, "y yo no °buffoon
lo sabré ser, y todo irá perdido. Si me quisiesen para discreta,
aún llevarme hían,[46] pero en algunos palacios más medran° los °prosper
truhanes que los discretos. Yo me hallo bien con ser gitana y
pobre, y corra la suerte por donde el cielo quisiere."

"Ea,° niña," dijo la gitana vieja, "no hables más, que has °come now
hablado mucho, y sabes más de lo que yo te he enseñado. No te
asotiles° tanto, que 'te despuntarás;° habla de aquello que tus años °subtle, carried away
permiten, y no te metas en altanerías,° que no hay ninguna que °haughtiness
no amenace caída."

"¡El diablo tienen estas gitanas en el cuerpo!" dijo a esta
sazón° el teniente. °moment

Despidiéronse las gitanas, y, al irse, dijo la doncella del dedal:
"Preciosa, dime la buenaventura, o vuélveme mi dedal, que no me
queda con qué hacer labor."

"Señora doncella," respondió Preciosa, "haga cuenta que se la
he dicho y provéase° de otro dedal, o no 'haga vainillas° hasta el °provide, sew a stitch
viernes, que yo volveré y le diré más venturas y aventuras que las
que tiene un libro de caballerías."[47]

Fuéronse y juntáronse con las muchas labradoras que a la
hora de las avemarías suelen salir de Madrid para volverse a sus
aldeas;° y entre otras vuelven muchas, con quien siempre se °villages
acompañaban las gitanas, y volvían seguras; porque la gitana vieja
vivía en continuo temor no le salteasen° a su Preciosa. °steal

Sucedió,° pues, que la mañana de un día que volvían a Madrid °it so happened
a coger la garrama[48] con las demás gitanillas, en un valle pequeño
que está 'obra de° quinientos pasos antes que se llegue a la villa, °about
vieron un mancebo° gallardo y ricamente aderezado de camino. °young man
La espada y daga° que traía eran, como decirse suele,° una ascua° de °dagger, usually, ember

---

45 **Porque...** *because you are one of a kind*
46 **Llevarme hián** (= **Me llevarían**) is the archaic form of the conditional tense.
47 **Libro...** *book of chivalry.* The protagonist of the books of chivalry is a knight-errant who has many adventures.
48 A type of tribute that Muslims bestowed upon their princes.

oro; sombrero con rico cintillo y con plumas de diversas colores adornado. Repararon las gitanas en viéndole, y pusiéronsele a mirar muy 'de espacio,° admiradas de que a tales horas un tan   long and hard hermoso mancebo estuviese en tal lugar, a pie y solo.

Él se llegó a ellas, y, hablando con la gitana mayor, le dijo: "Por vida vuestra, amiga, que me hagáis placer que vos y Preciosa me oyáis° aquí aparte dos palabras, que serán de vuestro provecho."°   = **oigáis**, benefit

"Como no 'nos desviemos° mucho, ni nos tardemos mucho,   go out of our way 'sea en buen hora,"° respondió la vieja."   it is fine

Y, llamando a Preciosa, se desviaron de las otras obra de veinte pasos; y así, en pie, como estaban, el mancebo les dijo: "Yo vengo de manera rendido a la discreción y belleza de Preciosa, que después de haberme hecho mucha fuerza para escusar° llegar a este   = **excusar** punto, al cabo he quedado más rendido y más imposibilitado de escusallo. Yo, señoras mías (que siempre os he de dar este nombre, si el cielo mi pretensión favorece), soy caballero, como lo puede mostrar este hábito" y, apartando el herreruelo,° descubrió en el   cloak pecho uno de los más calificados° que hay en España; "soy hijo de   best Fulano, que por buenos respectos aquí no se declara su nombre; estoy debajo de su tutela° y amparo, soy hijo único, y el que   guardianship espera un razonable mayorazgo.° Mi padre está aquí en la Corte   estate pretendiendo° un cargo, y ya está consultado,[49] y tiene casi ciertas   seeking esperanzas de salir con él. Y, con ser de la calidad y nobleza que os he referido,° y de la que casi se os debe ya de ir trasluciendo,° con   explained, realizing todo eso, quisiera ser un gran señor para levantar a mi grandeza la humildad de Preciosa, haciéndola mi igual y mi señora. Yo no la pretendo para burlalla,° ni en las veras del amor que la tengo   = **burlarla** puede caber° género de burla alguna; sólo quiero servirla del   imagine modo que ella más gustare: su voluntad es la mía. 'Para con ella°   for her es de cera° mi alma, donde podrá imprimir lo que quisiere; y para   wax conservarlo y guardarlo no será como impreso en cera, sino como esculpido° en mármoles,° cuya dureza se opone a la duración de   sculptured, marble los tiempos. Si creéis esta verdad, no admitirá ningún desmayo°   falter

---

49 The young man's father is waiting for the king's decision.

mi esperanza; pero si no me creéis, siempre me tendrá temeroso
vuestra duda. Mi nombre es éste" y díjosele, "el de mi padre ya os
le he dicho. La casa donde vive es en tal calle, y tiene tales y tales
señas;° vecinos tiene de quien podréis informaros, y aun de los   appearance
que no son vecinos también, que no es tan escura° la calidad y   obscure
el nombre de mi padre y el mío, que no le sepan en los patios de
palacio, y aun en toda la Corte. Cien escudos traigo aquí en oro
para daros en arra° y señal de lo que pienso daros, porque no ha de   guarantee
negar la hacienda el que da el alma."

En tanto que el caballero esto decía, le estaba mirando
Preciosa atentamente, y sin duda que no le debieron de parecer
mal ni sus razones ni su talle; y, volviéndose a la vieja, le dijo:
"Perdóneme, abuela, de que me tomo licencia para responder a
este tan enamorado señor."

"Responde lo que quisieres, nieta," respondió la vieja, "que yo
sé que tienes discreción para todo."

Y Preciosa dijo: "Yo, señor caballero, aunque soy gitana pobre
y humildemente nacida, tengo un cierto espiritillo fantástico acá
dentro, que a grandes cosas me lleva. A mí ni me mueven promesas,
ni me desmoronan° dádivas,° ni me inclinan sumisiones, ni me   break, gifts
espantan finezas° enamoradas; y, aunque de quince años (que,   beautiful
según la cuenta de mi abuela, para este San Miguel[50] los haré), soy
ya vieja en los pensamientos y alcanzo más de aquello que mi edad
promete, más por mi buen natural que por la experiencia. Pero,
con lo uno o con lo otro, sé que las pasiones amorosas en los recién
enamorados son como ímpetus indiscretos que hacen salir a la
voluntad de sus quicios;° la cual, atropellando° inconvenientes,°   hinges, crashing, bar-
desatinadamente° 'se arroja° tras su deseo, y, pensando dar con   riers; uncontrollably,
la gloria de sus ojos, da con el infierno de sus pesadumbres.° Si   hurls; grief
alcanza lo que desea, mengua° el deseo con la posesión de la cosa   diminishes
deseada, y quizá, abriéndose entonces los ojos del entendimiento,°   understanding
se ve ser bien que se aborrezca lo que antes se adoraba. Este temor
engendra° en mí un recato° tal, que ningunas palabras creo y de   creates, caution

---

50 Feast of St. Michael the Archangel, September 29.

muchas obras dudo. Una sola joya tengo, que la estimo en más
que a la vida, que es la de mi entereza° y virginidad, y no la tengo   integrity
de vender a precio de promesas ni dádivas, porque, en fin, será
vendida, y si puede ser comprada, será de muy poca estima; ni
me la han de llevar trazas° ni embelecos:° antes pienso irme con   tricks, deceit
ella a la sepultura, y quizá al cielo, que ponerla en peligro que
quimeras° y fantasías soñadas la embistan° o manoseen. Flor es la   illusions, attack
de la virginidad que, a ser posible, aun con la imaginación no había
de dejar ofenderse.° Cortada la rosa del rosal, ¡con qué brevedad   sully
y facilidad 'se marchita!° Éste la toca, aquél la huele,° el otro la   withers, smells
deshoja,° y, finalmente, entre las manos rústicas se deshace. Si vos,   plucks
señor, por sola esta prenda venís, no la habéis de llevar sino atada
con las ligaduras° y lazos° del matrimonio; que si la virginidad   bonds, ties
se ha de inclinar,° ha de ser a este santo yugo,° que entonces no   surrender, yoke
sería perderla, sino emplearla en ferias° que felices ganancias   ways
prometen. Si quisiéredes ser mi esposo, yo lo seré vuestra, pero
han de preceder muchas condiciones y averiguaciones° primero.   inquiries
Primero tengo de saber si sois el que decís; luego, hallando esta
verdad, habéis de dejar la casa de vuestros padres y la habéis de
trocar° con nuestros ranchos;° y, tomando el traje de gitano,   exchange, camps
habéis de cursar° dos años en nuestras escuelas, en el cual tiempo   study
me satisfaré° yo de vuestra condición, y vos de la mía; al cabo   = satisfaceré
del cual, si vos os contentáredes de mí, y yo de vos, me entregaré
por vuestra esposa; pero hasta entonces tengo de ser vuestra
hermana en el trato,° y vuestra humilde en serviros. Y habéis   arrangement
de considerar que en el tiempo deste noviciado° podría ser que   novitiate
cobrásedes° la vista,° que ahora debéis de tener perdida, o, por lo   recover, sight
menos, turbada,° y viésedes que os convenía huir° de lo que ahora   confused, flee
seguís con tanto ahínco.° Y, cobrando la libertad perdida, con un   zeal
buen arrepentimiento° se perdona cualquier culpa.° Si con estas   repentance, fault
condiciones queréis entrar a ser soldado de nuestra milicia,° en   army
vuestra mano está, pues, faltando alguna dellas, no habéis de
tocar un dedo de la mía."

    Pasmóse° el mozo a las razones de Preciosa, y púsose como   became stunned

embelesado,° mirando al suelo, dando muestras que consideraba   spellbound
lo que responder debía. Viendo lo cual Preciosa, tornó° a decirle: continued
"No es este caso de tan poco momento, que en los que aquí nos
ofrece el tiempo pueda ni deba resolverse. Volveos, señor, a la villa,
y considerad de espacio lo que viéredes que más os convenga,°   suits
y en este mismo lugar me podéis hablar todas las fiestas que
quisiéredes, al ir o venir de Madrid."

A lo cual respondió el gentilhombre: "Cuando el cielo me
dispuso° para quererte, Preciosa mía, determiné de hacer por ti   decreed
cuanto tu voluntad acertase° a pedirme, aunque nunca cupo° en   could, occurred
mi pensamiento que me habías de pedir lo que me pides; pero,
pues es tu gusto que el mío al tuyo se ajuste y acomode,° cuéntame   conform
por gitano desde luego, y haz de mí todas las experiencias°   tests
que más quisieres; que siempre me has de hallar el mismo que
ahora te significo.° Mira cuándo quieres que mude° el traje, que   describe, change
yo querría que fuese luego;° que, con ocasión de ir a Flandes,[51]   soon
engañaré a mis padres y sacaré dineros para gastar° algunos días,   cover
y serán hasta ocho los que podré tardar en acomodar mi partida.
A los que fueren conmigo yo los sabré engañar de modo que salga
con mi determinación.° Lo que te pido es (si es que ya puedo   plan
tener atrevimiento de pedirte y suplicarte algo) que, si no es hoy,
donde te puedes informar de mi calidad y de la de mis padres,
que no vayas más a Madrid; porque no querría que algunas de
las demasiadas ocasiones que allí pueden ofrecerse me saltease la
buena ventura que tanto me cuesta."

"Eso no, señor galán," respondió Preciosa, "sepa que conmigo
ha de andar siempre la libertad desenfadada,° sin que la ahogue   uninhibited
ni turbe la pesadumbre de los celos;° y entienda que no la tomaré   jealously
tan demasiada, que no se eche de ver desde bien lejos que llega
mi honestidad a mi desenvoltura;° y en el primero cargo en que   free lifestyle
quiero estaros es en el de la confianza que habéis de hacer de mí.

---

51 Spain's wars against the Dutch began in the middle of the sixteenth century
and did not end until 1713, the year in which Spain, in addition to other European
countries, signed a series of treaties known as the Treaty of Utrecht. Flanders at this
time was a large region that overlapped Belgium, France, and the Netherlands.

Y mirad que los amantes que entran pidiendo celos, o son simples
o confiados."°   conceited

"Satanás tienes en tu pecho, muchacha," dijo a esta sazón la
gitana vieja, "¡mira que dices cosas que no las diría un colegial° de   student
5   Salamanca! Tú sabes de amor, tú sabes de celos, tú de confianzas:
¿cómo es esto? que me tienes loca, y te estoy escuchando como a
una persona espiritada,° que habla latín sin saberlo."   possessed

"Calle, abuela," respondió Preciosa, "y sepa que todas las
cosas que me oye son nonada,° y son de burlas, para las muchas   nonsense
10   que de más veras° me quedan en el pecho."   truths

Todo cuanto Preciosa decía y toda la discreción que mostraba
era añadir leña° al fuego que ardía° en el pecho del enamorado   fuel, burned
caballero. Finalmente, quedaron en que de allí a ocho días se
verían en aquel mismo lugar, donde él vendría a 'dar cuenta   realize
15   del° término en que sus negocios estaban, y ellas habrían tenido
tiempo de informarse de la verdad que les había dicho. Sacó el
mozo una bolsilla de brocado,° donde dijo que iban cien escudos   brocaded
de oro, y dióselos a la vieja; pero no quería Preciosa que los
tomase en ninguna manera, a quien la gitana dijo: "Calla, niña,
20   que la mejor señal que este señor ha dado de estar rendido° es   conquered
haber entregado° las armas en señal de rendimiento; y el dar,   surrendered
en cualquiera ocasión que sea, siempre fue indicio de generoso
pecho. Y acuérdate de aquel refrán que dice: "Al cielo rogando, y
con el mazo dando."⁵² Y más, que no quiero yo que por mí pierdan
25   las gitanas el nombre que por luengos siglos tienen adquerido°   earned
de codiciosas° y aprovechadas. ¿Cien escudos quieres tú que   greedy
deseche,° Preciosa, y de oro en oro,⁵³ que pueden andar cosidos°   refuse, sewn
en el alforza° de una saya° que no valga dos reales, y tenerlos allí   seam, skirt
como quien tiene un juro° sobre las yerbas de Extremadura?⁵⁴ Y   ownership
30   si alguno de nuestros hijos, nietos o parientes cayere, por alguna
desgracia, en manos de la justicia, ¿habrá favor tan bueno que
llegue a la oreja del juez y del escribano como destos escudos, si

---

52 **Al cielo...** *God helps those who helps themselves*
53 **De oro...** *all in gold*
54 Extremadura is made up of the modern provinces of Cáceres and Badajoz.

llegan a sus bolsas? Tres veces por tres delitos° diferentes me he

crimes

visto casi puesta en el asno[55] para ser azotada,° y de la una me libró

whipping

un jarro° de plata, y de la otra una sarta° de perlas, y de la otra

jug, string

cuarenta reales de a ocho que había trocado° por cuartos, dando

changed

veinte reales más por el cambio. Mira, niña, que andamos en

oficio muy peligroso y lleno de tropiezos° y de ocasiones forzosas,

stumbling blocks

y no hay defensas que más presto nos amparen° y socorran° como

protect, aid

las armas invencibles del gran Filipo:[56] no hay pasar adelante de

su *plus ultra*.[57] Por un doblón° de dos caras[58] se nos muestra alegre

gold coin

la triste del procurador° y de todos los ministros de la muerte, que

lawyer

son arpías de nosotras, las pobres gitanas, y más precian pelarnos°

fleecing us

y desollarnos° a nosotras que a un 'salteador de caminos;° jamás,

flay us, highwayman

por más rotas y desastradas que nos vean, nos tienen por pobres;

que dicen que somos como los jubones° de los gabachos° de

close-fitting jacket, ruf-

Belmonte: rotos y grasientos, y llenos de doblones."

fians

"Por vida suya, abuela, que no diga más; que lleva término de

alegar° tantas leyes, en favor de quedarse con el dinero, que agote°

quote, exhaust

las de los emperadores:° quédese con ellos, y buen provecho le

emperors

hagan, y plega a Dios que los entierre en sepultura donde jamás

tornen a ver la claridad del sol, ni haya necesidad que la vean. A

estas nuestras compañeras será forzoso° darles algo, que ha mucho

necessary

que nos esperan, y ya deben de estar enfadadas."

"Así verán ellas," replicó la vieja, "moneda déstas, como ven

al Turco° agora. Este buen señor verá si le ha quedado alguna

Turkish *Sultan*

moneda de plata, o cuartos, y los repartirá entre ellas, que con

poco quedarán contentas."

"Sí traigo," dijo el galán.

Y sacó de la faldriquera tres reales de a ocho, que repartió entre

las tres gitanillas, con que quedaron más alegres y más satisfechas

---

55 A donkey carried a criminal through the streets as a town crier announced the number of lashings the criminal would receive as punishment for his crime.

56 Reference to Philip III (1598-1621).

57 *Plus ultra... even further.* It was the motto of Charles V that appeared on coins.

58 A type of coin with the obverse and reverse faces of the Catholic Monarchs (Sieber, p. 89, n. 70).

que suele quedar un autor de comedias cuando, en competencia
de otro, le suelen retular° por la esquinas: "Víctor, Víctor."⁵⁹   laud

En resolución, concertaron,° como se ha dicho, la venida de   agreed
allí a ocho días,° y que se había de llamar, cuando fuese gitano,   one week
5 Andrés Caballero; porque también había gitanos entre ellos
deste apellido.

No tuvo atrevimiento° Andrés (que así le llamaremos de aquí   boldness
adelante) de abrazar° a Preciosa; antes, enviándole con la vista el   hug
alma, sin ella, si así decirse puede, las dejó y se entró en Madrid; y
10 ellas, contentísimas, hicieron lo mismo. Preciosa, algo aficionada,°   taken
más con benevolencia que con amor, de la gallarda disposición de
Andrés, ya deseaba informarse si era el que había dicho. Entró en
Madrid, y, a pocas calles andadas, encontró con el paje poeta de
las coplas y el escudo;° y cuando él la vio, se llegó a ella, diciendo: gold coin
15 "Vengas en buen hora, Preciosa: ¿leíste por ventura las coplas que
te di el otro día?"

A lo que Preciosa respondió: "Primero que° le responda   before
palabra, me ha de decir una verdad, por vida de lo que más
quiere."

20 "Conjuro° es ése," respondió el paje, "que, aunque el decirla   entreaty
me costase la vida, no la negaré en ninguna manera."

"Pues la verdad que quiero que me diga," dijo Preciosa, "es si
por ventura es poeta."

"A serlo,"° replicó el paje, "forzosamente había de ser por   if I had been
25 ventura. Pero has de saber, Preciosa, que ese nombre de poeta
muy pocos le merecen; y así, yo no lo soy, sino un aficionado a
la poesía. Y para lo que he menester,° no voy a pedir ni a buscar   need
versos ajenos:° los que te di son míos, y éstos que te doy agora   another's
también; mas° no por esto soy poeta, ni Dios lo quiera."   but

30 "¿Tan malo es ser poeta?" replicó Preciosa.

"No es malo," dijo el paje, "pero el ser poeta 'a solas° no lo   by itself
tengo por muy bueno. Hase° de usar de la poesía como de una   = se ha

---

⁵⁹ **Víctor** was a celebratory interjection. The **autor de comedias** was the man-
ager of an acting company who also performed in the plays. In addition, he or she
purchased the staging rights to a play from the playwright.

joya preciosísima, cuyo dueño no la trae cada día, ni la muestra a todas gentes, ni a cada paso, sino cuando convenga y sea razón que la muestre. La poesía es una bellísima doncella, casta, honesta, discreta, aguda,° retirada,° y que se contiene en los límites de la discreción más alta. Es amiga de la soledad,° las fuentes° la entretienen, los prados la consuelan, los árboles la desenojan,° las flores la alegran, y, finalmente, deleita y enseña a cuantos con ella comunican."

"Con todo eso," respondió Preciosa, "he oído decir que es pobrísima y que tiene algo de mendiga."°

"Antes es 'al revés,'° dijo el paje, "porque no hay poeta que no sea rico, pues todos viven contentos con su estado:° filosofía que la alcanzan° pocos. Pero, ¿qué te ha movido, Preciosa, a hacer esta pregunta?"

"Hame movido," respondió Preciosa, "porque, como yo tengo a todos o los más poetas por pobres, causóme maravilla aquel escudo de oro que me distes entre vuestros versos envuelto; mas agora que sé que no sois poeta, sino aficionado de la poesía, podría ser que fuésedes° rico, aunque lo dudo, a causa que por aquella parte que os toca de hacer coplas se ha de desaguar° cuanta hacienda tuviéredes;° que no hay poeta, según dicen, que sepa conservar la hacienda que tiene ni granjear° la que no tiene."

"Pues yo no soy désos," replicó el paje, "versos hago, y no soy rico ni pobre; y sin sentirlo ni descontarlo,° como hacen los ginoveses[60] sus convites,° bien puedo dar un escudo, y dos, a quien yo quisiere. Tomad, preciosa perla, este segundo papel y este escudo segundo que va en él, sin que os pongáis a pensar si soy poeta o no; sólo quiero que penséis y creáis que quien os da esto quisiera tener para daros las riquezas de Midas."

Y, en esto, le dio un papel; y, tentándole° Preciosa, halló que dentro venía el escudo, y dijo: "Este papel ha de vivir muchos años, porque trae dos almas consigo: una, la del escudo, y otra, la

---

60 The Genovese were the principal bankers in Spain during Cervantes' time. Many Spaniards, however, believed that their greedy business practices contributed to Spain's economic decline in the seventeenth century.

sharp, retiring

solitude, streams

calm

beggar

on the contrary

profession

attained

= fueses

diminish

= tuvieras

gain

charge

guests

feeling it

de los versos, que siempre vienen llenos de *almas* y *corazones*. Pero
sepa el señor paje que no quiero tantas almas conmigo, y si no
saca la una, no haya miedo que reciba la otra; por poeta le quiero,
y no por dadivoso, y desta manera tendremos amistad que dure;
pues 'más aína° puede faltar un escudo, por fuerte que sea, que la   rather
hechura° de un romance."   composition

"Pues así es," replicó el paje, "que quieres, Preciosa, que yo sea
pobre por fuerza, no deseches el alma que en ese papel te envío, y
vuélveme el escudo; que, como le toques con la mano, le tendré
por reliquia mientras la vida me durare."

Sacó Preciosa el escudo del papel, y quedóse con el papel, y no
le quiso leer en la calle. El paje se despidió, y se fue contentísimo,
creyendo que ya Preciosa quedaba rendida, pues con tanta
afabilidad le había hablado.

Y, como ella llevaba puesta la mira en buscar la casa del padre
de Andrés, sin querer detenerse° a bailar en ninguna parte, en   stop
poco espacio se puso en la calle do estaba, que ella muy bien sabía;
y, habiendo andado hasta la mitad, alzó° los ojos a unos balcones   raised
de hierro dorados, que le habían dado por señas, y vio en ella a un
caballero de hasta edad de cincuenta años, con un hábito de 'cruz
colorada° en los pechos, de venerable gravedad y presencia; el   red cross
cual, apenas también hubo visto la gitanilla, cuando dijo: "Subid,
niñas, que aquí os darán limosna."°   alms

A esta voz acudieron° al balcón otros tres caballeros, y entre   came
ellos vino el enamorado Andrés, que, cuando vio a Preciosa,
perdió la color y estuvo a punto de 'perder los sentidos:° tanto   faint
fue el sobresalto° que recibió con su vista. Subieron las gitanillas   shock
todas, sino la grande, que se quedó abajo para informarse de los
criados de las verdades de Andrés.

Al entrar las gitanillas en la sala, estaba diciendo el 'caballero
anciano° a los demás: "Ésta debe de ser, sin duda, la gitanilla   old gentleman
hermosa que dicen que anda por Madrid."

"Ella es," replicó Andrés, "y sin duda es la más hermosa
criatura que se ha visto."

"Así lo dicen," dijo Preciosa, que lo oyó todo en entrando, "pero en verdad que se deben de engañar en la mitad del justo precio. Bonita, bien creo que lo soy; pero tan hermosa como dicen, ni 'por pienso."°   *I don't think so*

"¡Por vida de don Juanico, mi hijo," dijo el anciano, "que aún sois más hermosa de lo que dicen, linda gitana!"

"Y ¿quién es don Juanico, su hijo?" preguntó Preciosa.

"Ese galán que está a vuestro lado," respondió el caballero.

"En verdad que pensé," dijo Preciosa, "que juraba° vuestra   *was swearing* merced por algún niño de dos años: ¡mirad qué don Juanico, y qué brinco!° A mi verdad, que pudiera ya estar casado, y que,   *dashing* según tiene unas rayas en la frente, no pasarán tres años sin que lo esté,° y muy a su gusto, si es que desde aquí allá no se le pierde   = **casado** o se le trueca."[61]

"¡Basta!" dijo uno de los presentes, "¿qué sabe la gitanilla de rayas?"

En esto, las tres gitanillas que iban con Preciosa, todas tres 'se arrimaron° a un rincón° de la sala, y, cosiéndose° las bocas   *huddled, corner, silen-* unas con otras, se juntaron por no ser oídas. Dijo la Cristina: *cing* "Muchachas, éste es el caballero que nos dio esta mañana los tres reales de a ocho."

"Así es la verdad," respondieron ellas, "pero no se lo mentemos,°   *mention* ni le digamos nada, si él no nos lo mienta; ¿qué sabemos si quiere encubrirse?"°   *conceal*

En tanto que esto entre las tres pasaba, respondió Preciosa a lo de las rayas: "Lo que veo con lo ojos, con el dedo lo adivino. Yo sé del señor don Juanico, sin rayas, que es algo enamoradizo,°   *falls in love easily* impetuoso y acelerado, y gran prometedor de cosas que parecen imposibles; y plega a Dios que no sea mentirosito, que sería lo peor de todo. Un viaje ha de hacer agora muy lejos de aquí, y uno piensa el bayo y otro el que le ensilla;[62] el hombre pone y Dios dispone; quizá pensará que va a Óñez y dará en Gamboa."[63]

---

61 **Se...** *if he does not change his mind*
62 **Uno...** *his plans will turn out differently*
63 **Va...** *he will go to Óñez and end up in Gamboa.* Óñez and Gamboa are in Viz-

A esto respondió don Juan: "En verdad, gitanica, que has acertado en muchas cosas de mi condición, pero en lo de ser mentiroso vas muy fuera de la verdad, porque 'me precio° de decirla en todo acontecimiento.° En lo del viaje largo has acertado, pues, sin duda, siendo Dios servido, dentro de cuatro o cinco días me partiré a Flandes, aunque tú me amenazas que he de torcer el camino, y no querría que en él me sucediese algún desmán° que lo estorbase."°

"Calle, señorito,"° respondió Preciosa, "y encomiéndese° a Dios, que todo se hará bien; y sepa que yo no sé nada de lo que digo, y no es maravilla° que, como hablo mucho y 'a bulto,° acierte° en alguna cosa, y yo querría acertar en persuadirte a que no te partieses, sino que 'sosegases el pecho° y te estuvieses con tus padres, para darles buena vejez; porque no estoy bien con estas idas y venidas a Flandes, principalmente los mozos de tan tierna edad como la tuya. Déjate crecer un poco, para que puedas llevar los trabajos de la guerra; 'cuanto más,° que harta guerra tienes en tu casa: hartos combates amorosos te sobresaltan° el pecho. Sosiega, sosiega, alborotadito,° y mira lo que haces primero que te cases, y danos una limosnita por Dios y por quien tú eres; que en verdad que creo que eres bien nacido. Y si a esto se junta el ser verdadero, yo cantaré la gala° al vencimiento de haber acertado en cuanto te he dicho."

"Otra vez te he dicho, niña," respondió el don Juan que había de ser Andrés Caballero, "que en todo aciertas, sino en el temor que tienes que no debo de ser muy verdadero; que en esto te engañas, sin alguna duda. La palabra que yo doy en el campo, la cumpliré en la ciudad y adonde quiera, sin serme pedida, pues 'no se puede preciar° de caballero quien toca en el vicio de mentiroso.° Mi padre te dará limosna por Dios y por mí; que en verdad que esta mañana di cuanto tenía a unas damas, que a ser tan lisonjeras° como hermosas, especialmente una dellas, no me

---

caya, one of the Basque provinces in northern Spain

pride myself
circumstances

misfortune
disturb

young sir, entrust your-
self
surprising, vaguely
be right
calm down

especially since
besiege
restless youth

praises

one cannot pride himsel
liar

agreeable

arriendo la ganancia."[64]

Oyendo esto Cristina, con el recato° de la otra vez, dijo a las   modesty
demás gitanas: "¡Ay, niñas, que me maten si no lo dice por los tres
reales de a ocho que nos dio esta mañana!"

"No es así," respondió una de las dos, "porque dijo que eran
damas, y nosotras no lo somos; y, siendo él tan verdadero como
dice, no había de mentir en esto."

"No es mentira de tanta consideración," respondió Cristina,
"la que se dice sin perjuicio de nadie, y en provecho y crédito del
que la dice. Pero, con todo esto, veo que no nos dan nada, ni nos
mandan bailar."

Subió en esto la gitana vieja, y dijo: "Nieta, acaba,° que es   cease
tarde y hay mucho que hacer y más que decir."

"Y ¿qué hay, abuela?" preguntó Preciosa. "¿Hay hijo o hija?"

"Hijo, y muy lindo," respondió la vieja. Ven, Preciosa, y oirás
verdaderas maravillas.

"¡Plega a Dios que no muera de sobreparto!"° dijo Preciosa.   after birth

"Todo 'se mirará muy bien,"° replicó la vieja, "cuanto más,   will be taken care of
que hasta aquí todo ha sido 'parto derecho,° y el infante° es como   without problems, child
un oro."

"¿Ha parido alguna señora?" preguntó el padre de Andrés
Caballero.

"Sí, señor," respondió la gitana, "pero ha sido el parto tan
secreto, que no le sabe sino Preciosa y yo, y otra persona; y así, no
podemos decir quién es."

"Ni aquí lo queremos saber," dijo uno de los presentes, "pero
desdichada° de aquella que en vuestras lenguas deposita su secreto,   unfortunate
y en vuestra ayuda pone su honra."

"No todas somos malas," respondió Preciosa, "quizá hay
alguna entre nosotras que se precia de secreta y de verdadera,
tanto cuanto el hombre más estirado° que hay en esta sala; y   haughty
vámonos, abuela, que aquí nos tienen en poco: pues en verdad
que no somos ladronas ni rogamos a nadie."

---

64 **No...** *I do not know what would happen*

"No os enojéis, Preciosa," dijo el padre, "que, a lo menos de vos, imagino que no se puede presumir cosa mala, que vuestro buen rostro os acredita° y sale por fiador° de vuestras buenas obras. Por vida de Preciosita, que bailéis un poco con vuestras compañeras; que aquí tengo un doblón de oro de a dos caras, que ninguna es como la vuestra, aunque son de dos reyes." `confirms, guarantor`

Apenas hubo oído esto la vieja, cuando dijo: "Ea, niñas, 'haldas en cinta,° y dad contento a estos señores." `tie your skirts`

Tomó las sonajas Preciosa, y dieron sus vueltas,° hicieron y deshicieron todos sus lazos° con tanto donaire y desenvoltura, que tras los pies se llevaban los ojos de cuantos las miraban, especialmente los de Andrés, que así se iban entre los pies de Preciosa, como si allí tuvieran el centro de su gloria. Pero turbósela la suerte de manera que se la volvió en infierno;° y fue el caso que en la fuga del baile se le cayó a Preciosa el papel que le había dado el paje, y, apenas hubo caído, cuando le alzó el que no tenía buen concepto de las gitanas, y, abriéndole 'al punto,° dijo: "¡Bueno; sonetico tenemos! Cese° el baile, y escúchenle; que, según el primer verso, en verdad que no es nada necio."° `turns` `links` `torment` `entirely` `stop` `bad`

Pesóle a Preciosa, por no saber lo que en él venía, y rogó que no le leyesen, y que se le volviesen; y todo el ahinco que en esto ponía eran espuelas° que apremiaban° el deseo de Andrés para oírle. Finalmente, el caballero le leyó en alta voz; y era éste: `spurs, increased`

> Cuando Preciosa el panderete° toca `tambourine`
> y hiere° el dulce son los aires vanos, `flows`
> perlas son que derrama con las manos;
> flores son que despide de la boca.
>   Suspensa el alma, y la cordura° loca, `sense`
> queda a los dulces actos sobrehumanos,
> que, de limpios, de honestos y de sanos,/su
> fama al cielo levantado toca.
>   Colgadas del menor de sus cabellos

mil almas lleva, y a sus plantas tiene
amor rendidas una y otra flecha.[65]
    Ciega y alumbra con sus soles bellos,
su imperio amor por ellos le mantiene,
y aún más grandezas de su ser sospecha.

"¡Por Dios," dijo el que leyó el soneto, "que tiene donaire el
poeta que le escribió!"

"No es poeta, señor, sino un paje muy galán y muy hombre de
bien," dijo Preciosa.

(Mirad lo que habéis dicho, Preciosa, y lo que vais a decir;
que ésas no son alabanzas del paje, sino lanzas° que traspasan° el   lances, pierce
corazón de Andrés, que las escucha. ¿Queréislo ver, niña? Pues
volved los ojos y veréisle desmayado° encima de la silla, con un   fainted
trasudor° de muerte; no penséis, doncella, que os ama tan de   mortal sweat
burlas Andrés que no le hieran y sobresalten el menor de vuestros
descuidos. Llegaos a él 'en hora buena,° y decilde algunas palabras   quickly
al oído, que vayan derechas al corazón y le vuelvan de su desmayo.
¡No, sino andaos a traer sonetos cada día en vuestra alabanza, y
veréis cuál° os le ponen!) Todo esto pasó así como se ha dicho: = cómo
que Andrés, en oyendo el soneto, mil celosas imaginaciones le
sobresaltaron. No se desmayó, pero perdió la color de manera
que, viéndole su padre, le dijo: "¿Qué tienes, don Juan, que parece
que te vas a desmayar, según se te ha mudado el color?"

"Espérense," dijo a esta sazón Preciosa, "déjenmele decir unas
ciertas palabras al oído, y verán como no se desmaya."

Y, llegándose a él, le dijo, casi sin mover los labios: "¡Gentil
ánimo para gitano! ¿Cómo podréis, Andrés, sufrir 'el tormento
de toca,° pues no podéis llevar el de un papel?"   water torture

Y, haciéndole media docena de cruces sobre el corazón, se
apartó dél; y entonces Andrés respiró un poco, y dio a entender
que las palabras de Preciosa le habían aprovechado.

Finalmente, el doblón de dos caras se le dieron a Preciosa,

---

65 Cupid's arrow.

y ella dijo a sus compañeras que le trocaría y repartiría con ellas
hidalgamente.° El padre de Andrés le dijo que le dejase 'por   generously
escrito° las palabras que había dicho a don Juan, que las quería   in writing
saber en todo caso. Ella dijo que las diría de muy buena gana,
y que entendiesen que, aunque parecían cosa de burla, tenían
gracia especial para preservar el 'mal del corazón° y los vaguidos°   heartache, dizziness
de cabeza, y que las palabras eran:

            Cabecita, cabecita,
            tente en ti, no 'te resbales,°   do not fall
            y apareja° dos puntales°   depend, props
            de la paciencia bendita.
            Solicita
            la bonita
            confiancita;
            no te inclines
            a pensamientos ruines;
            verás cosas
            que toquen en milagrosas,°   miraculous
            Dios delante
            y San Cristóbal gigante.

    "Con la mitad destas palabras que le digan, y con seis cruces
que le hagan sobre el corazón a la persona que tuviere vaguidos de
cabeza," dijo Preciosa, "quedará como una manzana."°   in excellent health
    Cuando la gitana vieja oyó el ensalmo° y el embuste,° quedó   incantation, scheme
pasmada; y más lo quedó° Andrés, que vio que todo era invención   = **pasmado** *stunned*
de su agudo ingenio. Quedáronse con el soneto, porque no
quiso pedirle Preciosa, por no dar otro tártago° a Andrés; que   anguish
ya sabía ella, sin ser enseñada,° lo que era dar sustos y martelos,° y   taught, amorous ad-
sobresaltos celosos a los rendidos° amantes.   vances; devoted
    Despidiéronse las gitanas, y, al irse, dijo Preciosa a don Juan:
    "Mire, señor, cualquiera día desta semana es próspero° para   favorable
partidas, y ninguno es aciago;° apresure° el irse lo más presto que   sad, hasten

pudiere, que le aguarda una vida ancha,° libre y muy gustosa, si   unfettered
quiere acomodarse a ella."

"No es tan libre la del soldado, a mi parecer," respondió don
Juan, "que no tenga más de sujeción que de libertad; pero, con
todo esto, haré como viere."

"Más veréis de lo que pensáis," respondió Preciosa, "y Dios os
lleve y traiga con bien, como vuestra buena presencia merece."°   deserves

Con estas últimas palabras quedó contento Andrés, y las
gitanas se fueron contentísimas.

Trocaron° el doblón, repartiéronle° entre todas igualmente,   changed, divided it
aunque la vieja guardiana° llevaba siempre parte y media de lo   vigilant
que se juntaba, así por la mayoridad,° como por ser ella el aguja°   age, needle
por quien se guiaban en el maremagno° de sus bailes, donaires, y   confusion
aun de sus embustes.

Llegóse, en fin, el día que Andrés Caballero se apareció
una mañana en el primer lugar de su aparecimiento, sobre una
mula 'de alquiler,° sin criado alguno. Halló en él a Preciosa y a su   rental
abuela, de las cuales conocido, le recibieron con mucho gusto. Él
les dijo que le guiasen al rancho antes que entrase el día y con él
se descubriesen las señas que llevaba, si acaso le buscasen. [66] Ellas,
que, como advertidas, vinieron solas, dieron la vuelta, y de allí a
poco rato llegaron a sus barracas.°   huts

Entró Andrés en la una, que era la mayor del rancho, y
luego acudieron a verle diez o doce gitanos, todos mozos y todos
gallardos y bien hechos, a quien ya la vieja había dado cuenta
del nuevo compañero que les había de venir, sin tener necesidad
de encomendarles° el secreto; que, como ya se ha dicho, ellos   reveal to them
le guardan con sagacidad° y puntualidad° nunca vista. Echaron   shrewdness, diligence
luego ojo a la mula, y dijo uno dellos: "Ésta se podrá vender el
jueves en Toledo."[67]

"Eso no," dijo Andrés, "porque no hay mula de alquiler que
no sea conocida de todos los mozos de mulas que trajinan° por   wander

---

66 **Antes que entrase...** *before daybreak and before a description of him became
known, in case there were people looking for him*
67 Reference to market day.

España."

"Par Dios, señor Andrés," dijo uno de los gitanos, "que, aunque la mula tuviera más señales que las que han de preceder al 'día tremendo,° aquí la transformáramos de manera que no la conociera la madre que la parió ni el dueño que la ha criado."   Judgment Day

"Con todo eso," respondió Andrés, "por esta vez se ha de seguir y tomar 'el parecer mío.° A esta mula se ha de dar muerte, y   my opinion
ha de ser enterrada donde aun los huesos° no parezcan."   buried bones

"¡'Pecado grande!'°" dijo otro gitano, "¿a una inocente se   what a sinful act
ha de quitar la vida? No diga tal el buen Andrés, sino haga una cosa: mírela bien agora, de manera que se le queden estampadas todas sus señales en la memoria, y déjenmela llevar a mí; y si de aquí a dos horas la conociere, que me lardeen° como a un negro   baste
fugitivo."

"En ninguna manera consentiré," dijo Andrés, "que la mula no muera, aunque más me aseguren su transformación. Yo temo ser descubierto si a ella no la cubre la tierra. Y, si se hace por el provecho que de venderla puede seguirse, no vengo tan desnudo°   poor
a esta cofradía,° que no pueda pagar de entrada° más de lo que   brotherhood, entrance
valen cuatro mulas."   fee

"Pues así lo quiere el señor Andrés Caballero," dijo otro gitano, "muera 'la sin culpa;° y Dios sabe si me pesa, así por su   = la mula
mocedad,° pues aún no ha cerrado (cosa no usada entre mulas de   youth
alquiler), como porque debe ser andariega,° pues no tiene costras   swift
en las ijadas, ni llagas de la espuela."[68]

Dilatóse° su muerte hasta la noche, y en lo que quedaba de   postponed
aquel día se hicieron las ceremonias de la entrada de Andrés a ser gitano, que fueron: desembarazaron° luego un rancho   cleared
de los mejores del aduar,° y adornáronle de ramos y juncia;° y,   huts, sedge
sentándose Andrés sobre un 'medio alcornoque,° pusiéronle en   stump of a cork tree
las manos un martillo° y unas tenazas,° y, al son de dos guitarras   hammer, pincers
que dos gitanos tañían,° le hicieron dar dos cabriolas;° luego le   played, dance merrily
desnudaron un brazo, y con una cinta de seda nueva y un garrote°   stick

---

68 **No tiene...** *it does not have a scab on its flank or sores from spurs*

le° dieron dos vueltas blandamente.   = **brazo**

A todo se halló presente Preciosa y otras muchas gitanas,
viejas y mozas; que las unas con maravilla, otras con amor, le
miraban; tal era la gallarda disposición de Andrés, que hasta los
gitanos le quedaron aficionadísimos.

Hechas, pues, las referidas ceremonias, un gitano viejo tomó
por la mano a Preciosa, y, puesto delante de Andrés, dijo:[69]

"Esta muchacha, que es la flor y la nata° de toda la hermosura   cream
de las gitanas que sabemos que viven en España, te la entregamos,
ya por esposa o ya por amiga, que en esto puedes hacer lo que
fuere más de tu gusto, porque la libre y ancha vida nuestra no está
sujeta a melindres° ni a muchas ceremonias. Mírala bien, y mira si   demands
te agrada,° o si ves en ella alguna cosa que te descontente; y si la ves,   pleases
escoge entre las doncellas que aquí están la que más te contentare;
que la que escogieres te daremos; pero has de saber que una vez
escogida, no la has de dejar por otra, ni te has de empachar° ni   pester
entremeter,° ni con las casadas ni con las doncellas. Nosotros   philander
guardamos inviolablemente° la ley de la amistad: ninguno solicita°   strictly, covets
la prenda del otro; libres vivimos de la amarga° pestilencia de los   bitter
celos. Entre nosotros, aunque hay muchos incestos, no hay ningún
adulterio; y, cuando le hay en la mujer propia, o alguna bellaquería°   roguery
en la amiga, no vamos a la justicia a pedir castigo:° nosotros somos   punishment
los jueces y los verdugos° de nuestras esposas o amigas; con la   executioners
misma facilidad las matamos, y las enterramos por las montañas y
desiertos, como si fueran animales nocivos;° no hay pariente que   injured
las vengue,° ni padres que nos pidan su muerte. Con este temor   avenges
y miedo ellas procuran ser castas, y nosotros, como ya he dicho,
vivimos seguros. Pocas cosas tenemos que no sean comunes a
todos, excepto la mujer o la amiga, que queremos que cada una
sea del que le cupo en suerte. Entre nosotros así hace divorcio la
vejez como la muerte; el que quisiere puede dejar la mujer vieja,
como él sea mozo, y escoger otra que corresponda al gusto de sus

---

69 In the next speech, the elderly gypsy explains the social laws that govern gypsy
society, which can be summarized as follows: all possessions belong to the community,
complete and harmonious existence with nature, and disdain for urban luxuries.

años. Con estas y con otras leyes y estatutos nos conservamos y vivimos alegres; somos señores de los campos, de los sembrados,° *plowed fields* de las selvas,° de los montes, de las fuentes y de los ríos. Los *woods* montes nos ofrecen leña de balde;° los árboles, frutas; las viñas,° *free, vines* uvas; las huertas,° hortaliza;° las fuentes, agua; los ríos, peces,° y *gardens, vegetables, fish* los vedados,° caza; sombra,° las peñas; aire fresco, las quiebras;° *game preserves, shade* y casas, las cuevas. Para nosotros las inclemencias del cielo son oreos,° refrigerio° las nieves, baños la lluvia, músicas los truenos *mountain passes, breezes* y hachas° los relámpagos.° Para nosotros son los duros terrenos° *torches, lightning,* colchones° de blandas plumas: el 'cuero curtido° de nuestros *ground; mattresses,* cuerpos nos sirve de arnés° impenetrable que nos defiende; a *tanned skin; suit of* nuestra ligereza° no la impiden grillos,° ni la detienen barrancos,° *armor; fleetness,* ni la contrastan paredes; a nuestro ánimo no le tuercen cordeles,° *shackles, obstacles;* ni le menoscaban garruchas,° ni le ahogan tocas,° ni le doman *bonds; pulleys, gags* potros.° Del sí al no, no hacemos diferencia cuando nos conviene: *torture* siempre nos preciamos más de mártires° que de confesores. Para *martyrs* nosotros se crían las bestias de carga en los campos, y se cortan las faldriqueras en las ciudades. No hay águila, ni ninguna otra ave de rapiña, que más presto 'se abalance° a la presa° que se le ofrece, *pounces, prey* que nosotros nos abalanzamos a las ocasiones que algún interés° *profit* nos señalen; y, finalmente, tenemos muchas habilidades que felice fin nos prometen; porque en la cárcel cantamos, en el potro callamos, de día trabajamos y de noche hurtamos;° o, por mejor *we steal* decir, avisamos que nadie viva descuidado° de mirar dónde pone *carelessly* su hacienda.° No nos fatiga° el temor de perder la honra, ni 'nos *property, worry* desvela° la ambición de acrecentarla;° ni sustentamos bandos,° *keeps us awake, increase,* ni madrugamos° a dar memoriales,° ni acompañar magnates,° *factions; get up early,* ni a solicitar favores. Por dorados techos y suntuosos palacios *petitions, important* estimamos° estas barracas y movibles ranchos; por cuadros y *men; we appreciate* países de Flandes, los que nos da la naturaleza en esos levantados riscos y nevadas peñas, tendidos prados y espesos° bosques que a *dense* cada paso a los ojos se nos muestran. Somos astrólogos rústicos, porque, como casi siempre dormimos al cielo descubierto,° a *open* todas horas sabemos las que son del día y las que son de la noche; vemos cómo arrincona° y barre° la aurora las estrellas del cielo, *collects, sweeps* y cómo ella sale con su compañera el alba, alegrando el aire, enfriando° el agua y humedeciendo° la tierra; y luego, tras ellas, el sol, dorando cumbres° (como dijo el otro poeta) y rizando° montes: ni tememos quedar helados por su ausencia cuando nos hiere a soslayo° con sus rayos, ni quedar abrasados° cuando con ellos particularmente nos toca; un mismo rostro hacemos al sol que al yelo,° a la esterilidad que a la abundancia. En conclusión, somos gente que vivimos por nuestra industria y pico,° y sin entremeternos con el antiguo refrán: "Iglesia, o mar, o casa real"; tenemos lo que queremos, pues nos contentamos con lo que tenemos. Todo esto os he dicho, generoso mancebo, porque no ignoréis° la vida a que habéis venido y el trato que habéis de profesar, el cual os he pintado aquí en borrón;° que otras muchas e infinitas cosas iréis descubriendo en él con el tiempo, no menos dignas de consideración que las que habéis oído."

    Calló, en diciendo esto el elocuente y viejo gitano, y el novicio dijo que se holgaba° mucho de haber sabido tan loables° estatutos, y que él pensaba hacer profesión en aquella orden tan 'puesta en razón° y en políticos° fundamentos; y que sólo le pesaba no haber venido 'más presto° en conocimiento de tan alegre vida, y que desde aquel punto renunciaba la profesión de caballero y la vanagloria de su ilustre linaje, y lo ponía todo debajo del yugo, o, por mejor decir, debajo de las leyes con que ellos vivían, pues con tan alta recompensa le satisfacían el deseo de servirlos, entregándole a la divina Preciosa, por quien él dejaría coronas° e imperios, y sólo los desearía para servirla.

    A lo cual respondió Preciosa: "Puesto que estos señores legisladores han hallado por sus leyes que soy tuya, y que por tuya te me han entregado, yo he hallado por la ley de mi voluntad,° que es la más fuerte de todas, que no quiero serlo si no es con las condiciones que antes que aquí vinieses entre los dos concertamos. Dos años has de vivir en nuestra compañía 'primero que° de la mía goces, porque tú no te arrepientas por ligero,° ni yo quede engañada por presurosa.° Condiciones rompen leyes; las que te

Margin glosses:

chills, moistens

mountain tops, furrowing

indirectly, burned

ice

words

are unaware

outline

took pleasure, laudable

based upon reason, politics; sooner

crowns

will

before

impulsiveness

anxiousness

he puesto sabes: si las quisieres guardar, podrá ser que sea tuya y
tú seas mío; y donde no, aún no es muerta la mula, tus vestidos°   clothes
están enteros,° y de tus dineros no te falta un ardite;° la ausencia   preserved, coin of little
que has hecho no ha sido aún de un día; que de lo que dél falta te   value
5 puedes servir y dar lugar que considires lo que más te conviene.
Estos señores bien pueden entregarte mi cuerpo; pero no mi
alma, que es libre y nació libre, y ha de ser libre 'en tanto que°   as long as
yo quisiere. Si te quedas, te estimaré en mucho; si te vuelves, no
te tendré en menos; porque, a mi parecer, los ímpetus amorosos
10 corren 'a rienda suelta,° hasta que encuentran con la razón o con   out of control
el desengaño;° y no querría yo que fueses tú para conmigo como   truth
es el cazador, que, en alcanzado la liebre° que sigue, la coge y la   hare
deja por correr tras otra que le huye. Ojos hay engañados que a
la primera vista tan bien les parece el oropel° como el oro, pero a   tinsel
15 poco rato bien conocen la diferencia que hay de lo fino a lo falso.
Esta mi hermosura que tú dices que tengo, que la estimas sobre el
sol y la encareces° sobre el oro, ¿qué sé yo si de cerca te parecerá   extol
sombra, y tocada, cairás en que es de alquimia?° Dos años te doy   fool's gold
de tiempo para que tantees y ponderes lo que será bien que escojas
20 o será justo que deseches;° que la prenda que una vez comprada   reject
nadie se puede deshacer della, sino con la muerte, bien es que
haya tiempo, y mucho, para miralla° y remiralla, y ver en ella las   = **mirarla**
faltas o las virtudes que tiene; que yo no 'me rijo° por la bárbara e   govern
insolente licencia que estos mis parientes se han tomado de dejar
25 las mujeres, o castigarlas, 'cuando se les antoja;° y, como yo no   whenever they like
pienso hacer cosa que llame al castigo, no quiero tomar compañía
que por su gusto me deseche."

     "Tienes razón, ¡oh Preciosa!" dijo a este punto Andrés, "y así,
si quieres que asegure tus temores y menoscabe° tus sospechas,   alleviate
30 jurándote que no saldré un punto de las órdenes que me pusieres,
mira qué juramento° quieres que haga, o qué otra seguridad   oath
puedo darte, que a todo me hallarás dispuesto."°   ready

     "Los juramentos y promesas que hace el cautivo° porque le   prisoner
den libertad, pocas veces se cumplen con ella," dijo Preciosa, "y

así son, según pienso, los del amante: que, por conseguir su deseo, prometerá las alas de Mercurio y los rayos de Júpiter, como me prometió a mí un cierto poeta, y juraba por la 'laguna Estigia.°   River Styx No quiero juramentos, señor Andrés, ni quiero promesas; sólo quiero remitirlo todo a la experiencia deste noviciado, y a mí se me quedará el cargo° de guardarme, cuando vos le tuviéredes de   responsibility ofenderme."

"Sea ansí," respondió Andrés. "Sola una cosa pido a estos señores y compañeros míos, y es que no me fuercen a que hurte ninguna cosa por tiempo de un mes siquiera;[70] porque me parece que no he de acertar a ser ladrón si antes no preceden muchas liciones."°   = lecciones

"Calla, hijo," dijo el gitano viejo, "que aquí te industriaremos°   train de manera que salgas un águila en el oficio; y cuando le sepas, has de gustar dél de modo que te comas las manos tras él. ¡Ya es 'cosa de burla° salir vacío° por la mañana y volver cargado° a la noche   great fun, empty handed, loaded al rancho!"

"De azotes° he visto yo volver a algunos désos vacíos," dijo   whiplashes Andrés.

"No se toman truchas, etcétera," replicó el viejo, "todas las cosas desta vida están sujetas a diversos peligros, y las acciones del ladrón al de las galeras,° azotes y horca;° pero no porque   galleys, gallows corra un navío tormenta, o 'se anega,° han de dejar los otros de   drown navegar. ¡Bueno sería que porque la guerra come° los hombres   consumes y los caballos, dejase de haber soldados! Cuanto más, que el que es azotado por justicia, entre nosotros, es tener un hábito en las espaldas, que le parece mejor que si le trujese en los pechos,[71] y de los buenos. El toque° está en no acabar 'acoceando el aire° en la flor   point, dying de nuestra juventud y a los primeros delitos; que el mosqueo° de   tickling las espaldas, ni el apalear° el agua en las galeras, 'no lo estimamos   paddling en un cacao.° Hijo Andrés, reposad° ahora en el nido debajo de   in the least, stay

---

70 Andrés is willing to do anything that the gypsies ask of him, but he does not want to steal for at least one month so that he can learn how to do it successfully.

71 Reference to the honor associated with being a member of a military order.

nuestras alas, que a su tiempo os sacaremos a volar,[72] y en parte
donde no volváis sin presa;° y lo dicho dicho: que os habéis de   something
lamer° los dedos tras cada hurto."   lick

    "Pues, para recompensar," dijo Andrés, "lo que yo podía
hurtar en este tiempo que se me da de venia,° quiero repartir°   pardon, distribute
docientos escudos de oro entre todos los del rancho."

    Apenas hubo dicho esto, cuando arremetieron a él muchos
gitanos; y, levantándole en los brazos y sobre los hombros,° le   shoulders
cantaban el "¡Víctor, víctor!" y el "¡grande Andrés!" añadiendo:
"¡Y viva, viva Preciosa, amada prenda suya!" Las gitanas hicieron
lo mismo con Preciosa, no sin envidia° de Cristina y de otras   jealously
gitanillas que se hallaron presentes: que la envidia tan bien 'se
aloja° en los aduares de los bárbaros y en las chozas° de pastores,   inhabits, huts
como en palacios de príncipes, y esto de ver medrar° al vecino que   prosper
me parece que no tiene más méritos que yo, fatiga.

    Hecho esto, comieron lautamente;° repartióse el dinero   splendidly
prometido con equidad° y justicia; renováronse las alabanzas de   equally
Andrés, subieron al cielo la hermosura de Preciosa.

    Llegó la noche, acocotaron° la mula y enterráronla de modo   = acogotaron *killed*
que quedó seguro Andrés de ser por ella descubierto; y también
enterraron con ella sus alhajas,° como fueron silla° y freno y   trappings, saddle
cinchas,° a uso de los indios, que sepultan con ellos sus más ricas   saddle straps
preseas.°   possessions

    De todo lo que había visto y oído y de los ingenios de los
gitanos quedó admirado Andrés, y con propósito de seguir y
conseguir su empresa, sin entremeterse° nada en sus costumbres;   becoming involved
o, a lo menos, excusarlo por todas las vías que pudiese, pensando
exentarse° de la jurisdición de obedecellos en las cosas injustas   exempt himself
que le mandasen, a costa de su dinero.

    Otro día les rogó Andrés que mudasen de sitio y 'se alejasen°   distance themselves
de Madrid, porque temía ser conocido si allí estaba. Ellos dijeron
que ya tenían determinado irse a los montes de Toledo, y desde
allí correr y garramar° toda la tierra circunvecina.° Levantaron,   steal, surrounding

---

72 **Os sacaremos...** *we will set you free*

pues, el rancho y diéronle a Andrés una pollina° en que fuese,   donkey filly
pero él no la quiso, sino irse a pie, sirviendo de lacayo° a Preciosa,   lackey
que sobre otra iba: ella contentísima de ver cómo triunfaba de su
gallardo escudero, y él ni más ni menos, de ver junto a sí a la que
había hecho señora de su albedrío.°   free will

¡Oh poderosa fuerza deste que llaman dulce dios de la
amargura° (título que le ha dado la ociosidad° y el descuido°   bitterness, idleness, care-
nuestro), y con qué veras nos avasallas,° y cuán sin respecto nos   lessness; enslaves
tratas!° Caballero es Andrés, y mozo de muy buen entendimiento,°   treat, intelligence
criado casi toda su vida en la Corte y con el regalo de sus ricos
padres; y desde ayer acá ha hecho tal mudanza,° que engañó a sus   transformation
criados y a sus amigos, defraudó° las esperanzas que sus padres   betrayed
en él tenían; dejó el camino de Flandes, donde había de ejercitar
el valor de su persona y acrecentar la honra de su linaje, y se vino
a postrarse° a los pies de una muchacha, y a ser su lacayo; que,   prostrate
'puesto que° hermosísima, en fin, era gitana: privilegio de la   although
hermosura, que trae al redopelo y por la melena a sus pies a la
voluntad más exenta.[73]

De allí a cuatro días llegaron a una aldea° dos leguas de Toledo,   village
donde asentaron° su aduar, dando primero algunas prendas de   set up
plata al alcalde del pueblo, en fianzas° de que en él ni en todo su   guarantee
término no hurtarían ninguna cosa. Hecho esto, todas las gitanas
viejas, y algunas mozas, y los gitanos, 'se esparcieron° por todos   dispersed
los lugares, o, a lo menos, apartados° por cuatro o cinco leguas   separate
de aquel donde habían asentado su real.° Fue con ellos Andrés a   encampment
tomar la primera lición de ladrón; pero, aunque le dieron muchas
en aquella salida, ninguna se le asentó; antes, correspondiendo
a su buena sangre, con cada hurto que sus maestros hacían se
le arrancaba a él el alma; y tal vez hubo que pagó de su dinero
los hurtos que sus compañeros había hecho, conmovido de las
lágrimas de sus dueños; de lo cual los gitanos se desesperaban,
diciéndole que era contravenir a sus estatutos y ordenanzas,°   regulations

---

73 **Privilegio de la…** *a power of beauty is that it has control over the freest will and
can take hold of its hair and drag it to its feet.* Cervantes reminds the reader of Andrés'
"other life" and the sacrifices he has made to be with Preciosa.

que prohibían la entrada a la caridad° en sus pechos, la cual, en   charity
teniéndola, habían de dejar de ser ladrones, cosa que no les estaba
bien en ninguna manera.

    Viendo, pues, esto Andrés, dijo que él quería hurtar por sí
5 solo, sin ir en compañía de nadie; porque para huir del peligro
tenía ligereza,° y para cometelle° no le faltaba el ánimo; así que, el   quickness, = **acometerle**
premio o el castigo de lo que hurtase quería que fuese suyo.   *face it (danger)*

    Procuraron los gitanos disuadirle deste propósito, diciéndole
que le podrían suceder ocasiones donde fuese necesaria la
10 compañía, así para acometer como para defenderse, y que una
persona sola no podía hacer grandes presas. Pero, por más que
dijeron, Andrés quiso ser ladrón solo y señero,° con intención de   separated
apartarse de la cuadrilla° y comprar por su dinero alguna cosa que   group
pudiese decir que la había hurtado, y deste modo cargar lo que
15 menos pudiese sobre su conciencia.

    Usando, pues, desta industria,° en menos de un mes trujo más   strategy
provecho a la compañía que trujeron cuatro de los más estirados°   accomplished
ladrones della; de que no poco se holgaba Preciosa, viendo a su
tierno amante tan lindo y tan despejado ladrón. Pero, con todo
20 eso, estaba temerosa de alguna desgracia; que no quisiera ella
verle en afrenta° por todo el tesoro de Venecia, obligada a tenerle   disgrace
aquella buena voluntad por los muchos servicios y regalos que su
Andrés le hacía.

    Poco más de un mes se estuvieron en los términos° de Toledo,   region
25 donde hicieron su agosto, aunque era por el mes de setiembre,
y desde allí se entraron en Extremadura, por ser tierra rica y
caliente.

    Pasaba Andrés con Preciosa honestos, discretos y enamorados
coloquios, y ella poco a poco se iba enamorando de la discreción
30 y buen trato de su amante; y él, del mismo modo, si pudiera
crecer su amor, fuera creciendo: tal era la honestidad, discreción
y belleza de su Preciosa. A doquiera° que llegaban, él se llevaba el   = **dondequiera**
precio° y las apuestas° de corredor° y de saltar más que ninguno;   prize, wagers, runner

jugaba a los bolos y a la pelota[74] extremadamente; tiraba la barra con mucha fuerza y singular destreza. Finalmente, en poco tiempo voló° su fama por toda Extremadura, y no había lugar donde no se hablase de la gallarda disposición del gitano Andrés Caballero y de sus gracias y habilidades; y al par desta fama corría la de la hermosura de la gitanilla, y no había villa, lugar ni aldea donde no los llamasen para regocijar° las fiestas votivas° suyas, o para otros particulares regocijos. Desta manera, iba el aduar rico, próspero y contento, y los amantes gozosos con sólo mirarse.

    Sucedió, pues, que, teniendo el aduar entre unas encinas,° algo apartado del camino real, oyeron una noche, casi a la mitad della, ladrar° sus perros con mucho ahínco° y más de lo que acostumbraban; salieron algunos gitanos, y con ellos Andrés, a ver a quién ladraban, y vieron que se defendía dellos un hombre vestido de blanco, a quien tenían dos perros asido° de una pierna; llegaron y quitáronle, y uno de los gitanos le dijo: "¿Quién diablos os trujo por aquí, hombre, a tales horas y tan fuera de camino? ¿Venís a hurtar por ventura? Porque en verdad que habéis llegado a buen puerto."

    "No vengo a hurtar," respondió el mordido, "ni sé si vengo o no fuera de camino, aunque bien veo que vengo descaminado.° Pero decidme, señores, ¿está por aquí alguna venta o lugar donde pueda recogerme esta noche y curarme de las heridas° que vuestros perros me han hecho?"

    "No hay lugar ni venta donde podamos encaminaros,"° respondió Andrés, "mas, para curar vuestras heridas y alojaros esta noche, no os faltará comodidad en nuestros ranchos. Veníos con nosotros, que, aunque somos gitanos, no lo parecemos en la caridad."

    "Dios la use con vosotros," respondió el hombre, "y llevadme donde quisiéredes, que el dolor desta pierna me fatiga° mucho."

    Llegóse a él Andrés y otro gitano caritativo (que aun entre los demonios hay unos peores que otros, y entre muchos malos

Margin glosses: spread; enliven, religious; oaks trees; bark, zeal; attached; lost; injuries; guide you; hurts

---

74 A game similar to squash.

hombres suele haber algún bueno), y entre los dos le llevaron. Hacía la noche clara con la luna, de manera que pudieron ver que el hombre era mozo de gentil rostro y talle;° venía vestido todo de lienzo° blanco, y atravesada por las espaldas y ceñida° a los pechos una como camisa o talega° de lienzo. Llegaron a la barraca o toldo° de Andrés, y con presteza encendieron lumbre y luz, y acudió luego la abuela de Preciosa a curar el herido, de quien ya le habían 'dado cuenta.° Tomó algunos pelos de los perros, friólos° en aceite,° y, lavando primero con vino 'dos mordeduras° que tenía en la pierna izquierda, le puso los pelos con el aceite en ellas y encima un poco de romero° verde mascado;° lióselo° muy bien con paños limpios y santiguóle° las heridas y díjole: "Dormid, amigo, que, con el ayuda de Dios, no será nada."

En tanto que curaban al herido, estaba Preciosa delante, y estúvole mirando ahincadamente, y lo mismo hacía él a ella, de modo que Andrés echó de ver en la atención con que el mozo la miraba; pero echólo a que la mucha hermosura de Preciosa se llevaba tras sí los ojos. En resolución, después de curado el mozo, le dejaron solo sobre un lecho° hecho de heno° seco, y por entonces no quisieron preguntarle nada de su camino ni de otra cosa.

Apenas se apartaron dél, cuando Preciosa llamó a Andrés aparte y le dijo: "¿Acuérdaste, Andrés, de un papel que se me cayó en tu casa cuando bailaba con mis compañeras, que, según creo, te dio un mal rato?"

"Sí acuerdo," respondió Andrés, "y era un soneto en tu alabanza, y no malo."

"Pues has de saber, Andrés," replicó Preciosa, "que el que hizo aquel soneto es ese mozo mordido que dejamos en la choza; y en ninguna manera me engaño, porque me habló en Madrid dos o tres veces, y aun me dio un romance muy bueno. Allí andaba, a mi parecer, como paje; mas no de los ordinarios, sino de los favorecidos de algún príncipe; y en verdad te digo, Andrés, que el mozo es discreto, y bien razonado, y sobremanera honesto, y no

Glosses (right margin):
- size
- linen, fastened
- sack
- tent
- informed, fried them
- oil, two bites
- rosemary, crushed, bandaged; blessed
- bed, hay

sé qué pueda imaginar desta su venida y en tal traje."

"¿Qué puedes imaginar, Preciosa?" respondió Andrés. "Ninguna otra cosa sino que la misma fuerza que a mí me ha hecho gitano le ha hecho a él parecer molinero° y venir a buscarte. miller ¡Ah, Preciosa, Preciosa, y cómo se va descubriendo que te quieres preciar de tener más de un rendido!° Y si esto es así, acábame a victim mí primero y luego matarás a este otro, y no quieras sacrificarnos juntos en las aras° de tu engaño, por no decir de tu belleza." altars

"¡Válame Dios," respondió Preciosa, "Andrés, y cuán delicado andas, y cuán de un sotil° cabello° tienes colgadas tus esperanzas thin, hair y mi crédito, pues con tanta facilidad te ha penetrado el alma la dura espada de los celos! Dime, Andrés: si en esto hubiera artificio o engaño alguno, ¿no supiera yo callar y encubrir quién era este mozo? ¿Soy tan necia, por ventura, que te había de dar ocasión de poner en duda mi bondad y buen término? Calla, Andrés, por tu vida, y mañana procura sacar del pecho deste tu asombro preguntándole adónde va, o a lo que viene. Podría ser que estuviese engañada tu sospecha, como yo no lo estoy de que sea el que he dicho. Y, para más satisfac[c]ión tuya, pues ya he llegado a términos de satisfacerte, de cualquiera manera y con cualquiera intención que ese mozo venga, despídele luego y haz que se vaya, pues todos los de nuestra parcialidad te obedecen, y no habrá ninguno que contra tu voluntad le quiera dar acogida en su rancho; y, cuando esto así no suceda, yo te doy mi palabra de no salir del mío, ni dejarme ver de sus ojos, ni de todos aquellos que tú quisieres que no me vean. Mira, Andrés, no me pesa a mí de verte celoso, pero pesarme ha mucho si te veo indiscreto."

"Como no me veas loco, Preciosa," respondió Andrés, "cualquiera otra demostración será poca o ninguna para dar a entender adónde llega y cuánto fatiga la amarga y dura presunción° suspicions de los celos. Pero, con todo eso, yo haré lo que me mandas, y sabré, si es que es posible, qué es lo que este señor paje poeta quiere, dónde va, o qué es lo que busca; que podría ser que por algún hilo° que sin cuidado muestre, sacase yo todo el ovillo° con que thread, ball of yarn temo viene a enredarme."°   tangle me

"Nunca los celos, a lo que imagino," dijo Preciosa, "dejan el
entendimiento libre para que pueda juzgar las cosas como ellas
son. Siempre miran los celosos con 'antojos de allende,° que hacen   magnifying glass
las cosas pequeñas, grandes; los enanos, gigantes, y las sospechas,
verdades. Por vida tuya y por la mía, Andrés, que procedas en
esto, y en todo lo que tocare a nuestros conciertos, cuerda y
discretamente; que si así lo hicieres, sé que me has de conceder la
palma de honesta y recatada,° y de verdadera en todo extremo."   modest

Con esto se despidió de Andrés, y él se quedó esperando el
día para tomar la confesión al herido, llena de turbación el alma
y de mil contrarias imaginaciones. No podía creer sino que aquel
paje había venido allí atraído de la hermosura de Preciosa; porque
piensa el ladrón que todos son 'de su condición.° Por otra parte,   like him
la satisfac[c]ión que Preciosa le había dado le parecía ser de tanta
fuerza, que le obligaba a vivir seguro y a dejar en las manos de su
bondad toda su ventura.

Llegóse el día, visitó al mordido; preguntóle cómo se llamaba
y adónde iba, y cómo caminaba tan tarde y tan fuera de camino;
aunque primero le preguntó cómo estaba, y si se sentía sin dolor
de las mordeduras. A lo cual respondió el mozo que se hallaba
mejor y sin dolor alguno, y de manera que podía ponerse en
camino. A lo de decir su nombre y adónde iba, no dijo otra cosa
sino que se llamaba Alonso Hurtado, y que iba a Nuestra Señora
de la Peña de Francia[75] a un cierto negocio,° y que por llegar 'con   business
brevedad° caminaba de noche, y que la pasada había perdido el   quickly
camino, y acaso había dado con aquel aduar, donde los perros que
le guardaban le habían puesto del modo que había visto.

No le pareció a Andrés legítima esta declaración, sino muy
bastarda,° y de nuevo volvieron a hacerle cosquillas° en el alma   insufficient, torment
sus sospechas; y así, le dijo: "Hermano, si yo fuera juez y vos
hubiérades caído debajo de mi jurisdic[c]ión por algún delito, el

---

75 Site of a church and a Dominican convent where an image of the Virgin Mary
appeared. It is located in a mountain range between Salamanca and Ciudad Rodrigo.

cual pidiera que se os hicieran las preguntas que yo os he hecho,
la respuesta que me habéis dado obligara a que os apretara los
cordeles. Yo no quiero saber quién sois, cómo os llamáis o adónde
vais; pero adviértoos que, si os conviene mentir en este vuestro
viaje, mintáis con más apariencia de verdad. Decís que vais a la
Peña de Francia, y dejáisla a la mano derecha, más atrás deste lugar
donde estamos bien treinta leguas; camináis de noche por llegar
presto, y vais fuera de camino por entre bosques y encinares° que   oak groves
no tienen sendas° apenas, cuanto más caminos. Amigo, levantaos   paths
y aprended a mentir, y andad en hora buena. Pero, por este buen
aviso que os doy, ¿no me diréis una verdad? (que sí diréis, pues
tan mal sabéis mentir) Decidme: ¿sois por ventura uno que yo
he visto muchas veces en la Corte, entre paje y caballero, que
tenía fama de ser gran poeta; uno que hizo un romance y un
soneto a una gitanilla que los días pasados andaba en Madrid,
que era tenida por singular en la belleza? Decídmelo, que yo os
prometo por la fe de caballero gitano de guardaros el secreto que
vos viéredes que os conviene. Mirad que negarme° la verdad, de   not telling me
que no sois el que yo digo, no llevaría camino, porque este rostro°   face
que yo veo aquí es el que vi en Madrid. Sin duda alguna que la
gran fama de vuestro entendimiento me hizo muchas veces que
os mirase como a hombre raro e insigne,° y así se me quedó en la   distinguished
memoria vuestra figura, que os he venido a conocer por ella, aun
puesto en el diferente traje en que estáis agora del en que yo os vi
entonces. No os turbéis; animaos, y no penséis que habéis llegado
a un pueblo de ladrones, sino a un asilo que os sabrá guardar y
defender de todo el mundo. Mirad, yo imagino una cosa, y si
es ansí como la imagino, vos habéis topado° con vuestra buena   bumped into
suerte en haber encontrado conmigo. Lo que imagino es que,
enamorado de Preciosa, aquella hermosa gitanica a quien hicisteis
los versos, habéis venido a buscarla, por lo que yo no os 'tendré en
menos,° sino en mucho más; que, aunque gitano, la experiencia   despise
me ha mostrado adónde se extiende la poderosa fuerza de amor,
y las transformaciones que hace hacer a los que coge debajo de su

jurisdic[c]ión y mando. Si esto es así, como creo que sin duda lo
es, aquí está la gitanica."

"Sí, aquí está, que yo la vi anoche," dijo el mordido; razón   a dead person
con que Andrés quedó como difunto,° pareciéndole que había
salido al cabo con la confirmación de sus sospechas. "Anoche la
vi," tornó a referir el mozo, "pero no me atreví a decirle quién era,
porque no me convenía."

"Desa manera," dijo Andrés, "vos sois el poeta que yo he
dicho."

"Sí soy," replicó el mancebo, "que no lo puedo ni lo quiero
negar. Quizá podía ser que donde he pensado perderme hubiese
venido a ganarme, si es que hay fidelidad° en las selvas y buen   loyalty
acogimiento° en los montes."   welcome

"Hayle, sin duda," respondió Andrés, "y entre nosotros, los
gitanos, el mayor secreto del mundo. Con esta confianza podéis,
señor, descubrirme° vuestro pecho, que hallaréis en el mío lo   reveal
que veréis, sin doblez° alguno. La gitanilla es parienta° mía, y   deceit, relative
está sujeta a lo que quisiere hacer della; si la quisiéredes por
esposa, yo y todos sus parientes gustaremos dello; y si por amiga,
no usaremos de ningún melindre,° con tal que tengáis dineros,   finickiness
porque la codicia° por jamás sale de nuestros ranchos."   greed

"Dineros traigo," respondió el mozo, "en estas mangas° de   sleeves
camisa que traigo ceñida por el cuerpo vienen cuatrocientos
escudos de oro."

Éste fue otro susto° mortal que recibió Andrés, viendo que   fright
el traer tanto dinero no era sino para conquistar o comprar su
prenda; y, con lengua ya turbada, dijo: "Buena cantidad es ésa; no
hay sino descubriros, y 'manos a labor,° que la muchacha, que no   get down to business
es nada boba,° verá cuán bien le está ser vuestra."   fool

"¡Ay amigo!" dijo a esta sazón el mozo, "quiero que sepáis
que la fuerza que me ha hecho mudar de traje no es la de amor,
que vos decís, ni de desear a Preciosa, que hermosas tiene Madrid
que pueden y saben robar los corazones y rendir las almas tan
bien y mejor que las más hermosas gitanas, puesto que confieso

que la hermosura de vuestra parienta a todas las que yo he visto 'se aventaja.° Quien me tiene en este traje, a pie y mordido de perros, no es amor, sino desgracia mía." — exceeds

Con estas razones que el mozo iba diciendo, iba Andrés cobrando los espíritus perdidos, pareciéndole que 'se encaminaban° a otro paradero° del que él se imaginaba; y deseoso de salir de aquella confusión, volvió a reforzarle° la seguridad con que podía descubrirse; y así, él prosiguió° diciendo: — leading, end / stress / continued

"Yo estaba en Madrid en casa de un título,° a quien servía no como a señor, sino como a pariente. Éste tenía un hijo, único heredero° suyo, el cual, así por el parentesco como por ser ambos de una edad y de una condición misma, me trataba con familiaridad y amistad grande. Sucedió que este caballero se enamoró de una doncella principal, a quien él escogiera de bonísima° gana para su esposa, si no tuviera la voluntad sujeta, como buen hijo, a la de sus padres, que aspiraban a casarle más altamente; pero, con todo eso, la servía 'a hurto° de todos los ojos que pudieran, con las lenguas, 'sacar a la plaza° sus deseos; solos los míos eran testigos° de sus intentos. Y una noche, que debía de haber escogido la desgracia para el caso que ahora os diré, pasando los dos por la puerta y calle desta señora, vimos arrimados° a ella dos hombres, al parecer, de buen talle. Quiso reconocerlos mi pariente, y apenas se encaminó hacia ellos, cuando echaron con mucha ligereza mano a las espadas y a dos broqueles,° y se vinieron a nosotros, que hicimos lo mismo, y con iguales armas 'nos acometimos.° Duró poco la pendencia,° porque no duró mucho la vida de los dos contrarios, que, de dos estocadas° que guiaron los celos de mi pariente y la defensa que yo le hacía, las perdieron (caso extraño y pocas veces visto). Triunfando, pues, de lo que no quisiéramos, volvimos a casa, y, secretamente, tomando todos los dineros que podimos, nos fuimos a San Jerónimo,[76] esperando el día, que descubriese lo sucedido y las presunciones que se tenían de los matadores. Supimos que de nosotros no — titled nobleman / heir / very good / secretly / make known / witnesses / standing near / bucklers / attacked, fight / thrusts

---

[76] Criminals often sought refuge from the police inside of churches.

había indicio alguno, y aconsejáronnos los prudentes religiosos
que nos volviésemos a casa, y que no diésemos ni despertásemos
con nuestra ausencia alguna sospecha contra nosotros. Y, ya que
estábamos determinados de seguir su parecer,° nos avisaron que   advice
5   los señores alcaldes° de Corte habían preso en su casa a los padres   judges
de la doncella y a la misma doncella, y que entre otros criados a
quien tomaron la confesión, una criada de la señora dijo cómo
mi pariente paseaba a su señora de noche y de día; y que con
este indicio habían acudido a buscarnos, y, no hallándonos, sino
10 muchas señales de nuestra fuga,° se confirmó en toda la Corte ser   getaway
nosotros los matadores de aquellos dos caballeros, que lo eran, y
muy principales. Finalmente, con parecer del conde mi pariente,
y del de los religiosos,° después de 'quince días° que estuvimos   monks, two weeks
escondidos en el monasterio, mi camarada,° en hábito de fraile,   friend
15 con otro fraile se fue la vuelta de Aragón, con intención de
pasarse a Italia, y desde allí a Flandes, hasta ver en qué paraba
el caso. [77] Yo quise dividir y apartar nuestra fortuna, y que no
corriese nuestra suerte por una misma derrota; seguí otro camino
diferente del suyo, y, en hábito de 'mozo de fraile,° a pie, salí con   friar's servant
20 un religioso, que me dejó en Talavera; desde allí aquí he venido
solo y fuera de camino, hasta que anoche llegué a este encinal,
donde me ha sucedido lo que habéis visto. Y si pregunté por el
camino de la Peña de Francia, fue por responder algo a lo que se
me preguntaba; que en verdad que no sé dónde cae° la Peña de   is
25 Francia, puesto que sé que está más arriba de Salamanca."

"Así es verdad," respondió Andrés, "y ya la dejáis a mano
derecha, casi veinte leguas[78] de aquí; porque veáis cuán derecho
camino llevábades si allá fuérades."

"El que yo pensaba llevar," replicó el mozo, "no es sino a
30 Sevilla; que allí tengo un caballero ginovés,° grande amigo del   Genoese
conde mi pariente, que suele° enviar a Génova gran cantidad de   regularly
plata, y llevo disignio° que me acomode° con los que la suelen   plan, accompany

---

77 **Hasta ver...** *until we saw how the situation resolved itself*

78 Andrés informed Alonso earlier that the distance to Nuestra Señora de la Peña
de Francia was thirty leagues. One league is approximately 3.5 miles.

llevar, como uno dellos; y con esta estratagema° seguramente   strategy
podré pasar hasta Cartagena, y de allí a Italia, porque han de venir
dos galeras muy presto a embarcar esta plata. Ésta es, buen amigo,
mi historia: mirad si puedo decir que nace más de desgracia pura
que de amores aguados.° Pero si estos señores gitanos quisiesen   frustrated
llevarme en su compañía hasta Sevilla, si es que van allá, yo se lo
pagaría muy bien; que me doy a entender que en su compañía iría
más seguro, y no con el temor que llevo."

    "Sí llevarán," respondió Andrés, "y si no fuéredes en nuestro
aduar, porque hasta ahora no sé si va al Andalucía, iréis en otro
que creo que habemos de topar dentro de dos días, y con darles
algo de lo que lleváis, facilitaréis con ellos otros imposibles°   unlikely feats
mayores."

    Dejóle Andrés, y vino a dar cuenta a los demás gitanos de
lo que el mozo le había contado y de lo que pretendía, con el
ofrecimiento que hacía de la buena paga y recompensa. Todos
fueron de parecer que se quedase en el aduar. Sólo Preciosa tuvo
el contrario, y la abuela dijo que ella no podía ir a Sevilla, ni a sus
contornos,° 'a causa que° los años pasados había hecho una burla   surrounding areas, be-
en Sevilla a un gorrero° llamado Triguillos, muy conocido en ella,   cause; cap maker
al cual le había hecho meter en una tinaja° de agua hasta el cuello,   vat
desnudo° en carnes, y en la cabeza puesta una corona de ciprés,°   naked, cypress
esperando el filo° de la media noche para salir de la tinaja a cavar°   edge, dig
y sacar un gran tesoro que ella le había hecho creer que estaba
en cierta parte de su casa. Dijo que, como oyó el buen gorrero
tocar a maitines,° por no perder la coyuntura,° se dio tanta priesa   matins, opportunity
a salir de la tinaja que dio con ella y con él en el suelo, y con el
golpe y con los cascos° 'se magulló las carnes,° derramóse el agua   fragments, hurt himself
y él quedó nadando° en ella, y dando voces que 'se anegaba.°   swimming, was drown-
Acudieron su mujer y sus vecinos con luces, y halláronle haciendo   ing
efectos de nadador, soplando y arrastrando la barriga° por el suelo,   belly
y meneando° brazos y piernas con mucha priesa, y diciendo a   flailing
grandes voces: "¡Socorro,° señores, que 'me ahogo!°"tal le tenía el   help, I am drowning
miedo, que verdaderamente pensó que se ahogaba. Abrazáronse

con él, sacáronle de aquel peligro, 'volvió en sí,° contó la burla   he recovered
de la gitana, y, con todo eso, cavó en la parte señalada más de
un estado° en hondo,° a pesar de todos cuantos le decían que era   six feet, deep
embuste mío; y si no se lo estorbara un vecino suyo, que tocaba ya
en los cimientos° de su casa, él diera con entrambas° en el suelo, si   foundation
le dejaran cavar todo cuanto él quisiera. Súpose este cuento por   both
toda la ciudad, y hasta los muchachos le señalaban con el dedo y
contaban su credulidad y mi embuste.[79]

Esto contó la gitana vieja, y esto dio por excusa para no ir a
Sevilla. Los gitanos, que ya sabían de Andrés Caballero que el
mozo traía dineros en cantidad, con facilidad le acogieron° en su   welcomed
compañía y se ofrecieron de guardarle y encubrirle° todo el tiempo   hide him
que él quisiese, y determinaron de torcer° el camino a mano   veer
izquierda y entrarse en la Mancha y en el reino° de Murcia.   kingdom

Llamaron al mozo y diéronle cuenta de lo que pensaban
hacer por él; él se lo agradeció y dio cien escudos de oro para
que los repartiesen entre todos. Con esta dádiva° quedaron más   gift
blandos que unas martas;° sólo a Preciosa no contentó mucho   sable
la quedada° de don Sancho, que así dijo el mozo que se llamaba;   stay
pero los gitanos se le mudaron° en el de Clemente, y así le llamaron   changed
desde allí adelante. También quedó un poco torcido Andrés, y
no bien satisfecho de haberse quedado Clemente, por parecerle
que con poco fundamento había dejado sus primeros designios.
Mas Clemente, como si le leyera la intención, entre otras cosas
le dijo que se holgaba de ir al reino de Murcia, por estar cerca
de Cartagena, adonde si viniesen galeras, como él pensaba que
habían de venir, pudiese con facilidad pasar a Italia. Finalmente,
por traelle más ante los ojos y mirar sus acciones y escudriñar° sus   scrutinize
pensamientos, quiso Andrés que fuese Clemente su camarada,
y Clemente tuvo esta amistad por gran favor que se le hacía.
Andaban siempre juntos, gastaban largo,° llovían escudos, corrían,   a lot
saltaban, bailaban y 'tiraban la barra° mejor que ninguno de los   hurled the bar

---

79 **Mi embuste...** *my trick.* The story changes here from third person to first person. In the subsequent paragraph, it will change back to third person

gitanos, y eran de las gitanas más que medianamente queridos, y de los gitanos en todo extremo respectados.

Dejaron, pues, a Extremadura y entráronse en la Mancha, y poco a poco fueron caminando al reino de Murcia. En todas las aldeas y lugares que pasaban había desafíos° de pelota, de esgrima,° de correr, de saltar, de tirar la barra y de otros ejercicios de fuerza, maña° y ligereza, y de todos salían vencedores Andrés y Clemente, como de solo Andrés queda dicho. Y en todo este tiempo, que fueron más de mes y medio, nunca tuvo Clemente ocasión, ni él la procuró, de hablar a Preciosa, hasta que un día, estando juntos Andrés y ella, llegó él a la conversación, porque le llamaron, y Preciosa le dijo: "Desde la vez primera que llegaste a nuestro aduar te conocí, Clemente, y se me vinieron a la memoria los versos que en Madrid me diste; pero no quise decir nada, por no saber con qué intención venías a nuestras estancias;° y, cuando supe tu desgracia, me pesó° en el alma, y se aseguró mi pecho, que estaba sobresaltado, pensando que como había don Juanes en el mundo, y que se mudaban en Andreses, así podía haber don Sanchos que se mudasen en otros nombres. Háblote desta manera porque Andrés me ha dicho que te ha dado cuenta de quién es y de la intención con que se ha vuelto gitano—y así era la verdad; que Andrés le había hecho sabidor de toda su historia, por poder comunicar con él sus pensamientos. Y no pienses que te fue de poco provecho el conocerte, pues por mi respecto y por lo que yo de ti dije, se facilitó el acogerte y admitirte en nuestra compañía, donde plega a Dios te suceda todo el bien que acertares° a desearte. Este buen deseo quiero que me pagues en que no afees° a Andrés la bajeza° de su intento, ni le pintes cuán mal le está perserverar en este estado; que, puesto que yo imagino que debajo de los candados° de mi voluntad está la suya, todavía me pesaría de verle dar muestras, por mínimas que fuesen, de algún arrepentimiento."°

A esto respondió Clemente: "No pienses, Preciosa única, que don Juan con ligereza de ánimo me descubrió quién era: primero

Margin glosses:
challenges
fencing
skill
dwelling
weighed
could
condemn, indignity
padlocks
regret

le conocí yo, y primero me descubrieron sus ojos sus intentos;
primero le dije yo quién era, y primero le adiviné la prisión de su
voluntad que tú señalas;° y él, dándome el crédito que era razón   indicate
que me diese, fió de mi secreto el suyo, y él es buen testigo si alabé°   I praised
5   su determinación y escogido empleo; que no soy, ¡oh Preciosa!
de tan corto° ingenio que no alcance° hasta dónde se extienden   little, understand
las fuerzas de la hermosura; y la tuya, por pasar de los límites de
los mayores extremos de belleza, es disculpa bastante de mayores
yerros, si es que deben llamarse yerros los que se hacen con tan
10   forzosas causas. Agradézcote, señora, lo que en mi crédito dijiste,
y yo pienso pagártelo en desear que estos enredos° amorosos   intrigues
salgan a fines felices, y que tú goces de tu Andrés, y Andrés de su
Preciosa, en conformidad y gusto de sus padres, porque de tan
hermosa junta veamos en el mundo los más bellos renuevos° que   offspring
15   pueda formar la bien intencionada naturaleza. Esto desearé yo,
Preciosa, y esto le diré siempre a tu Andrés, y no cosa alguna que
le divierta° de sus 'bien colocados° pensamientos."   divert, well-intentioned

    Con tales afectos° dijo las razones° pasadas Clemente, que   feelings, words
estuvo en duda Andrés si las había dicho como enamorado
20   o como comedido;° que la infernal enfermedad celosa es tan   politeness
delicada, y de tal manera, que en los átomos° del sol 'se pega,° y de   particles, adheres
los que tocan a la cosa amada se fatiga el amante y 'se desespera.°   despairs
Pero, con todo esto, no tuvo celos confirmados, más fiado° de   trusted
la bondad de Preciosa que de la ventura suya, que siempre los
25   enamorados se tienen por infelices en tanto que no alcanzan lo
que desean. En fin, Andrés y Clemente eran camaradas y grandes
amigos, asegurándolo todo la buena intención de Clemente y
el recato y prudencia de Preciosa, que jamás dio ocasión a que
Andrés tuviese della celos.

30   Tenía Clemente sus puntas de poeta,[80] como lo mostró
en los versos que dio a Preciosa, y Andrés se picaba un poco, y
entrambos eran aficionados° a la música. Sucedió, pues, que,   fond
estando el aduar alojado en un valle cuatro leguas de Murcia,

---

80 **Tenía...** *Clemente was something of a poet*

una noche, por entretenerse, sentados los dos, Andrés al pie
de un alcornoque,° Clemente al de una encina,° cada uno con   cork-oak, evergreen
una guitarra, convidados del silencio de la noche, comenzando
Andrés y respondiendo Clemente, cantaron estos versos:

ANDRÉS: Mira, Clemente, el estrellado velo°   veil
            con que esta noche fría
            compite con el día,
            de luces bellas adornando el cielo;
            y en esta semejanza,
            si tanto tu divino ingenio alcanza,
            aquel rostro figura
            donde asiste° el extremo de hermosura.   dwells

CLEMENTE: Donde asiste el extremo de hermosura,
            y adonde la Preciosa
            honestidad hermosa
            con todo extremo de bondad se apura,
            en un sujeto cabe,
            que no hay humano ingenio que le alabe,
            si no toca en divino,
            en alto, en raro, en grave y peregrino.

ANDRÉS: En alto, en raro, en grave y peregrino
            estilo nunca usado,
            al cielo levantado,
            por dulce al mundo y sin igual camino,
            tu nombre, ¡oh gitanilla!
            causando asombro, espanto y maravilla,°   wonder
            la fama yo quisiera
            que le llevara hasta la octava esfera.

CLEMENTE: Que le llevara hasta la octava esfera
            fuera decente y justo,

        dando a los cielos gusto,
        cuando el son de su nombre allá se oyera,
        y en la tierra causara,
        por donde el dulce nombre resonara,
5   música en los oídos
        paz en las almas, gloria en los sentidos.

ANDRÉS: Paz en las almas, gloria en los sentidos
        se siente cuando canta
10   la sirena, que encanta
        y adormece° a los más apercebidos;   lulls
        y tal es mi Preciosa,
        que es lo menos que tiene ser hermosa:
        dulce regalo mío,
15   corona del donaire, honor del brío.

CLEMENTE: Corona del donaire, honor del brío
        eres, bella gitana,
        frescor° de la mañana,   freshness
20   céfiro° blando en el ardiente estío;°   wind, summer
        rayo con que Amor ciego
        convierte el pecho más de nieve en fuego;
        fuerza que ansí la hace,
        que blandamente mata y satisface.
25

    Señales iban dando de no acabar tan presto el libre y el
cautivo, si no sonara a sus espaldas la voz de Preciosa, que las
suyas había escuchado. Suspendiólos el oírla, y, sin moverse,
prestándola maravillosa atención, la escucharon. Ella (o no sé
30 si de improviso,° o si en algún tiempo los versos que cantaba le   improvised
compusieron), con extremada gracia, como si para responderles
fueran hechos, cantó los siguientes:

En esta empresa° amorosa,　　　　　　　　　affair
donde el amor entretengo,°　　　　　　　　　entertain
por mayor ventura tengo
ser honesta que hermosa.

　La que es más humilde planta,
si la subida endereza,°　　　　　　　　　　upright
por gracia o naturaleza
a los cielos se levanta.

　En este mi bajo cobre,°　　　　　　　　　copper
siendo honestidad su esmalte,°　　　　　　　enamel
no hay buen deseo que falte
ni riqueza que no sobre.

　No me causa alguna° pena　　　　　　　= **ninguna**
no quererme o no estimarme;
que yo pienso fabricarme
mi suerte y ventura buena.

　Haga yo lo que en mí es,
que a ser buena me encamine,
y haga el cielo y determine
lo que quisiere después.

　Quiero ver si la belleza
tiene tal prerrogativa,
que me encumbre° tan arriba,　　　　　　　raises
que aspire a mayor alteza.

　Si las almas son iguales,
podrá la de un labrador
igualarse por valor
con las que son imperiales.

　De la mía lo que siento
me sube al grado mayor,
porque majestad y amor
no tienen un mismo asiento.

Aquí dio fin Preciosa a su canto,° y Andrés y Clemente se　　song

levantaron a recebilla. Pasaron entre los tres discretas razones,°   conversation
y Preciosa descubrió en las suyas su discreción, su honestidad
y su agudeza,° de tal manera que en Clemente halló disculpa   wit
la intención de Andrés, que aún hasta entonces no la había
hallado, juzgando más a mocedad° que a cordura° su arrojada   youth, prudence
determinación.

      Aquella mañana se levantó el aduar y se fueron a alojar° en   stay
un lugar de la jurisdicción° de Murcia, tres leguas de la ciudad,   area
donde le sucedió a Andrés una desgracia que le puso en punto
de perder la vida. Y fue que, después de haber dado en aquel
lugar algunos vasos y prendas de plata en fianzas,° como tenían   bond
de costumbre,° Preciosa y su abuela y Cristina, con otras dos   custom
gitanillas y los dos, Clemente y Andrés, se alojaron en un mesón
de una viuda rica, la cual tenía una hija de edad de diez y siete o
diez y ocho años, algo más desenvuelta° que hermosa; y, por más   carefree
señas, se llamaba Juana Carducha. Ésta, habiendo visto bailar a
las gitanas y gitanos, la tomó el diablo, y se enamoró de Andrés
tan fuertemente que propuso de decírselo y tomarle por marido,
si él quisiese, aunque a todos sus parientes les pesase;° y así, buscó   sadden
coyuntura para decírselo, y hallóla en un corral donde Andrés
había entrado a requerir° dos pollinos. Llegóse a él, y 'con priesa,°   inspect, quickly
por no ser vista, le dijo:

      "Andrés," que ya sabía su nombre, "yo soy doncella y rica;
que mi madre no tiene otro hijo sino a mí, y este mesón es suyo;
y amén° desto tiene muchos majuelos° y otros dos pares de   besides, vineyards
casas.[81] Hasme parecido bien: si me quieres por esposa, a ti está;
respóndeme presto, y si eres discreto, quédate y verás qué vida
nos damos."

      Admirado quedó Andrés de la resolución de la Carducha, y
con la presteza° que ella pedía le respondió: haste

      "Señora doncella, yo estoy apalabrado° para casarme, y los   engaged
gitanos no nos casamos sino con gitanas; guárdela Dios por la
merced que me quería hacer, de quien yo no soy digno."

---

81 **Dos pares...** *two houses*

No estuvo en 'dos dedos° de caerse muerta la Carducha con
la aceda° respuesta de Andrés, a quien replicara° si no viera que
entraban en el corral otras gitanas. Salióse corrida y asendereada,°
y de buena gana se vengara si pudiera. Andrés, como discreto,
determinó de poner tierra en medio y desviarse de aquella
ocasión que el diablo le ofrecía; que bien leyó en los ojos de la
Carducha que sin los 'lazos matrimoniales° se le entregara a toda
su voluntad, yno quiso verse pie a pie y solo en aquella estacada;°
y así, pidió a todos los gitanos que aquella noche se partiesen de
aquel lugar. Ellos, que siempre le obedecían, lo pusieronluego por
obra, y, cobrando° sus fianzas° aquella tarde, se fueron.

La Carducha, que vio que en irse Andrés se le iba la mitad de su
alma, y que no le quedaba tiempo para solicitar el cumplimiento°
de sus deseos, ordenó de hacer quedar a Andrés por fuerza, ya que
'de grado° no podía. Y así, con la industria, sagacidad y secreto
que su mal intento le enseñó, puso entre las alhajas° de Andrés,
que ella conoció por suyas, unos ricos corales y dos patenas° de
plata, con otros brincos° suyos; y, apenas habían salido del mesón,
cuando dio voces, diciendo que aquellos gitanos le llevaban
robadas sus joyas, a cuyas voces acudió la justicia y toda la gente
del pueblo.

Los gitanos 'hicieron alto,° y todos juraban que ninguna cosa
llevaban hurtada, y que ellos 'harían patentes° todos los sacos y
repuestos° de su aduar. Desto se congojó mucho la gitana vieja,
temiendo que en aquel escrutinio no se manifestasen los dijes°
de la Preciosa y los vestidos de Andrés, que ella con gran cuidado
y recato guardaba; pero la buena de la Carducha lo remedió
con mucha brevedad todo, porque al segundo envoltorio° que
miraron dijo que preguntasen cuál era el de aquel gitano gran
bailador, que ella le había visto entrar en su aposento dos veces, y
que podría ser que aquél las llevase. Entendió Andrés que por él
lo decía y, riéndose, dijo: "Señora doncella, ésta es mi recámara y
éste es mi pollino; si vos hálláredes en ella ni en él lo que os falta,
yo os lo pagaré con las setenas,° fuera de sujetarme al castigo que

nearly

harsh, responded

defeated

bonds of marriage

battlefield

recovering, insurance

satisfaction

willingly

belongings

lockets

trinkets

stopped

would reveal

provisions

trinkets

bundle

sevenfold interest

la ley da a los ladrones."

Acudieron luego los ministros de la justicia a desvalijar° el   rob
pollino, y a pocas vueltas dieron con el hurto, de que quedó tan
espantado Andrés y tan absorto,° que no pareció sino estatua, sin   lost in thought
5   voz, de piedra dura.

"¿No sospeché yo bien?" dijo a esta sazón la Carducha.
"¡Mirad con qué buena cara se encubre un ladrón tan grande!"[82]

El alcalde, que estaba presente, comenzó a decir mil injurias°   insults
a Andrés y a todos los gitanos, llamándolos de públicos ladrones
10   y 'salteadores de caminos.° A todo callaba Andrés, suspenso e   highwaymen
imaginativo, y no acababa de caer en la traición de la Carducha.
En esto se llegó a él un soldado bizarro°, sobrino del alcalde,   elegant
diciendo:

"¿No veis cuál se ha quedado el gitanico podrido° de hurtar?   rotten
15   Apostaré yo que hace melindres y que niega el hurto, con
habérsele cogido en las manos; que bien haya quien no os echa
en galeras a todos. ¡Mirad si estuviera mejor este bellaco en ellas,
sirviendo a su Majestad, que no andarse bailando de lugar en
lugar y hurtando de venta en monte! A fe de soldado, que estoy
20   por darle una bofetada° que le derribe° a mis pies."   blow, knocks down

Y, diciendo esto, sin más ni más, alzó la mano y le dio un
bofetón° tal, que le hizo volver de su embelesamiento,° y le hizo   violent blow, spell
acordar que no era Andrés Caballero, sino don Juan, y caballero;
y, arremetiendo al soldado con mucha presteza y más cólera, le
25   arrancó su misma espada de la vaina y se la envainó en el cuerpo,
dando con él muerto en tierra.

Aquí fue el gritar del pueblo, aquí el amohinarse° el tío   to become enraged
alcalde, aquí el desmayarse Preciosa y el turbarse Andrés de verla
desmayada; aquí el acudir todos a las armas y dar tras el homicida.
30   Creció la confusión, creció la grita, y, por acudir Andrés al desmayo
de Preciosa, dejó de acudir a su defensa; y quiso la suerte que
Clemente no se hallase al desastrado° suceso, que con los bagajes   disastrous
había ya salido del pueblo. Finalmente, tantos cargaron sobre

---

82 **Qué buena...** *how such a handsome face hides such a big thief*

Andrés, que le prendieron y le aherrojaron° con dos muy gruesas°   bound, heavy
cadenas.° Bien quisiera el alcalde ahorcarle° luego, si estuviera en su   chains, hang him
mano, pero hubo de remitirle a Murcia, por ser de su jurisdicción.
No le llevaron hasta otro día, y en el que allí estuvo, pasó Andrés
muchos martirios° y vituperios° que el indignado alcalde y sus   abuse, cursing
ministros y todos los del lugar le hicieron. Prendió el alcalde todos
los más gitanos y gitanas que pudo, porque los más huyeron, y entre
ellos Clemente, que temió ser cogido° y descubierto.°   arrested, recognized

    Finalmente, con la sumaria° del caso y con una gran cáfila° de   indictment, multitude
gitanos, entraron el alcalde y sus ministros con otra mucha gente
armada en Murcia, entre los cuales iba Preciosa, y el pobre Andrés,
ceñido de cadenas, sobre un macho y con esposas y piedeamigo.°   iron collar
Salió toda Murcia a ver los presos,° que ya se tenía noticia de la   prisoners
muerte del soldado. Pero la hermosura de Preciosa aquel día
fue tanta, que ninguno la miraba que no la bendecía,° y llegó la   bless
nueva de su belleza a los oídos° de 'la señora corregidora,° que por   ears, Chief Magistrate's
curiosidad de verla hizo que el corregidor, su marido, mandase que   wife
aquella gitanica no entrase en la cárcel,° y todos los demás sí. Y a   prison
Andrés le pusieron en un 'estrecho calabozo,° cuya escuridad, y la   narrow cell
falta de la luz de Preciosa, le trataron de manera que bien pensó no
salir de allí sino° para la sepultura.°   except, grave

    Llevaron a Preciosa con su abuela a que la corregidora la viese,
y, así como la vio, dijo: '"Con razón° la alaban de hermosa."   with reason

    Y llegándola a sí, la 'abrazó tiernamente,° y no se hartaba de   hugged tenderly
mirarla, y preguntó a su abuela que qué edad tendría aquella niña.

    "Quince años," respondió la gitana, "dos meses 'más a
menos."°   more or less

    "Esos tuviera agora la desdichada° de mi Costanza. ¡Ay,   unfortunate
amigas, que esta niña me ha renovado° mi desventura!" dijo la   brought back
corregidora.

    Tomó en esto Preciosa las manos de la corregidora, y,
besándoselas muchas veces, se las bañaba° con lágrimas° y le decía: bathe, tears
"Señora mía, el gitano que está preso no tiene culpa, porque fue
provocado: llamáronle ladrón, y no lo es; diéronle un bofetón en

su rostro, que es tal que en él se descubre la bondad de su ánimo. Por Dios y por quien vos sois, señora, que le hagáis guardar° su justicia,° y que el señor corregidor no se dé priesa a ejecutar° en él el castigo con que las leyes le amenazan;° y si algún agrado os ha dado mi hermosura, entretenedla con entretener el preso, porque en el fin de su vida está el de la mía. Él ha de ser mi esposo, y justos y honestos impedimentos han estorbado° que aun hasta ahora no nos habemos dado las manos. Si dineros fueren menester para alcanzar perdón de la parte, todo nuestro aduar se venderá en pública almoneda,° y se dará aún más de lo que pidieren. Señora mía, si sabéis qué es amor, y algún tiempo le tuvistes, y ahora le tenéis a vuestro esposo, doleos° de mí, que amo tierna y honestamente al mío."

En todo el tiempo que esto decía, nunca la dejó las manos, ni apartó los ojos de mirarla atentísimamente, derramando° amargas° y piadosas° lágrimas en mucha abundancia. Asimismo, la corregidora la tenía a ella asida de las suyas, mirándola ni más ni menos, con no menor ahinco y con no más pocas lágrimas. Estando en esto, entró el corregidor, y, hallando a su mujer y a Preciosa tan llorosas y tan encadenadas,° quedó suspenso,° así de su llanto° como de la hermosura. Preguntó la causa de aquel sentimiento,° y la respuesta que dio Preciosa fue soltar° las manos de la corregidora y asirse° de los pies del corregidor, diciéndole:

"¡Señor, misericordia,° misericordia! ¡Si mi esposo muere, yo soy muerta! Él no tiene culpa; pero si la tiene, déseme a mí la pena,° y si esto no puede ser, a lo menos entreténgase el pleito° en tanto que se procuran y buscan los medios° posibles para su remedio; que podrá ser que al que no pecó° de malicia le enviase el cielo la 'salud de gracia.'°

Con nueva suspensión° quedó el corregidor de oír las discretas razones de la gitanilla, y que ya, si no fuera por no dar 'indicios de flaqueza,° le acompañara en sus lágrimas.

En tanto que esto pasaba, estaba la gitana vieja considerando grandes, muchas y diversas cosas; y, 'al cabo de° toda esta

---

delay, sentence
pronouncing
threaten

prevented

auction

take pity

crying
bitter, pitiful

close, astounded
weeping
emotions, release
grasp

mercy

punishment, case
means
sinned
salvation of grace

amazement

sign of weakness

after

suspensión y imaginación,° dijo: "Espérenme vuesas mercedes,   reflection
señores míos, un poco, que yo haré que estos llantos se conviertan
en risa,° aunque a mí me cueste la vida."   laughter

Y así, con 'ligero paso,° se salió de donde estaba, dejando a   quickly
los presentes confusos con lo que dicho había. En tanto, pues,
que ella volvía, nunca dejó Preciosa las lágrimas ni los ruegos de
que se entretuviese la causa de su esposo, con intención de avisar°   inform
a su padre que viniese a entender° en ella. Volvió la gitana con   intervene
un pequeño cofre° debajo del brazo, y dijo al corregidor que con   jewelry box
su mujer y ella se entrasen en un aposento, que tenía grandes
cosas que decirles en secreto. El corregidor, creyendo que algunos
hurtos de los gitanos quería descubrirle,° por tenerle propicio° en   reveal to him, favorable
el pleito del preso, al momento se retiró con ella y con su mujer
en su recámara,° adonde la gitana, 'hincándose de rodillas° ante   bedroom, kneeling
los dos, les dijo: "Si las buenas nuevas que os quiero dar, señores,
no merecieren alcanzar en albricias° el perdón de un gran pecado   reward
mío, aquí estoy para recebir el castigo que quisiéredes darme;
pero antes que le confiese quiero que me digáis, señores, primero,
si conocéis estas joyas."°   jewels

Y, descubriendo un cofrecico donde venían las de Preciosa, se
le puso en las manos al corregidor, y, en abriéndole, vio aquellos
dijes pueriles;° pero no cayó en lo que podían significar. Mirólos   childish
también la corregidora, pero tampoco dio en la cuenta; sólo dijo:
"Estos son adornos de alguna pequeña criatura."°   young child

"Así es la verdad," dijo la gitana, "y de qué criatura sean lo dice
ese escrito que está en ese papel doblado."°   folded

Abrióle con priesa el corregidor y leyó que decía:

"Llamábase la niña doña Constanza de Azevedo y de Meneses;
su madre, doña Guiomar de Meneses, y su padre, don Fernando
de Azevedo, caballero del hábito de Calatrava. Desparecíla° día   I stole her
de la Ascensión del Señor, a las ocho de la mañana, del año de mil
y quinientos y noventa y cinco. Traía la niña puestos estos brincos
que en este cofre están guardados."

Apenas hubo oído la corregidora las razones del papel,

cuando reconoció los brincos,° se los puso a la boca, y, dándoles   trinkets
infinitos besos, se cayó desmayada.° Acudió el corregidor a ella,   faint
antes que a preguntar a la gitana por su hija, y, habiendo vuelto
en sí, dijo: "Mujer buena, antes° ángel que gitana, ¿adónde está el   rather
dueño, digo la criatura cuyos eran estos dijes?"

"¿Adónde, señora?" respondió la gitana. En vuestra casa la
tenéis: aquella gitanica que os sacó° las lágrimas de los ojos es   brought
su dueño, y es sin duda alguna vuestra hija; que yo la hurté en
Madrid de vuestra casa el día y hora que ese papel dice."

Oyendo esto la turbada señora, soltó los chapines,[83] y desalada°   madly
y corriendo salió a la sala adonde había dejado a Preciosa, y hallóla
rodeada de sus doncellas y criadas, todavía llorando. Arremetió°   rushed
a ella, y, sin decirle nada, con gran priesa le desabrochó° el pecho   unfastened
y miró si tenía debajo de la teta° izquierda una señal pequeña,   breast
a modo de 'lunar blanco,° con que había nacido, y hallóle ya   white mole
grande, que con el tiempo 'se había dilatado.° Luego, con la misma   had grown
celeridad,° la descalzó,° y descubrió un pie de nieve y de marfil,   quickness, removed a
hecho a torno, y vio en él lo que buscaba, que era que los dos   shoe
dedos° últimos del pie derecho 'se trababan° el uno con el otro   toes, joined together
por medio con un poquito de carne,° la cual, cuando niña, nunca   skin
se la habían querido cortar° por no darle pesadumbre.° El pecho,   remove, pain
los dedos, los brincos, el día señalado del hurto, la confesión de
la gitana y el sobresalto y alegría que habían recibido sus padres
cuando la vieron, con toda verdad confirmaron en el alma de la
corregidora ser Preciosa su hija. Y así, cogiéndola en sus brazos, se
volvió con ella adonde el corregidor y la gitana estaban.

Iba Preciosa confusa, que no sabía a qué efecto° se habían   cause
hecho con ella aquellas diligencias;° y más, viéndose llevar en   examination
brazos de la corregidora, y que le daba de un beso hasta ciento.[84]
Llegó, en fin, con la preciosa carga doña Guiomar a la presencia
de su marido, y, trasladándola de sus brazos a los del corregidor,
le dijo: "Recebid, señor, a vuestra hija Costanza, que ésta es sin

---

83 **Soltó...** *she ran as fast as she could*
84 **Le daba...** *who was covering her with kisses*

duda; no lo dudéis, señor, en ningún modo, que la señal de los dedos juntos y la del pecho he visto; y más, que a mí me lo está diciendo el alma desde el instante que mis ojos la vieron."

"No lo dudo," respondió el corregidor, teniendo en sus brazos a Preciosa, "que los mismos efectos han pasado por la mía que por la vuestra; y más, que tantas puntualidades juntas, ¿cómo podían suceder, si no fuera por milagro?"°   miracle

Toda la gente de casa andaba absorta,° preguntando unos a   stunned otros qué sería aquello, y todos daban bien lejos del blanco;[85] que, ¿quién había de imaginar que la gitanilla era hija de sus señores? El corregidor dijo a su mujer y a su hija, y a la gitana vieja, que aquel caso estuviese secreto hasta que él le descubriese; y asimismo dijo a la vieja que él la perdonaba el agravio° que le había hecho en   offense hurtarle el alma, pues la recompensa de habérsela vuelto mayores albricias recibía; y que sólo le pesaba de que, sabiendo ella la calidad de Preciosa, la hubiese desposado° con un gitano, y más   married con un ladrón y homicida.

"¡Ay!" dijo a esto Preciosa, "señor mío, que ni es gitano ni ladrón, puesto que es matador; pero fuelo del que le quitó la honra, y no pudo hacer menos de mostrar quién era y matarle."

"¿Cómo que no es gitano, hija mía?" dijo doña Guiomar.

Entonces la gitana vieja contó brevemente la historia de Andrés Caballero, y que era hijo de don Francisco de Cárcamo, caballero del hábito de Santiago, y que se llamaba don Juan de Cárcamo;[86] asimismo del mismo hábito, cuyos vestidos ella tenía, cuando los mudó en los de gitano. Contó también el concierto que entre Preciosa y don Juan estaba hecho, de aguardar° dos   wait años de aprobación° para desposarse o no. 'Puso en su punto° la   probation, she stressed honestidad de entrambos y la agradable condición de don Juan.

Tanto se admiraron desto como del hallazgo de su hija, y

---

85 **Todos daban...** *no one was even close to the correct answer*

86 According to Sieber (note 126, p. 129), there was a man whose name was Juan de Cárcamo. His father's name, however, was Alonso de Cárcamo, who was a magistrate in several cities, including Toledo (1595) and Valladolid (1604). Alonso de Cárcamo belonged to the Calatrava military order.

mandó el corregidor a la gitana que fuese por los vestidos de don
Juan. Ella lo hizo ansí, y volvió con otro gitano, que los trujo.

En tanto que ella iba y volvía, hicieron sus padres a Preciosa
cien mil preguntas, a quien respondió con tanta discreción y gracia
que, aunque no la hubieran reconocido por hija, los enamorara.
Preguntáronla si tenía alguna afición a don Juan. Respondió
que no más de aquella que le obligaba a ser agradecida a quien
se había querido humillar° a ser gitano por ella; pero que ya no   humble
se extendería a más el agradecimiento de aquello que sus señores
padres quisiesen.

"Calla, hija Preciosa," dijo su padre, "que este nombre de
Preciosa quiero que se te quede, en memoria de tu pérdida° y de   disappearance
tu hallazgo;° que yo, como tu padre, tomo a cargo el ponerte en   recovery
estado que no desdiga de quién eres."[87]

Suspiró° oyendo esto Preciosa, y su madre (como era discreta,   sighed
entendió que suspiraba de enamorada de don Juan) dijo a su
marido: "Señor, siendo tan principal don Juan de Cárcamo como
lo es, y queriendo tanto a nuestra hija, no nos estaría mal dársela
por esposa."

Y él respondió: "Aun hoy la habemos hallado, ¿y ya queréis
que la perdamos? Gocémosla° algún tiempo; que, en casándola,   let us enjoy her
no será nuestra, sino de su marido."

"Razón tenéis, señor," respondió ella, "pero dad orden de
sacar a don Juan, que debe de estar en algún calabozo."

"Sí estará," dijo Preciosa, "que a un ladrón, matador y, sobre
todo, gitano, no le habrán dado mejor estancia."°   place

"Yo quiero ir a verle, como que le voy a tomar la confesión,"
respondió el corregidor, "y de nuevo os encargo, señora, que nadie
sepa esta historia hasta que yo lo quiera."

Y, abrazando a Preciosa, fue luego a la cárcel y entró en el
calabozo donde don Juan estaba, y no quiso que nadie entrase
con él. Hallóle con entrambos pies en un cepo° y con las esposas   stocks

87 **El ponerte...** *of finding you a husband who is not unworthy of your place in
society*

a las manos, y que aún no le habían quitado el piedeamigo. Era la estancia escura,° pero hizo que por arriba abriesen una lumbrera,° por donde entraba luz, aunque muy escasa;° y, así como le vio, le dijo: "¿Cómo está la buena pieza? ¡Que así tuviera yo atraillados° cuantos gitanos hay en España, para acabar con ellos en un día, como Nerón quisiera con Roma,[88] sin dar más de un golpe! Sabed, ladrón puntoso,° que yo soy el corregidor desta ciudad, y vengo a saber, de mí a vos, si es verdad que es vuestra esposa una gitanilla que viene con vosotros."

Oyendo esto Andrés, imaginó que el corregidor se debía de haber enamorado de Preciosa; que los celos son de cuerpos sutiles y se entran por otros cuerpos sin romperlos, apartarlos ni dividirlos; pero, con todo esto, respondió: "Si ella ha dicho que yo soy su esposo, es mucha verdad; y si ha dicho que no lo soy, también ha dicho verdad, porque no es posible que Preciosa diga mentira."

"¿Tan verdadera es?" respondió el corregidor. "No es poco serlo, para ser gitana. Ahora bien, mancebo, ella ha dicho que es vuestra esposa, pero que nunca os ha dado la mano. Ha sabido que, según es vuestra culpa, habéis de morir por ella; y hame pedido que antes de vuestra muerte la despose con vos, porque se quiere honrar con quedar viuda° de un tan gran ladrón como vos."

"Pues hágalo vuesa merced, señor corregidor, como ella lo suplica; que, como yo me despose con ella, iré contento a la otra vida, como parta° désta con nombre de ser suyo."

"¡Mucho la debéis de querer!" dijo el corregidor.

"Tanto," respondió el preso, "que, a poderlo decir, no fuera nada. 'En efecto,° señor corregidor, mi causa se concluya: yo maté al que me quiso quitar la honra; yo adoro a esa gitana, moriré contento si muero en su gracia, y sé que no nos ha de faltar la de Dios, pues entrambos habremos guardado honestamente y con

---

= **oscura** *dark*, skylight

very little

tied up

demanding

widow

leave

therefore

88 According to Suetonius in the *The Lives of the Cæsars* IV, Gaius Caligula, and not Nero, wished he could murder the people of Rome with one blow.

puntualidad lo que nos prometimos."

"Pues esta noche enviaré por vos," dijo el corregidor, "y en mi casa os desposaréis con Preciosica, y mañana a mediodía estaréis en la horca,° con lo que yo habré cumplido con lo que pide la justicia y con el deseo de entrambos." gallows

Agradecióselo Andrés, y el corregidor volvió a su casa y dio cuenta a su mujer de lo que con don Juan había pasado, y de otras cosas que pensaba° hacer. intended

En el tiempo que él faltó° dio cuenta Preciosa a su madre was away de todo el discurso de su vida, y de cómo siempre había creído ser gitana y ser nieta de aquella vieja; pero que siempre se había estimado en mucho más de lo que de ser gitana se esperaba. Preguntóle su madre que le dijese la verdad: si quería bien a don Juan de Cárcamo. Ella, con vergüenza° y con los ojos en el shame suelo, le dijo que por haberse considerado gitana, y que mejoraba su suerte con casarse con un caballero de hábito y tan principal como don Juan de Cárcamo, y por haber visto por experiencia su buena condición y honesto trato, alguna vez le había mirado con ojos aficionados; pero que, 'en resolución,° ya había dicho que no in short tenía otra voluntad de aquella que ellos quisiesen.

Llegóse la noche, y, siendo casi las diez, sacaron a Andrés de la cárcel, sin las esposas y el piedeamigo, pero no sin una gran cadena que desde los pies todo el cuerpo le ceñía. Llegó dese modo, sin ser visto de nadie, sino de los que le traían, en casa del corregidor, y con silencio y recato le entraron en un aposento, donde le dejaron solo. De allí a un rato entró un clérigo y le dijo que se confesase, porque había de morir otro día. A lo cual respondió Andrés: "De muy buena gana me confesaré, pero ¿cómo no me desposan primero? Y si me han de desposar, por cierto que es muy malo el tálamo° que me espera." nuptial bed

Doña Guiomar, que todo esto sabía, dijo a su marido que eran demasiados los sustos que a don Juan daba; que los moderase, porque podría ser perdiese la vida con ellos. Parecióle buen consejo al corregidor, y así entró a llamar al que le confesaba, y díjole que primero habían de desposar al gitano con Preciosa, la gitana, y que después se confesaría, y que se encomendase a Dios de todo corazón, que muchas veces suele llover sus misericordias en el tiempo que están más secas° las esperanzas. — withered

'En efecto,° Andrés salió a una sala donde estaban solamente doña Guiomar, el corregidor, Preciosa y otros dos criados de casa. Pero, cuando Preciosa vio a don Juan ceñido y aherrojado° con tan gran cadena, descolorido° el rostro y los ojos con muestra de haber llorado, se le cubrió el corazón y se arrimó al brazo de su madre, que junto a ella estaba, la cual, abrazándola consigo, le dijo: "'Vuelve en ti,° niña, que todo lo que ves ha de redundar° en tu gusto y provecho." — then / shackled / pale / stay calm, turn out

Ella, que estaba ignorante de aquello, no sabía cómo consolarse, y la gitana vieja estaba turbada, y los circunstantes, colgados° del fin de aquel caso. — wondering

El corregidor dijo: "Señor teniente cura, este gitano y esta gitana son los que vuesa merced ha de desposar."

"Eso no podré yo hacer si no preceden primero las circunstancias que para tal caso se requieren. ¿Dónde se han hecho las amonestaciones?° ¿Adónde está la licencia de mi superior, para que con ellas se haga el desposorio?" — banns

"Inadvertencia° ha sido mía," respondió el corregidor, "pero yo haré que el vicario la dé." — oversight

"Pues hasta que la vea," respondió el teniente cura, "estos señores perdonen."

Y, sin replicar más palabra, porque no sucediese algún escándalo, se salió de casa y los dejó a todos confusos.

"El padre ha hecho muy bien," dijo a esta sazón el corregidor, "y podría ser fuese providencia del cielo ésta, para que el suplicio° de Andrés 'se dilate;° porque, en efecto, él se ha de desposar con Preciosa y han de preceder primero las amonestaciones, donde se dará tiempo al tiempo, que suele dar dulce° salida a muchas amargas dificultades; y, con todo esto, quería saber de Andrés, si la suerte encaminase sus sucesos de manera que sin estos sustos y — punishment / delayed / happy

sobresaltos se hallase esposo de Preciosa, si se tendría por dichoso,°   fortunate
ya siendo Andrés Caballero, o ya don Juan de Cárcamo."

Así como oyó Andrés nombrarse por su nombre, dijo: "Pues
Preciosa no ha querido contenerse en los límites del silencio y ha
descubierto quién soy, aunque esa buena dicha me hallara hecho
monarca del mundo, la tuviera en tanto que pusiera término a
mis deseos, sin osar desear otro bien sino el del cielo."

"Pues, por ese buen ánimo que habéis mostrado, señor don
Juan de Cárcamo, a su tiempo haré que Preciosa sea vuestra
legítima consorte,° y agora os la doy y entrego en esperanza por la   spouse
más rica joya de mi casa, y de mi vida; y de mi alma; y estimadla en
lo que decís, porque en ella os doy a doña Costanza de Meneses,
mi única hija, la cual, si os iguala en el amor, no os desdice nada
en el linaje."

Atónito° quedó Andrés viendo el amor que le mostraban, y   astonished
en breves razones doña Guiomar contó la pérdida de su hija y su
hallazgo, con las certísimas° señas que la gitana vieja había dado de   undeniable
su hurto; con que acabó don Juan de quedar atónito y suspenso,
pero alegre sobre todo encarecimiento.° Abrazó a sus suegros,   praise
llamólos padres y señores suyos, besó las manos a Preciosa, que
con lágrimas le pedía las suyas.

Rompióse el secreto, salió la nueva del caso con la salida de
los criados que habían estado presentes; el cual sabido por el
alcalde, tío del muerto, vio tomados los caminos de su venganza,
pues no había de tener lugar el rigor de la justicia para ejecutarla
en el yerno° del corregidor.   son-in-law

Vistióse don Juan los vestidos de camino que allí había traído
la gitana; volviéronse las prisiones y cadenas de hierro en libertad
y cadenas de oro; la tristeza de los gitanos presos, en alegría, pues
otro día los dieron en fiado. Recibió el tío del muerto la promesa
de dos mil ducados, que le hicieron porque bajase° de la querella°   drop, complaint
y perdonase a don Juan, el cual, no olvidándose de su camarada
Clemente, le hizo buscar; pero no le hallaron ni supieron dél,
hasta que desde allí a cuatro días tuvo nuevas° ciertas que se había   news

embarcado° en una de dos galeras de Génova que estaban en el   boarded
puerto de Cartagena, y ya se habían partido.°   departed

Dijo el corregidor a don Juan que tenía por nueva cierta
que su padre, don Francisco de Cárcamo, estaba proveído por
corregidor de aquella ciudad, y que sería bien esperalle, para que
con su beneplácito° y consentimiento se hiciesen las bodas. Don   blessing
Juan dijo que no saldría de lo que él ordenase, pero que, ante
todas cosas, se había de desposar con Preciosa. Concedió licencia
el arzobispo para que con sola una amonestación° se hiciese.   banns
Hizo fiestas la ciudad, por ser muy bien quisto° el corregidor,   liked
con luminarias,° toros y cañas° el día del desposorio;° quedóse la   fireworks, jousting, engagement; separate
gitana vieja en casa, que no se quiso apartar° de su nieta Preciosa.

Llegaron las nuevas a la Corte del caso y casamiento de la
gitanilla; supo don Francisco de Cárcamo ser su hijo el gitano
y ser la Preciosa la gitanilla que él había visto, cuya hermosura
disculpó con él la liviandad° de su hijo, que ya le tenía por   frivolity
perdido, por saber que no había ido a Flandes; y más, porque vio
cuán bien le estaba el casarse con hija de tan gran caballero y tan
rico como era don Fernando de Azevedo. Dio priesa a su partida,
por llegar presto a ver a sus hijos, y dentro de veinte días ya estaba
en Murcia, con cuya llegada se renovaron los gustos, se hicieron
las bodas, se contaron las vidas, y los poetas de la ciudad, que hay
algunos, y muy buenos, tomaron a cargo celebrar el extraño° caso,   strange
juntamente con la sin igual belleza de la gitanilla. Y de tal manera
escribió el famoso licenciado Pozo,[89] que en sus versos durará la
fama de la Preciosa mientras los siglos duraren.

Olvidábaseme de decir cómo la enamorada mesonera
descubrió a la justicia no ser verdad lo del hurto de Andrés el
gitano, y confesó su amor y su culpa, a quien no respondió pena
alguna, porque en la alegría del hallazgo de los desposados se
enterró la venganza y resucitó la clemencia.

---

89 Perhaps a reference to Francisco del Pozo, who lived in Murcia at the time
Cervantes wrote *La gitanilla* (Sieber, p. 134, n. 132).

El amante liberal

"¡OH LAMENTABLES RUINAS DE la desdichada° Nicosia,[1] apenas enjutas° de la sangre de vuestros valerosos° y mal afortunados° defensores!° Si como carecéis° de sentido, le tuviérades ahora, en esta soledad° donde estamos, pudiéramos lamentar juntas nuestras desgracias,° y quizá° el haber hallado compañía en ella aliviara° nuestro tormento. Esta esperanza os puede haber quedado, ¡mal derribados torreones![2] que otra vez, aunque no para tan justa defensa como la en que os derribaron,° os podéis ver levantados.° Mas yo, desdichado, ¿qué bien podré esperar en la miserable estrecheza° en que me hallo, aunque vuelva al estado en que estaba antes deste en que me veo? Tal es mi desdicha,° que en la libertad fui sin ventura,° y en el cautiverio° ni la tengo ni la espero."

Estas razones decía un cautivo° cristiano,[3] mirando desde un recuesto° las murallas° derribadas de la ya perdida Nicosia; y así hablaba con ellas, y hacía comparación de sus miserias a las suyas, como si ellas fueran capaces° de entenderle; propia° condición de afligidos,° que, llevados de sus imaginaciones, hacen y dicen cosas ajenas° de toda razón y buen discurso.°

En esto salió de un pabellón° o tienda,° de cuatro que estaban en aquella campaña° puestas, un turco, mancebo° de muy buena disposición y gallardía,° y, llegándose al cristiano, le dijo:

wretched
dry
brave, fortunate
defenders, lack
solitude
misfortunes, perhaps
relieve

knocked down
raised
distress
misfortune
happiness, captivity

captive
hillside, walls

capable, this is a
distressed people
void, common sense
pavilion, tent
campaign, a young man
elegance

---

1 Nicosia is the capital of Cyprus, which was a Christian territory until the Turks captured it in 1570.

2 ¡Mal... *unjustly demolished towers*

3 Cervantes was a Christian prisoner from 1575-1580.

"Apostaría° yo, Ricardo amigo, que te traen por estos lugares   I'd bet

tus continuos° pensamientos."   troubled

"Sí traen," respondió Ricardo (que éste era el nombre del

cautivo); "mas, ¿qué aprovecha,° si en ninguna parte a do° voy   benefit, = **donde**

5   hallo tregua° ni descanso en ellos, antes° me los han acrecentado°   respite, instead, intens-

estas ruinas que desde aquí se descubren?"   ified

"Por las de Nicosia dirás," dijo el turco.

"Pues ¿por cuáles quieres que diga," repitió Ricardo, "si no

hay otras que a los ojos por aquí 'se ofrezcan?'°   offer themselves

10   "Bien tendrás que llorar," replicó el turco, "si en esas

contemplaciones entras, porque los que vieron habrá dos años

a esta nombrada° y rica isla de Chipre° en su tranquilidad y   well known, Cyprus

sosiego,° gozando° sus moradores° en ella de todo aquello que la   peace, enjoying, resi-

felicidad humana puede conceder° a los hombres, y ahora los ve   dents; bestow

15   o contempla, o desterrados° della o en ella cautivos y miserables,   banished

¿cómo podrá dejar de no dolerse° de su calamidad y desventura?   pity themselves

Pero dejemos estas cosas, pues no llevan remedio,° y vengamos   remedy

a las tuyas, que quiero ver si le tienen; y así, te ruego, por lo que

debes a 'la buena voluntad° que te 'he mostrado,° y por lo que te   good will, I have shown

20   obliga el ser entrambos de una misma patria° y habernos criado   country

en nuestra niñez juntos, que me digas qué es la causa que te trae

tan demasiadamente° triste; que, 'puesto caso que° sola la del   overly, although

cautiverio es bastante para entristecer° el corazón más alegre del   sadden

mundo, todavía imagino que 'de más atrás° traen la corriente°   further back, flow

25   tus desgracias. Porque los generosos ánimos,° como el tuyo, no   spirits

suelen rendirse° a las comunes desdichas tanto que den muestras   surrender

de extraordinarios sentimientos; y háceme creer esto el saber yo

que no eres tan pobre que te falte° para dar cuanto pidieren por   lack

tu rescate,° ni estás en las torres° del mar Negro, como 'cautivo   rescue, towers

30   de consideración,° que tarde o nunca alcanza la deseada libertad.   an important prisoner

Así que, no habiéndote quitado la mala suerte las esperanzas

de verte libre, y, con todo esto, verte rendido° a dar miserables   reduced

muestras de tu desventura, no es mucho que imagine que tu

pena° procede de otra causa que de la libertad que perdiste, la   sorrow

cual causa te suplico me digas, ofreciéndote cuanto puedo y valgo; quizá para que yo te sirva ha traído la fortuna este rodeo°   peculiar fate
de haberme hecho vestir deste hábito, que aborrezco.° Ya sabes,   hate
Ricardo, que es mi amo el cadí⁴ desta ciudad (que es lo mismo que ser su obispo). Sabes también lo mucho que vale y lo mucho que con él puedo. Juntamente con esto, no ignoras el deseo encendido° que tengo de no morir en este estado que parece que   burning
profeso, pues cuando más no pueda, tengo de confesar y 'publicar a voces° la fe° de Jesucristo, de quien me apartó° mi poca edad y   proclaim, faith, separ-
menos entendimiento,° puesto que sé que tal confesión me ha de   ated; understanding
costar la vida, que, 'a trueco de° no perder la del alma, daré por   in exchange for
bien empleado perder la del cuerpo. De todo lo dicho quiero que infieras° y que consideres que te puede ser de algún provecho° mi   understand, benefit
amistad, y que para saber qué remedios o alivios° puede tener tu   relief
desdicha, 'es menester° que me la cuentes, como ha menester el   it is necessary
médico° la relación del enfermo, asegurándote que la depositaré   doctor
en lo más escondido del silencio."

    A todas estas razones estuvo callando° Ricardo, y viéndose   silent
obligado dellas y de la necesidad, le respondió con éstas: "Si así como has acertado, ¡oh amigo Mahamut!" que así se llamaba el turco, "en lo que de mi desdicha imaginas, acertaras en su remedio, tuviera por bien perdida mi libertad, y no trocara° mi   exchange
desgracia con la mayor ventura que imaginarse pudiera; mas yo sé que ella es tal, que todo el mundo podrá saber bien la causa de donde procede,° mas no habrá en él persona que 'se atreva,°   originates
no sólo a hallarle remedio, pero ni aun alivio. Y, para que quedes   dares
satisfecho desta verdad, te la contaré en las menos razones que pudiere. Pero, antes que entre en el confuso laberinto de mis males, quiero que me digas qué es la causa que Hazán Bajá,⁵ mi

---

    4 **Cadi** is a word of Arabic origin, **al-quadi** (*judge*), that refers to a person who exercises civil authority. Cervantes also ascribes a religious function to the Cadi of Nicosia.

    5 Hasan Pasha is an historical figure who served as Cervantes' master during his time of captivity in Algiers. Pasha was a term reserved for Turkish military and political leaders.

amo, ha hecho plantar en esta campaña estas tiendas y pabellones
antes de entrar en Nicosia, donde viene proveído por virrey,° o   viceroy
por bajá, como los turcos llaman a los virreyes."

"Yo te satisfaré brevemente,"° respondió Mahamut; "y así,   quickly
has de saber que es costumbre entre los turcos que los que van
por virreyes de alguna provincia no entran en la ciudad donde su
antecesor habita° hasta que él salga della y deje hacer libremente   lives
al que viene la residencia; y, en tanto que el bajá° nuevo la hace,   pasha
el antiguo se está en la campaña° esperando lo que resulta de   country
sus cargos,° los cuales se le hacen sin que él pueda intervenir° a   charges, intervene
valerse de sobornos° ni amistades, si ya primero no lo ha hecho.   bribery
Hecha, pues, la residencia,° se la dan al que deja el cargo° en un   report, position
pergamino° cerrado y sellado,° y con ella se presenta a la Puerta del   parchment, sealed
Gran Señor, que es como decir en la Corte, ante el Gran Consejo
del Turco; la cual vista por el visirbajá,° y por los otros cuatro   Vizier Pasha
bajaás menores, como si dijésemos ante el presidente del Real
Consejo y oidores,° o le premian o le castigan, según la relación   judges
de la residencia; puesto que si viene culpado,° con dineros rescata   guilty
y excusa el castigo. Si no viene culpado y no le premian,° como   reward
sucede 'de ordinario,° con dádivas° y presentes alcanza el cargo   customarily, gifts
que más se le antoja,° porque no se dan allí los cargos y oficios°   desires, offices
por merecimientos,° sino por dineros: todo se vende y todo se   merit
compra. Los proveedores° de los cargos roban los proveídos° en   bestowers, the bestowed
ellos y los desuellan;° deste oficio comprado sale la sustancia para   fleece
comprar otro que más ganancia° promete. Todo va como digo,   profit
todo este imperio es violento, señal° que prometía no ser durable;   sign
pero, a lo que yo creo, y así debe de ser verdad, le° tienen sobre   = imperio
sus hombros ° nuestros pecados;° quiero decir los de aquellos que   shoulders, sins
descaradamente° y a rienda suelta ofenden a Dios, como yo hago: openly
¡Él se acuerde de mí por quien Él es! Por la causa que he dicho,
pues, tu amo, Hazán Bajá, ha estado en esta campaña cuatro días,
y si el de Nicosia no ha salido, como debía, ha sido por haber
estado muy malo;° pero ya está mejor y saldrá hoy o mañana, sin   sick
duda alguna, y se ha de alojar° en unas tiendas° que están detrás   stay, tents

deste recuesto,° que tú no has visto, y tu amo entrará luego en la   hill
ciudad. Y esto es lo que hay que saber de lo que me preguntaste."

"Escucha, pues," dijo Ricardo, "mas no sé si podré cumplir lo
que antes dije, que en breves razones te contaría mi desventura,
por ser ella tan larga y desmedida,° que no se puede medir° con   excessive, properly ex-
razón alguna; con todo esto, haré lo que pudiere y lo que el tiempo   plain
'diere lugar.° Y así, te pregunto primero si conoces en nuestro   allows
lugar de Trápana[6] una doncella a quien la fama daba nombre de
la más hermosa mujer que había en toda Sicilia. Una doncella,
digo, por quien decían todas las curiosas lenguas, y afirmaban los
más raros entendimientos,° que era la de más perfecta hermosura   intellect
que tuvo la 'edad pasada,° tiene la presente y espera tener la que   past
está por venir; una por quien los poetas cantaban que tenía los
cabellos° de oro, y que eran sus ojos dos resplandecientes° soles, y   hair, shining
sus mejillas° purpúreas rosas, sus dientes perlas, sus labios rubíes,   cheeks
su garganta° alabastro; y que sus partes con el todo, y el todo   throat
con sus partes,[7] hacían una maravillosa y concertada armonía,
esparciendo° naturaleza sobre todo una suavidad° de colores tan   sprinkling, softness
natural y perfecta, que jamás pudo la envidia hallar cosa en que
'ponerle tacha.° Que, ¿es posible, Mahamut, que ya no me has   find fault
dicho quién es y cómo se llama? Sin duda creo, o que no me oyes,
o que, cuando en Trápana estabas, carecías° de sentido."°   lacked, reason

"En verdad, Ricardo," respondió Mahamut, "que si la que has
pintado con tantos extremos de hermosura no es Leonisa, la hija
de Rodolfo Florencio, no sé quién sea; que ésta sola tenía la fama
que dices."

"Ésa es, ¡oh Mahamut!" respondió Ricardo, "ésa es, amigo, la
causa principal de todo mi bien y de toda mi desventura; ésa es,
que no la perdida libertad, por quien mis ojos han derramado,°   shed
derraman y derramarán lágrimas 'sin cuento,° y la por quien   endlessly
mis suspiros° encienden° el aire cerca y lejos, y la por quien mis   sighs, inflame
razones cansan al cielo que las escucha y a los oídos° que las oyen;   ears

---

6 Trapani is a port town located in the northwest Sicily.
7 **Con el todo...** *with the whole, and the whole with its parts*

ésa es por quien tú me has juzgado por loco o, por lo menos, por de poco valor y menos ánimo; esta Leonisa, para mí leona y 'mansa cordera° para otro, es la que me tiene en este miserable estado. Porque has de saber que desde mis tiernos° años, o a lo menos desde que tuve uso de razón, no sólo la amé, mas la adoré y serví con tanta solicitud° como si no tuviera en la tierra ni en el cielo otra deidad° a quien sirviese ni adorase. Sabían sus deudos° y sus padres mis deseos, y jamás dieron muestra de que les pesase,° considerando que iban encaminados a fin honesto y virtuoso;⁸ y así, muchas veces sé yo que se lo dijeron a Leonisa, para 'disponerle la voluntad° a que por su esposo me recibiese. Mas ella, que tenía puestos los ojos en Cornelio,⁹ el hijo de Ascanio Rótulo, que tú bien conoces: mancebo galán, atildado,° de blandas manos y rizo° cabellos, de voz meliflua y de amorosas palabras, y, finalmente, todo hecho de ámbar y de alfeñique, guarnecido de telas y adornado de brocados.¹⁰ No quiso ponerlos en mi rostro, no tan delicado como el de Cornelio, ni quiso agradecer° siquiera mis muchos y continuos servicios, pagando mi voluntad con desdeñarme° y aborrecerme; y a tanto llegó el extremo de amarla, que tomara por 'partido dichoso° que me acabara a pura fuerza de desdenes y desagradecimientos, con que no 'diera descubiertos,° aunque honestos, favores a Cornelio. ¡Mira, pues, si llegándose a la angustia° del desdén y aborrecimiento, la mayor y más cruel rabia° de los celos,° cuál° estaría mi alma de dos tan mortales pestes° combatida! Disimulaban° los padres de Leonisa los favores que a Cornelio hacía, creyendo, como estaba en razón que creyesen, que atraído el mozo de su incomparable y bellísima hermosura, la escogería por su esposa, y en ello granjearían° yerno° más rico que conmigo; y bien pudiera ser, si así fuera; pero no le alcanzaran, sin arrogancia sea dicho, de mejor condición que la mía, ni de

gentle lamb

tender

diligence

deity, relatives

displeased

prepare her will

refined, curly

acknowledge

disdaining me

excellent bargain

acknowledge

anguish

rage, jealously, = **cómo,**

plagues; ignored

would gain, son-in-law

---

8 **Encaminados...** *directed toward a chaste and virtuous end*

9 **Tenía los ojos...** *had her eyes fixated upon Cornelio*

10 **Todo...** *made all of perfume and sugar paste, attired in elegant clothing and adorned with brocades.* This description of Cornelio is meant to poke fun at his effeminate appearance.

más altos pensamientos, ni de más conocido valor que el mío. Sucedió, pues, que, en el discurso de mi pretensión,° 'alcancé a saber° que un día del mes pasado de mayo, que éste de hoy hace un año, tres días y cinco horas, Leonisa y sus padres, y Cornelio y los suyos, se iban a solazar° con toda su parentela° y criados al jardín de Ascanio, que está cercano a la marina,° en el camino de las salinas."[11]

     "Bien lo sé," dijo Mahamut, "pasa adelante, Ricardo, que más de cuatro días tuve en él,° cuando Dios quiso, más de cuatro buenos ratos."°

     "Súpelo," replicó Ricardo, "y, al mismo instante que lo supe, me ocupó el alma una furia, una rabia y un infierno de celos, con tanta vehemencia y rigor, que me sacó de mis sentidos, como lo verás por lo que luego hice, que fue irme al jardín donde me dijeron que estaban, y hallé a la más de la gente solazándose, y debajo de un nogal° sentados a Cornelio y a Leonisa, aunque desviados° un poco. Cuál ellos quedaron de mi vista, no lo sé; de mí sé decir que quedé tal con la suya, que perdí la de mis ojos, y me quedé como estatua sin voz ni movimiento alguno. Pero no tardó mucho en despertar el enojo a la cólera, y la cólera a la sangre del corazón,[12] y la sangre a la ira, y la ira a las manos y a la lengua. Puesto que las manos 'se ataron° con el respecto, a mi parecer, debido al hermoso rostro que tenía delante, pero la lengua rompió el silencio con estas razones: "Contenta estarás, ¡oh enemiga mortal de mi descanso! en tener con tanto sosiego delante de tus ojos la causa que hará que los míos vivan en perpetuo y doloroso llanto.° Llégate, llégate, cruel, un poco más, y enrede° tu yedra° a ese inútil tronco que te busca; peina o ensortija° aquellos cabellos de ese tu nuevo Ganimedes,[13] que tibiamente te solicita. Acaba ya de entregarte

Margin glosses:
- efforts
- I learned
- relax, relatives
- coast
- = el *jardín de Ascanio*
- moments
- walnut tree, apart
- bound
- lament
- join, ivy
- curl

---

11 **Salinas...** *salt works.* Trapani exported salt during Cervantes' day, and today it is well known for its coastal wetlands from which salt is extracted.

12 According to medieval physiology, blood, choler, phlegm, and melancholy were the four humors, or body fluids, that determined a person's temperament.

13 Ganymede was a beautiful young Trojan prince who became one of Zeus' cupbearers after Zeus' eagle carried him to Olympus.

a los banderizos° años dese mozo en quien contemplas, porque,   seditious
perdiendo yo la esperanza de alcanzarte, acabe con ella la vida que
aborrezco. ¿Piensas, 'por ventura,° soberbia° y 'mal considerada°   by chance, proud, fool-
doncella, que contigo sola se han de romper y faltar las leyes y   ish
fueros° que en semejantes° casos en el mundo se usan? ¿Piensas,   privileges, similar
quiero decir, que este mozo, altivo° por su riqueza,° arrogante por   haughty, wealth
su gallardía,° inexperto por su edad poca, confiado° por su linaje,   charm, prideful
ha de querer, ni poder, ni saber guardar firmeza° en sus amores, ni   stability
estimar lo inestimable, ni conocer lo que conocen los maduros°   mature
y experimentados años? No lo pienses, si lo piensas, porque no
tiene otra cosa buena el mundo, sino hacer sus acciones siempre
de una misma manera, porque no 'se engañe° nadie sino por su   deceive
propia ignorancia. En los pocos años está la inconstancia° mucha;   fickleness
en los ricos, la soberbia; la vanidad, en los arrogantes, y en los
hermosos, el desdén;° y en los que todo esto tienen, la necedad,°   disdain, foolishness
que es madre de todo 'mal suceso.° Y tú, ¡oh mozo! que tan a 'tu   bad fortune
salvo° piensas llevar el premio,° más debido a mis buenos deseos   to your safety, prize
que a los ociosos° tuyos, ¿por qué no te levantas de ese estrado° de   frivolous, bed
flores donde yaces° y vienes a sacarme el alma, que tanto la tuya   lie
aborrece? Y no porque me ofendas en lo que haces, sino porque
no sabes estimar° el bien que la ventura te concede; y vése° claro   appreciate, = se ve
que le tienes en poco, en que no quieres moverte a defendelle° por   = defenderle
no ponerte a riesgo de descomponer la afeitada compostura de
tu galán vestido.¹⁴ Si esa tu reposada condición tuviera Aquiles,¹⁵
bien seguro estuviera Ulises de no salir con su empresa,° aunque   endeavor
más le mostrara resplandecientes° armas y acerados° alfanjes.°   shining, steel, saber
Vete, vete, y recréate° entre las doncellas de tu madre, y allí ten   enjoy yourself

---

14 **A riesgo de...** *at the risk of ruining the refined composition of your elegant*
clothing

15 Achilles' mother Thetis knew that Achilles was destined to die in the Trojan
War. In order to save him, Thetis sent him to the court of a king and made him dress
as a woman so that he could blend in with the maidens. The chieftains sent Ulysses to
convince Achilles to fight. Dressed as a peddler, Ulysses distracted the maidens with
shiny trinkets while he enticed Achilles with different weapons. Ulysses convinced
Achilles to disregard his mother's wishes. Ricardo makes fun of Cornelio's effeminate
nature.

cuidado de tus cabellos y de tus manos, más despiertas a devanar°   winding
blando sirgo° que a empuñar° la dura espada.   silk, grasping

   "A todas estas razones jamás se levantó Cornelio del lugar
donde le hallé sentado, antes se estuvo quedo,° mirándome como   silent
embelesado,° sin moverse; y a las levantadas voces con que le dije   stunned
lo que has oído, se fue llegando la gente que por la huerta° andaba,   garden
y se pusieron a escuchar otros más impropios° que a Cornelio dije;   insults
el cual, 'tomando ánimo° con la gente que acudió,° porque todos   becoming angry, showed
o los más eran sus parientes, criados o allegados,° dio muestras   up; friends
de levantarse; mas, antes que 'se pusiese en pie,° puse mano a mi   stood up
espada y acometíle,° no sólo a él, sino a todos cuantos allí estaban.   attacked him
Pero, apenas° vio Leonisa relucir° mi espada, cuando le tomó   no sooner, sparkle
un recio° desmayo,° cosa que me puso en mayor coraje° y mayor   deep, swoon, courage
despecho.° Y no te sabré decir si los muchos que me acometieron   anger
atendían° no más de a defenderse, como quien se defiende de un   tended to
loco furioso, o si fue mi buena suerte y diligencia, o el cielo, que
para mayores males quería guardarme; porque, en efecto, herí°   injured
siete o ocho de los que hallé más a mano. A Cornelio le valió su
buena diligencia, pues fue tanta la que puso en los pies huyendo,
que se escapó de mis manos.

   "Estando en este tan manifiesto peligro, 'cercado de° mis   surrounded
enemigos, que ya como ofendidos procuraban vengarse, me
socorrió la ventura° con un remedio que fuera mejor haber dejado°   Fortune, left
allí la vida, que no, restaurándola° por tan no pensado camino,   preserving it (life)
venir a perderla cada hora mil y mil veces. Y fue que de improviso
dieron en el jardín mucha cantidad de turcos de dos galeotas° de   galleys
cosarios[16] de Biserta,[17] que en una cala,° que allí cerca estaba, habían   cove
desembarcado, sin ser sentidos° de las centinelas° de las torres de   discovered, sentinels
la marina, ni descubiertos de los corredores° o atajadores° de la   fleets, patrols
costa. Cuando mis contrarios los vieron, dejándome solo, con
presta celeridad° se pusieron en cobro;° de cuantos en el jardín   speed, safety

---

   16 "Corsair" is a generic term that refers to pirates. The Corsairs about whom
Cervantes writes were pirates who sailed the Mediterranean along northern Africa's
Barbary Coast.

   17 Bizerta is a port situated on the northern coast of Tunisia.

estaban, no pudieron los turcos cautivar° más de a tres personas   capture
y a Leonisa, que aún se estaba desmayada.° A mí me cogieron   passed out
con cuatro disformes° heridas, vengadas° antes por mi mano   ugly, avenged
con cuatro turcos, que de otras cuatro dejé sin vida tendidos°   spread out
en el suelo. Este asalto hicieron los turcos con su acostumbrada
diligencia, y, no muy contentos del suceso, se fueron a embarcar,
y luego se hicieron a la mar, y a vela° y remo° en breve espacio se   sails, oars
pusieron en la Fabiana.[18] Hicieron reseña por ver qué gente les
faltaba, y viendo que los muertos eran cuatro soldados de aquellos
que ellos llaman leventes, [19]y de los mejores y más estimados que
traían, quisieron tomar en mí la venganza; y así, mandó el arráez°   captain, flagship, lateen
de la capitana° bajar la entena° para ahorcarme.°   yard; hang me

    "Todo esto estaba mirando Leonisa, que ya había vuelto en
sí, y viéndose en poder de los cosarios, derramaba abundancia
de hermosas lágrimas, y, torciendo° sus manos delicadas, sin   twisting
hablar palabra, estaba atenta° a ver si entendía lo que los turcos   attentive
decían. Mas uno de los cristianos del remo° le dijo en italiano   oars
como el arráez mandaba ahorcar a aquel cristiano, señalándome
a mí, porque había muerto en su defensa cuatro de los mejores
soldados de las galeotas. Lo cual oído y entendido por Leonisa
(la vez primera que se mostró para mí piadosa°), dijo al cautivo   merciful
que dijese a los turcos que no me ahorcasen, porque perderían un
gran rescate,° y que les rogaba volviesen a Trápana, que luego me   ransom
rescatarían. Ésta, digo, fue la primera y aun será la última caridad
que usó conmigo Leonisa, y todo para mayor mal mío. Oyendo,
pues, los turcos lo que el cautivo les decía, le creyeron, y mudóles
el interés la cólera. Otro día por la mañana, alzando bandera de
paz, volvieron a Trápana; aquella noche la pasé con el dolor que
imaginarse puede, no tanto por el que mis heridas me causaban,
cuanto por imaginar el peligro en que la cruel enemiga mía entre
aquellos bárbaros estaba.

    "Llegados, pues, como digo, a la ciudad, entró en el puerto

---

18 The largest of the Egadi Islands, which are located to the west of Trapani.

19 **Levantes...** *Levantines*. Name for the most outstanding Turkish and Christian soldiers who sailed on Turkish ships.

la una galeota y la otra se quedó fuera; coronóse luego todo el
puerto y la ribera toda de cristianos,[20] y el lindo de Cornelio
desde lejos estaba mirando lo que en la galeota pasaba. Acudió
luego un mayordomo° mío a tratar de mi rescate, al cual dije que   steward
en ninguna manera tratase de mi libertad, sino de la de Leonisa, y
que diese por ella todo cuanto valía mi hacienda; y más, le ordené
que volviese 'a tierra° y dijese a los padres de Leonisa que le dejasen   ashore
a él tratar de la libertad de su hija, y que no se pusiesen en trabajo
por ella.[21] Hecho esto, el arráez principal, que era un renegado[22]
griego llamado Yzuf, pidió por Leonisa seis mil escudos y por
mí cuatro mil, añadiendo que no daría el uno sin el otro. Pidió
esta gran suma, según después supe, porque estaba enamorado de
Leonisa, y no quisiera él rescatalla,° sino darle al arráez de la otra   = rescatarla
galeota, con quien había de partir° las presas° que se hiciesen por   divide, booty
mitad, a mí, en precio de cuatro mil escudos y mil en dinero, que
hacían cinco mil, y quedarse con Leonisa por otros cinco mil. Y
ésta fue la causa por que nos apreció° a los dos en diez mil escudos.   valued
Los padres de Leonisa no ofrecieron de su parte nada, atenidos
a la promesa que de mi parte mi mayordomo les había hecho,
ni Cornelio movió los labios en su provecho; y así, después de
muchas demandas y respuestas, concluyó mi mayordomo en dar
por Leonisa cinco mil y por mí tres mil escudos.

"Aceptó Yzuf este partido, forzado de las persuasiones de su
compañero y de lo que todos sus soldados le decían; mas, como mi
mayordomo no tenía junta tanta cantidad de dineros, pidió tres
días 'de término° para juntarlos,° con intención de malbaratar° mi   limit, collect them, sell
hacienda hasta cumplir el rescate. Holgóse° desto Yzuf, pensando   for nothing; was
hallar en este tiempo ocasión para que el concierto no pasase   pleased
adelante; y volviéndose a la isla de la Fabiana, dijo que llegado el
término de los tres días volvería por el dinero. Pero la ingrata

---

20 **Coronóse luego...** *Christians soon gathered in the port and along the shoreline*
21 **Y que...** *and that they do not worry about her.*
22 **Renegado...** *renegade*. A person who converted to another religion. In this
case, Yzuf was a Greek Christian who became a Muslim.

fortuna, no cansada de maltratarme,° ordenó que estando desde   punishing me
lo más alto de la isla puesta a la guarda° una centinela de los turcos,   watch
bien dentro a la mar descubrió seis velas latinas,²³ y entendió, como
fue verdad, que debían ser, o la escuadra° de Malta, o algunas de   fleet
5 las de Sicilia. Bajó corriendo a dar la nueva, y en un pensamiento
se embarcaron los turcos, que estaban en tierra, cuál guisando de
comer, cuál lavando su ropa;²⁴ y, zarpando° con no vista presteza,   boarding
dieron al agua los remos y al viento las velas, y, puestas las proas°   prows
en Berbería,²⁵ en menos de dos horas perdieron de vista las
10 galeras; y así, cubiertos con la isla y con la noche, que venía cerca,
'se aseguraron° del miedo que habían cobrado.°   recovered, experienced

    "A tu buena consideración dejo, ¡oh Mahamut amigo! que
considere cuál iría mi ánimo en aquel viaje, tan contrario del
que yo esperaba; y más cuando otro día, habiendo llegado las dos
15 galeotas a la isla de la Pantanalea,²⁶ por la parte del mediodía, los
turcos saltaron en tierra a hacer leña y carne, como ellos dicen;
y más, cuando vi que los arráeces saltaron en tierra y se pusieron
a hacer las partes de todas las presas que habían hecho. Cada
acción déstas fue para mí una dilatada° muerte. Viniendo, pues, a   slow
20 la partición mía y de Leonisa, Yzuf dio a Fetala (que así se llamaba
el arráez de la otra galeota) seis cristianos, los cuatro para el remo,
y dos muchachos hermosísimos, de nación corsos, y a mí con
ellos, por quedarse con Leonisa, de lo cual se contentó Fetala. Y,
aunque estuve presente a todo esto, nunca pude entender lo que
25 decían, aunque sabía lo que hacían, ni entendiera por entonces
el modo de la partición si Fetala no se llegara a mí y me dijera
en italiano: "Cristiano, ya eres mío; en dos mil escudos de oro te
me han dado; si quisieres libertad, has de dar cuatro mil, si no,
acá morir." Preguntéle si era también suya la cristiana; díjome que
30 no, sino que Yzuf se quedaba con ella, con intención de 'volverla

---

    23 The triangular shape of the Latin sails found on Christian vessels alerts the
Turkish corsairs to the proximity of their enemy.
    24 **Cuál guisando…** *either cooking their food or washing their clothes*
    25 The ships headed to the Barbary Coast, the stretch of land in northern Africa
that was a stronghold of Muslim pirates.
    26 Pantelleria is an island located between Sicily and Tunisia.

mora° y casarse con ella. Y así era la verdad, porque me lo dijo uno
de los cautivos del remo, que entendía bien el turquesco,° y se lo
había oído tratar a Yzuf y a Fetala. Díjele a mi amo° que hiciese
de modo como se quedase con la cristiana, y que le daría por su
rescate solo diez mil escudos de oro en oro. Respondióme no ser
posible, pero que haría que Yzuf supiese la gran suma que él ofrecía
por la cristiana; quizá, llevado del interés,° mudaría de intención
y la rescataría. Hízolo así, y mandó que todos los de su galeota
se embarcasen luego, porque se quería ir a Trípol de Berbería, de
donde él era. Yzuf, asimismo, determinó irse a Biserta; y así, se
embarcaron con la misma priesa que suelen cuando descubren o
galeras de quien temer, o bajeles° a quien robar. Movióles a darse
priesa, por parecerles que el tiempo mudaba° con muestras de
borrasca.°

"Estaba Leonisa en tierra, pero no en parte° que yo la pudiese
ver, si no fue que al tiempo del embarcarnos llegamos juntos a
la marina. Llevábala de la mano su nuevo amo y su más nuevo
amante, y al entrar por la escala° que estaba puesta desde tierra a la
galeota, volvió° los ojos a mirarme, y los míos, que no se quitaban
della, la miraron con tan tierno sentimiento y dolor que, sin saber
cómo, se me puso una nube° ante ellos que me quitó la vista, y sin
ella y sin sentido alguno di conmigo en el suelo. Lo mismo, me
dijeron después, que había sucedido a Leonisa, porque la vieron
caer de la escala a la mar, y que Yzuf se había echado tras della y la
sacó en brazos. Esto me contaron dentro de la galeota de mi amo,
donde me habían puesto sin que yo lo sintiese;° mas, cuando volví
de mi desmayo y me vi solo en la galeota, y que la otra, tomando
otra derrota,° se apartaba de nosotros, llevándose consigo la
mitad de mi alma, o, por mejor decir, toda ella, cubrióseme el
corazón de nuevo, y de nuevo maldije° mi ventura y llamé a la
muerte 'a voces;° y eran tales los sentimientos que hacía, que mi
amo, enfadado de oírme, con un grueso palo° me amenazó° que,
si no callaba,° me maltrataría. Reprimí° las lágrimas, recogí los
suspiros, creyendo que con la fuerza que les hacía reventarían° por

make her a Moor

Turkish

master

amount

vessels

was changing

storm

where

ladder

turned

cloud

realizing

course

cursed

loudly

club, threatened

keep quiet, I withheld

burst

parte que abriesen puerta al alma, que tanto deseaba desamparar
este miserable cuerpo; mas la suerte, aún no contenta de haberme
puesto en tan 'encogido estrecho,° ordenó de 'acabar con° todo,   dire straits, finish
quitándome las esperanzas de todo mi remedio; y fue que en un
instante se declaró la borrasca que ya se temía, y el viento que de
la parte de mediodía soplaba y nos embestía por la proa, comenzó
a reforzar° con tanto brío,° que fue forzoso° volverle la popa° y   strengthen, force, neces-
dejar correr el bajel por donde el viento quería llevarle.   sary, stern

    "Llevaba designio° el arraéz de despuntar° la isla y tomar   intention, round
abrigo° en ella por la banda del norte, mas sucedióle 'al revés° su   shelter, contrary
pensamiento, porque el viento cargó° con tanta furia que, todo lo   blew
que habíamos navegado en dos días, en poco más de catorce horas
nos vimos a seis millas o siete de la propia isla de donde habíamos
partido, y sin remedio alguno íbamos a embestir° en ella, y no en   crash
alguna playa, sino en unas muy levantadas° peñas° que a la vista se   high, rocks
nos ofrecían, amenazando de inevitable muerte a nuestras vidas.
Vimos a nuestro lado la galeota de nuestra conserva,° donde   convoy
estaba Leonisa, y a todos sus turcos y cautivos remeros haciendo
fuerza con los remos para entretenerse° y no dar en las peñas. Lo   save themselves
mismo hicieron los de la nuestra, con más ventaja° y esfuerzo, a   results
lo que pareció, que los de la otra, los cuales, cansados del trabajo
y vencidos° del tesón° del viento y de la tormenta,° soltando° los   defeated, tenacity, storm
remos, se abandonaron y se dejaron ir a vista de nuestros ojos   letting go
a embestir en las peñas, donde dio la galeota tan grande golpe
que toda se hizo pedazos. Comenzaba a cerrar la noche, y fue
tamaña° la grita° de los que se perdían y el sobresalto° de los que   so great, screams, fear
en nuestro bajel temían perderse, que ninguna cosa de las que
nuestro arráez mandaba se entendía ni se hacía; sólo se atendía a
no dejar los remos de las manos, tomando por remedio volver la
proa al viento y echar las dos áncoras° a la mar, para entretener con   anchors
esto algún tiempo la muerte, que por cierta tenían. Y, aunque el
miedo de morir era general en todos, en mí era muy al contrario,
porque con la esperanza engañosa° de ver en el otro mundo a la   deceptive
que había tan poco que déste se había partido, cada punto° que la   moment

galeota tardaba en anegarse° o en embestir en las peñas, era para   drown
mí un siglo° de más penosa° muerte. Las levantadas olas,° que por   eternity, cruel, waves
encima del bajel y de mi cabeza pasaban, me hacían estar atento a
ver si en ellas venía el cuerpo de la desdichada Leonisa.

    "No quiero detenerme ahora, ¡oh Mahamut! en contarte
'por menudo° los sobresaltos,° los temores, las ansias,° los   in detail, fears, anxiety
pensamientos° que en aquella luenga° y amarga° noche tuve y pasé,   thoughts, long, painful
por no ir contra lo que primero propuse de contarte brevemente
mi desventura. Basta° decirte que fueron tantos y tales que, si la   suffice
muerte viniera en aquel tiempo, tuviera 'bien poco° que hacer en   very little
quitarme la vida.

    "Vino el día con muestras de mayor tormenta que la
pasada, y hallamos que el bajel había virado° un gran trecho,°   veered, distance
habiéndose desviado de las peñas un buen trecho, y llegádose a
una punta° de la isla; y viéndose tan 'a pique° de doblarla, turcos   point, about
y cristianos, con nueva esperanza y fuerzas nuevas, al cabo de seis
horas doblamos la punta, y hallamos más blando° el mar y más   calm
sosegado,° de modo que más fácilmente nos aprovechamos de   peaceful
los remos, y, abrigados con la isla, 'tuvieron lugar° los turcos de   were able to
saltar en tierra para ir a ver si había quedado alguna reliquia de
la galeota que la noche antes dio en las peñas; mas aún no quiso
el cielo concederme el alivio° que esperaba tener de ver en mis   good fortune
brazos el cuerpo de Leonisa; que, aunque muerto y despedazado,°   mutilated
holgara de verle, por romper aquel imposible que mi estrella me
puso de juntarme con él, como mis buenos deseos merecían; y
así, rogué a un renegado que quería desembarcarse que le buscase
y viese si la mar lo había arrojado° a la orilla.° Pero, como ya he   thrown, shore
dicho, todo esto me negó el cielo,° pues al mismo instante tornó   heaven
a embravecerse° el viento, de manera que el amparo° de la isla no   intensified, protection
fue de algún provecho.° Viendo esto Fetala, no quiso contrastar   aid
contra la fortuna, que tanto le perseguía, y así, mandó poner el
trinquete° al árbol° y hacer un poco de vela; volvió la proa a la   foresail, mast
mar y la popa al viento; y, tomando él mismo el cargo del timón,°   rudder
se dejó correr por el ancho mar, seguro que ningún impedimento

le estorbaría° su camino.° Iban los remos igualados en la crujía° y — hinder, route, midship, gun-ports
toda la gente sentada por los bancos y ballesteras,° sin que en toda
la galeota se descubriese otra persona que la del cómitre,° que por — superintendent
más seguridad suya se hizo atar° fuertemente al estanterol.° Volaba — tied, flagstaff
el bajel con tanta ligereza° que, en tres días y tres noches, pasando — swiftness
a la vista de Trápana, de Melazo²⁷ y de Palermo,²⁸ embocó° por el — sailed
faro° de Micina, con maravilloso espanto de los que iban dentro y — straits
de aquellos que desde la tierra los miraban.

   "En fin, por no ser tan prolijo° en contar la tormenta como ella — long-winded
lo fue en su porfía,° digo que cansados, hambrientos y fatigados — intensity
con tan largo rodeo,° como fue bajar° casi toda la isla de Sicilia, — adventures, traveling
llegamos a Trípol de Berbería, adonde a mi amo° (antes de haber — master
hecho con sus levantes° la cuenta° del despojo,° y dádoles lo que — Levantines, share, booty
les tocaba, y su quinto al rey, como es costumbre°) le dio un dolor — customary
de costado° tal, que dentro de tres días dio con él en el infierno. — side

   Púsose luego el rey de Trípol en toda su hacienda, y el
alcaide° de los muertos que allí tiene el Gran Turco (que, como — keeper
sabes, es heredero de los que no le dejan en su muerte); estos dos
tomaron toda la hacienda de Fetala, mi amo, y yo cupe° a éste, — belonged
que entonces era virrey de Trípol; y de allí a quince días le vino
la patente° de virrey de Chipre, con el cual he venido hasta aquí — commission
sin intento° de rescatarme, porque él me ha dicho muchas veces — attempted
que me rescate, pues soy hombre principal, como se lo dijeron
los soldados de Fetala, jamás he acudido° a ello, antes le he dicho — pursued
que le engañaron los que le dijeron grandezas de mi posibilidad.° — value
Y si quieres, Mahamut, que te diga todo mi pensamiento, has de
saber que no quiero volver a parte donde por alguna vía° pueda — path
tener cosa que 'me consuele,° y quiero que, juntándose a la vida — consoles me
del cautiverio,° los pensamientos y memorias que jamás me dejan — captivity
de la muerte de Leonisa vengan a ser parte para que yo no la tenga
jamás de gusto alguno. Y si es verdad que los continuos dolores
forzosamente se han de acabar o acabar a quien los padece,° los — suffers

---

27 Milazzo is a port city in northeastern Sicily.
28 Palermo is the capital of Sicily.

míos no podrán dejar de hacello,° porque pienso darles rienda° de
manera que, a pocos días, den alcance a la miserable vida que tan
contra mi voluntad sostengo.

= **hacerlo**, rein

"Éste es, ¡oh Mahamut hermano! el triste suceso mío; ésta es la
causa de mis suspiros° y de mis lágrimas; mira tú ahora y considera
si es bastante para sacarlos de lo profundo de mis entrañas y para
engendrarlos en la sequedad de mi lastimado pecho.

sighs

Leonisa murió, y con ella mi esperanza; que, puesto que la
que tenía, ella viviendo, se sustentaba de un delgado° cabello,
todavía, todavía..."

thin

Y en este "todavía" se le pegó la lengua al paladar,° de manera
que no pudo hablar más palabra ni detener las lágrimas, que,
como suele decirse, 'hilo a hilo° le corrían por el rostro, en tanta
abundancia, que llegaron a humedecer° el suelo. Acompañóle en
ellas Mahamut; pero, pasándose aquel parasismo, causado de la
memoria renovada en el amargo cuento, quiso Mahamut consolar
a Ricardo con las mejores razones que supo; mas él se las atajó,°
diciéndole: "Lo que has de hacer, amigo, es aconsejarme qué haré
yo para caer en desgracia de mi amo, y de todos aquellos con
quien yo comunicare; para que, siendo aborrecido dél y dellos, los
unos y los otros me maltraten y persigan de suerte que, añadiendo
dolor a dolor y pena a pena, alcance con brevedad lo que deseo,
que es acabar la vida."

palate

flowed

dampen

cut off

"Ahora he hallado ser verdadero," dijo Mahamut, "lo que suele
decirse: que lo que se sabe sentir se sabe decir, puesto que algunas
veces el sentimiento enmudece° la lengua; pero, comoquiera que
ello sea, Ricardo, ora llegue tu dolor a tus palabras, ora ellas se le
aventajen,²⁹ siempre has de hallar en mí un verdadero amigo, o para
ayuda o para consejo; que, aunque mis pocos años y el desatino°
que he hecho en vestirme este hábito están dando voces que de
ninguna destas dos cosas que te ofrezco se puede fiar° ni esperar
alguna, yo procuraré que no salga verdadera esta sospecha,³⁰ ni

silences

folly

trust

---

29 **Ora llegue...** *whether your pain matches your words or your words surpass your pain*

30 **Procuraré...** *I will do what I can to make sure that this suspicion does not come*

pueda tenerse por cierta tal opinión. Y, puesto que tú no quieras
ni ser aconsejado ni favorecido, no por eso dejaré de hacer lo que
te conviniere, como suele hacerse con el enfermo, que pide lo que
no le dan y le dan lo que le conviene. No hay en toda esta ciudad
5   quien pueda ni valga más que el cadí, mi amo, ni aun el tuyo,
que viene por visorrey della, ha de poder tanto; y, siendo esto así,
como lo es, yo puedo decir que soy el que más puede en la ciudad,
pues puedo con mi patrón° todo lo que quiero. Digo esto, porque   master
podría ser dar traza° con él para que vinieses a ser suyo, y, estando   plan
10   en mi compañía, el tiempo nos dirá lo que habemos de hacer, así
para consolarte, si quisieres o pudieres tener consuelo, y a mí para
salir désta a mejor vida, o, a lo menos, a parte donde la tenga más
segura cuando la deje."

     "Yo te agradezco," respondió Ricardo, "Mahamut, la amistad
15   que me ofreces, aunque estoy cierto que, con cuanto hicieres, no
has de poder cosa que en mi provecho resulte. Pero dejemos ahora
esto y vamos a las tiendas, porque, 'a lo que veo,° sale de la ciudad   it seems to me
mucha gente, y sin duda es el antiguo virrey que sale a estarse en
la campaña, por dar lugar a mi amo que entre en la ciudad a hacer
20   la residencia."

     "Así es," dijo Mahamut, "ven, pues, Ricardo, y verás las
ceremonias con que se reciben; que sé que gustarás° de verlas."   will enjoy

     "'Vamos en buena hora,°" dijo Ricardo, "quizá te habré   = vámonos
menester si acaso el guardián de los cautivos de mi amo me ha
25   echado menos, que es un renegado, corso de nación y de no muy
piadosas° entrañas."   compassionate

     Con esto dejaron la plática, y llegaron a las tiendas a tiempo
que llegaba el antiguo bajá, y el nuevo le salía a recibir a la puerta
de la tienda.

30   Venía acompañado Alí Bajá (que así se llamaba el que dejaba
el gobierno) de todos los jenízaros[31] que de ordinario 'están de
presidio° en Nicosia, después que los turcos la ganaron, que   stand guard

---

true

31 Janizaries was the name for the Turkish infantry that consisted of the Sultan's
guard and the core of the standing army.

serían hasta quinientos. Venían en dos alas o hileras,° los unos °lines
con escopetas y los otros con alfanjes desnudos. Llegaron a
la puerta del nuevo bajá Hazán, la rodearon todos, y Alí Bajá,
inclinando el cuerpo, hizo reverencia a Hazán, y él con menos
5   inclinación le saludó. Luego se entró Alí en el pabellón de Hazán,
y los turcos le subieron sobre un poderoso caballo ricamente
aderezado, y, trayéndole 'a la redonda° de las tiendas y por todo °around
un buen espacio de la campaña, daban voces y gritos, diciendo
en su lengua: "¡Viva, viva Solimán sultán, y Hazán Bajá en su
10   nombre!" Repitieron esto muchas veces, reforzando las voces y
los alaridos, y luego le volvieron a la tienda, donde había quedado
Alí Bajá, el cual, con el cadí y Hazán, 'se encerraron° en ella por °enclosed themselves
espacio de una hora solos.

Dijo Mahamut a Ricardo que se habían encerrado a 'tratar
15   de° lo que convenía hacer en la ciudad cerca de las obras que °discuss
Alí dejaba comenzadas. De allí a poco tiempo salió el cadí a la
puerta de la tienda, y dijo a voces en lengua turquesca, arábiga
y griega, que todos los que quisiesen entrar a pedir justicia, o
otra cosa contra Alí Bajá, podrían entrar libremente; que allí
20   estaba Hazán Bajá, a quien el Gran Señor enviaba por virrey de
Chipre, que les guardaría toda razón y justicia. Con esta licencia,
los jenízaros dejaron desocupada la puerta de la tienda y dieron
lugar a que entrasen los que quisiesen. Mahamut hizo que entrase
con él Ricardo, que, por ser esclavo de Hazán, no se le impidió la
25   entrada.

Entraron a pedir justicia, así griegos cristianos como algunos
turcos, y todos de cosas de tan poca importancia, que las más
despachó° el cadí sin 'dar traslado a la parte,° sin autos,° demandas °dismissed, consultation,
ni respuestas; que todas las causas,° si no son las matrimoniales, written; cases
30   se despachan 'en pie y en un punto,° más a juicio de buen varón[32] immediately
que por ley alguna. Y entre aquellos bárbaros, si lo son en esto, el
cadí es el juez competente de todas las causas, que las abrevia en

---

[32] **Más a...** *by the judgment of a good man*

la uña[33] y las sentencia 'en un soplo,° sin que haya apelación° de su   quickly, appeal
sentencia para otro tribunal.

En esto entró un chauz, que es como alguacil,° y dijo que   officer
estaba a la puerta de la tienda un judío° que traía a vender una   Jew
5   hermosísima cristiana; mandó el cadí que le hiciese entrar, salió
el chauz, y volvió a entrar luego, y con él un venerable judío, que
traía de la mano a una mujer vestida en hábito berberisco,[34] tan
bien aderezada° y compuesta que no lo pudiera estar tan bien la   adorned
más rica mora de Fez ni de Marruecos, que en aderezarse llevan
10 la ventaja a todas las africanas, aunque entren las de Argel con sus
perlas° tantas. Venía cubierto el rostro° con un tafetán carmesí;°   pearls, face, crimson
por las 'gargantas de los pies,° que se descubrían, parecían dos   ankles
carcajes° (que así se llaman las manillas en arábigo), al parecer   bracelets
de puro oro; y en los brazos, que asimismo° por una camisa de   likewise
15 cendal° delgado se descubrían o traslucían,° traía otros carcajes   thin silk, shined
de oro sembrados de muchas perlas; en resolución, en cuanto el
traje, ella venía rica y gallardamente aderezada.

Admirados desta primera vista el cadí y los demás bajáes,
antes que otra cosa dijesen ni preguntasen, mandaron al judío que
20 hiciese que se quitase el antifaz° la cristiana. Hízolo así, y descubrió veil
un rostro que así deslumbró° los ojos y alegró los corazones de los   dazzled
circunstantes,° como el sol que, por entre cerradas nubes, después   people present
de mucha oscuridad,° se ofrece a los ojos de los que le desean: tal   darkness
era la belleza de la cautiva cristiana, y tal su brío° y su gallardía.   elegance
25 Pero en quien con más efecto hizo impresión la maravillosa luz
que había descubierto, fue en el lastimado Ricardo, como en
aquel que mejor que otro la conocía, pues era su cruel y amada
Leonisa, que tantas veces y con tantas lágrimas por él había sido
tenida y llorada por muerta.

30   Quedó a la improvisa° vista de la singular belleza de la cristiana   unexpected
traspasado° y rendido° el corazón de Alí, y en el mismo grado° y   pierced, overcome, ex-
con la misma herida se halló el de Hazán, sin quedarse exento de   tent

---

33 **Que las...** *he keeps them brief*
34 **Berberisco...** *Berber*. Also known as Moors during Cervantes' day, the Ber-
bers were the original inhabitants of Northern Africa.

la amorosa llaga° el del cadí, que, más suspenso que todos, no sabía   wound
quitar los ojos de los hermosos de Leonisa. Y, para encarecer° las   emphasize
poderosas fuerzas de amor, se ha de saber que en aquel mismo
punto nació en los corazones de los tres una, a su parecer, firme
esperanza de alcanzarla y de gozarla;° y así, sin querer saber el   enjoy her
cómo, ni el dónde, ni el cuándo había venido a poder del judío, le
preguntaron el precio que por ella quería.

    El codicioso° judío respondió que cuatro mil doblas, que   greedy
vienen a ser dos mil escudos; mas, apenas hubo declarado el
precio, cuando Alí Bajá dijo que él los daba por ella, y que fuese
luego a contar el dinero a su tienda. Empero° Hazán Bajá, que   however
estaba de parecer de no dejarla, aunque aventurase° en ello la vida,   risk
dijo: "Yo asimismo doy por ella las cuatro mil doblas que el judío
pide, y no las diera ni me pusiera a ser contrario de lo que Alí ha
dicho si no me forzara lo que él mismo dirá que es razón que me
obligue y fuerce, y es que esta gentil esclava no pertenece para
ninguno de nosotros, sino para el Gran Señor solamente; y así,
digo que en su nombre la compro: veamos ahora quién será el
atrevido° que me la quite."   daring one

    "Yo seré," replicó Alí, "porque para el mismo efecto la compro,
y estáme a mí más a cuento hacer al Gran Señor este presente, por
la comodidad° de llevarla luego a Constantinopla, granjeando°   opportunity, earning
con él la voluntad del Gran Señor; que, como hombre que quedo,
Hazán, como tú ves, sin cargo° alguno, he menester buscar   employment
medios de tenelle, de lo que tú estás seguro por tres años, pues
hoy comienzas a mandar y a gobernar este riquísimo reino de
Chipre. Así que, por estas razones y por haber sido yo el primero
que ofrecí el precio por la cautiva, está 'puesto en razón,° ¡oh   it is only right
Hazán! que me la dejes."

    "Tanto más es de agradecerme a mí," respondió Hazán, "el
procurarla y enviarla al Gran Señor, cuanto lo hago sin moverme
a ello interés alguno; y, en lo de la comodidad de llevarla, una
galeota armaré° con sola mi chusma° y mis esclavos que la lleve."   put together, crew

    Azoróse° con estas razones Alí, y, levantándose en pie,   distressed

empuñó° el alfanje,° diciendo: "Siendo, ¡oh Hazán! mis intentos   drew, sword
unos, que es presentar y llevar esta cristiana al Gran Señor, y,
habiendo sido yo el comprador primero, está puesto en razón
y en justicia que me la dejes a mí; y, cuando otra cosa pensares,
5   este alfanje que empuño defenderá mi derecho y castigará tu
atrevimiento."

     El cadí, que a todo estaba atento,° y que no menos que los   attentive
dos ardía,° temeroso de quedar sin la cristiana, imaginó° cómo   was in love, thought
poder atajar° el gran fuego que se había encendido, y, juntamente,   extinguish
10   quedarse con la cautiva, sin dar alguna sospecha de su dañada°   wicked
intención; y así, levantándose en pie, se puso entre los dos, que
ya también lo estaban, y dijo: "Sosiégate,° Hazán, y tú, Alí, estáte   calm yourself
quedo;° que yo estoy aquí, que sabré y podré componer vuestras   still
diferencias de manera que los dos consigáis vuestros intentos, y el
15   Gran Señor, como deseáis, sea servido."

     A las palabras del cadí obedecieron luego; y aun si otra
cosa más dificultosa les mandara, hicieran lo mismo: tanto es
el respecto que tienen a sus canas° los de aquella dañada secta.   experience
Prosiguió, pues, el cadí, diciendo:

20   "Tú dices, Alí, que quieres esta cristiana para el Gran Señor, y
Hazán dice lo mismo; tú alegas° que por ser el primero en ofrecer   allege
el precio ha de ser tuya; Hazán te lo contradice; y, aunque él no
sabe fundar su razón,[35] yo hallo que tiene la misma que tú tienes,
y es la intención, que sin duda debió de nacer a un mismo tiempo
25   que la tuya, en querer comprar la esclava para el mismo efecto;
sólo le llevaste tú la ventaja en haberte declarado primero, y esto
no ha de 'ser parte° para que 'de todo en todo° quede defraudado°   to be reason, all in all, ig-
su buen deseo; y así, me parece ser bien concertaros° en esta   nored; agree
forma: que la esclava sea de entrambos; y, pues el uso della ha
30   de quedar a la voluntad del Gran Señor, para quien se compró,
a él toca disponer della; y, en tanto, pagarás tú, Hazán, dos mil
doblas, y Alí otras dos mil, y quedaráse la cautiva en poder° mío   custody
para que en nombre de entrambos yo la envíe a Constantinopla,

---

35 **No sabe...** *does not know how to support his opinion*

porque no quede sin algún premio, siquiera por haberme hallado presente; y así, me ofrezco de enviarla a mi costa, con la autoridad y decencia que se debe a quien se envía, escribiendo al Gran Señor todo lo que aquí ha pasado y la voluntad que los dos habéis mostrado a su servicio."

No supieron, ni pudieron, ni quisieron contradecirle los dos enamorados turcos; y, aunque vieron que por aquel camino no conseguían su deseo, hubieron de pasar por el parecer del cadí,[36] formando y criando cada uno allá en su ánimo° una esperanza que,   heart aunque dudosa, les prometía poder llegar al fin de sus encendidos deseos. Hazán, que se quedaba por virrey en Chipre, pensaba dar tantas dádivas° al cadí que, vencido y obligado, le diese la cautiva;   gifts Alí imaginó de hacer un hecho° que le aseguró salir con lo que   plan deseaba. Y, teniendo por cierto 'cada cual° su designio, vinieron   each one con facilidad en lo que el cadí quiso, y, de consentimiento y voluntad de los dos, se la entregaron luego, y luego pagaron al judío cada uno dos mil doblas. Dijo el judío que no la había de dar con los vestidos que tenía, porque valían otras dos mil doblas; y así era la verdad, a causa que en los cabellos, que parte por las espaldas° sueltos° traía y parte atados y enlazados por la frente, se   shoulders, loose parecían algunas hileras de perlas que con extremada gracia 'se enredaban° con ellos. Las manillas° de los pies y manos asimismo   joined, bracelets venían llenas de gruesas perlas. El vestido era una almalafa° de   Moorish cape raso° verde, toda bordada y llena de trencillas de oro. En fin, les   satin pareció a todos que el judío anduvo corto en el precio que pidió por el vestido, y el cadí, por no mostrarse menos liberal que los dos bajaes, dijo que él quería pagarle, porque de aquella manera se presentase al Gran Señor la cristiana. Tuviéronlo por bien los dos competidores, creyendo cada uno que todo había de venir a su poder.

Falta ahora por decir lo que sintió Ricardo de ver andar en almoneda° su alma,° y los pensamientos que en aquel punto le   auction, = **Leonisa** vinieron, y los temores que le sobresaltaron,° viendo que el haber   terrified

---

36 **Hubieron de...** *had to accept the wishes of the Cadi*

hallado a su querida prenda° era para más perderla; no sabía darse   *jewel*
a entender si estaba durmiendo o despierto, no 'dando crédito° a   *trusting*
sus mismos ojos de lo que veían, porque le parecía cosa imposible
ver tan impensadamente delante dellos a la que pensaba que para
5   siempre los había cerrado. Llegóse en esto a su amigo Mahamut
y díjole:

"¿No la conoces, amigo?"

"No la conozco," dijo Mahamut.

"Pues has de saber," replicó Ricardo, "que es Leonisa."

10 "¿Qué es lo que dices, Ricardo?" dijo Mahamut.

"Lo que has oído," dijo Ricardo.

"Pues calla y no la descubras,"° dijo Mahamut, "que la ventura   *reveal her identity*
va ordenando que la tengas buena y próspera, porque ella va a
poder de mi amo."

15 "¿Parécete," dijo Ricardo, "que será bien ponerme en parte
donde pueda ser visto?

"No," dijo Mahamut, "porque no la sobresaltes o te sobresaltes,
y no vengas a dar indicio de que la conoces ni que la has visto; que
podría ser que redundase en perjuicio de mi designio."

20 "Seguiré tu parecer,"° respondió Ricardo.   *advice*

Y ansí, anduvo huyendo de que sus ojos se encontrasen con
los de Leonisa, la cual tenía los suyos, en tanto que esto pasaba,
clavados° en el suelo, derramando° algunas lágrimas.° Llegóse   *stared, shedding, tears*
el cadí a ella, y, asiéndola de la mano, se la entregó a Mahamut,
25 mandándole que la llevase a la ciudad y se la entregase a su
señora Halima, y le dijese la tratase como a esclava° del Gran   *slave*
Señor. Hízolo así Mahamut y dejó sólo a Ricardo, que con los
ojos fue siguiendo a su estrella° hasta que se le encubrió° con la   *star, concealed*
nube de los muros° de Nicosia. Llegóse al judío y preguntóle que   *walls*
30 adónde había comprado, o en qué modo había venido a su poder
aquella cautiva cristiana. El judío le respondió que en la isla de
la Pantanalea[37] la había comprado a unos turcos que allí habían

---

37 **Pantanela** *Pantelleria*. Pantelleria is an island in the Strait of Sicily.

dado al través;[38] y, queriendo proseguir adelante, lo estorbó° el   interrupted
venirle a llamar de parte de los bajáes, que querían preguntarle lo
que Ricardo deseaba saber; y con esto se despidió dél.

En el camino que había desde las tiendas a la ciudad, tuvo
lugar Mahamut de preguntar a Leonisa, en lengua italiana, que de
qué lugar era. La cual le respondió que de la ciudad de Trápana.
Preguntóle asimismo Mahamut si conocía en aquella ciudad a un
caballero rico y noble que se llamaba Ricardo. Oyendo lo cual
Leonisa, dio un gran suspiro y dijo:

"Sí conozco, 'por mi mal."°   unfortunately

"¿Cómo por vuestro mal?" dijo Mahamut.

"Porque él me conoció a mí por el suyo y por mi desventura,"
respondió Leonisa.

"¿Y, por ventura," preguntó Mahamut, "conocistes también
en la misma ciudad a otro caballero de gentil disposición, hijo de
padres muy ricos, y él por su persona muy valiente, muy liberal y
muy discreto, que se llamaba Cornelio?"

"También le conozco," respondió Leonisa, "y podré decir más
por mi mal que no a Ricardo. Mas, ¿quién sois vos, señor, que los
conocéis y por ellos me preguntáis?"

"Soy," dijo Mahamut, "natural de Palermo, que por varios
accidentes estoy en este traje y vestido, diferente del que yo solía
traer, y conózcolos porque no ha muchos días que entrambos
estuvieron en mi poder, que a Cornelio le cautivaron unos moros
de Trípol de Berbería y le vendieron a un turco que le trujo° a esta   = trajo
isla, donde vino con mercancías,° porque es mercader de Rodas,[39]   merchandise
el cual fiaba de Cornelio toda su hacienda."°   possessions

"Bien se la sabrá guardar," dijo Leonisa, "porque sabe guardar
muy bien la suya; pero decidme, señor, ¿cómo o con quién vino
Ricardo a esta isla?"

"Vino," respondió Mahamut, "con un cosario que le cautivó
estando en un jardín de la marina de Trápana, y con él dijo que

---

38 **Habían dado...** *had shipwrecked*
39 **Rodas** *Rhodes.* Rhodes is a Greek island.

habían cautivado a una doncella que nunca me quiso decir su
nombre. Estuvo aquí algunos días con su amo,° que iba a visitar   master
el sepulcro de Mahoma, que está en la ciudad de Almedina,⁴⁰ y al
tiempo de la partida cayó Ricardo muy enfermo y indispuesto,°   helpless
5   que su amo me lo dejó, por ser de mi tierra, para que le curase y
tuviese cargo dél hasta su vuelta, o que si por aquí no volviese,
se le enviase a Constantinopla, que él me avisaría cuando allá
estuviese. Pero el cielo lo ordenó de otra manera, pues el sin
ventura de Ricardo, sin tener accidente alguno, en pocos días se
10   acabaron los de su vida, siempre llamando entre sí a una Leonisa,
a quien él me había dicho que quería más que a su vida y a su
alma; la cual Leonisa me dijo que en una galeota que había dado
al través en la isla de la Pantanalea se había ahogado,° cuya muerte   drowned
siempre lloraba y siempre plañía,° hasta que le trujo a término de   lamented
15   perder la vida, que yo no le sentí enfermedad en el cuerpo, sino
muestras de dolor en el alma.”

    “Decidme, señor,” replicó Leonisa, “ese mozo que decís, en
las pláticas que trató con vos, que, como de una patria,° debieron   country
ser muchas, ¿nombró alguna vez a esa Leonisa con 'todo el modo°   the manner
20   con que a ella y a Ricardo cautivaron?”

    “Sí nombró,” dijo Mahamut, “y me preguntó si había
aportado° por esta isla una cristiana dese nombre, de tales y tales   brought
señas, a la cual holgaría de hallar para rescatarla, si es que su amo
se había ya desengañado° de que no era tan rica como él pensaba,   became aware
25   aunque podía ser que por haberla gozado la tuviese en menos;
que, como no pasasen de trecientos o cuatrocientos escudos, él
los daría de muy buena gana por ella, porque un tiempo la había
tenido alguna afición.”°   affection

    “Bien poca debía de ser,” dijo Leonisa, “pues no pasaba de
30   cuatrocientos escudos; más liberal es Ricardo, y más valiente y
comedido;° Dios perdone a quien fue causa de su muerte, que fui   polite
yo, que yo soy la sin ventura que él lloró° por muerta; y sabe Dios   wept

---

40 Medina is second only to Mecca as a place of Muslim pilgrimage. Both Medina and Mecca are in Saudi Arabia.

si holgara de que él fuera vivo para pagarle con el sentimiento,
que viera que tenía de su desgracia el que él mostró de la mía. Yo,
señor, como ya os he dicho, soy la poco querida de Cornelio y
la bien llorada de Ricardo, que, por muy muchos y varios casos,
he venido a este miserable estado en que me veo; y, aunque es
tan peligroso,° siempre, por favor del cielo, he conservado en él la   dangerous
entereza de mi honor,⁴¹ con la cual vivo contenta en mi miseria.
Ahora, ni sé donde estoy, ni quién es mi dueño, ni adónde han de
dar conmigo mis contrarios hados,° por lo cual os ruego, señor,
siquiera por la sangre que de cristiano tenéis, me aconsejéis en   fates
mis trabajos;° que, puesto que el ser muchos me han hecho algo   troubles
advertida,° sobrevienen cada momento tantos y tales, que no sé   informed
cómo me he de avenir° con ellos."   cope

A lo cual respondió Mahamut que él haría lo que pudiese
en servirla, aconsejándola y ayudándola con su ingenio° y con   cleverness
sus fuerzas; advirtióla de la diferencia que por su causa habían
tenido los dos bajáes, y cómo quedaba en poder del cadí, su amo,
para llevarla presentada al Gran Turco Selín⁴² a Constantinopla;
pero que, antes que esto tuviese efecto, tenía esperanza en el
verdadero Dios, en quien él creía, aunque mal cristiano, que lo
había de disponer de otra manera, y que la aconsejaba se hubiese
bien con Halima, la mujer del cadí, su amo, en cuyo poder había
de estar hasta que la enviasen a Constantinopla, advirtiéndola
de la condición de Halima; y con ésas le dijo otras cosas de su
provecho, hasta que la dejó en su casa y en poder de Halima, a
quien dijo el recaudo° de su amo.   instructions

Recibióla bien la mora por verla tan bien aderezada y tan
hermosa. Mahamut se volvió a las tiendas a contar a Ricardo lo
que con Leonisa le había pasado; y, hallándole, se lo contó todo
punto por punto, y, cuando llegó al del sentimiento que Leonisa
había hecho cuando le dijo que era muerto, casi se le vinieron

41 **Entereza de mi honor...** *integrity of my honor*

42 **Selín...** *Selim.* Selim II (1524-1574), who was the son of Suleiman the Mag-
nificient, was the Sultan of the Ottoman Empire from 1566-1574.

las lágrimas a los ojos. Díjole cómo había fingido° el cuento del   invented
cautiverio de Cornelio, por ver lo que ella sentía; advirtióle la
tibieza° y la malicia con que de Cornelio había hablado; todo lo   indifference
cual fue píctima° para el afligido corazón de Ricardo, el cual dijo   balsam
a Mahamut:

"Acuérdome, amigo Mahamut, de un cuento que me contó
mi padre, que ya sabes cuán curioso° fue, y oíste cuánta honra   important
le hizo el Emperador Carlos Quinto,[43] a quien siempre sirvió en
honrosos cargos de la guerra. Digo que me contó que, cuando
el Emperador estuvo sobre Túnez, y la tomó con la fuerza de la
Goleta,[44] estando un día en la campaña y en su tienda, le trajeron
a presentar una mora por cosa singular en belleza, y que al
tiempo que se la presentaron entraban algunos rayos del sol por
unas partes de la tienda y daban en los cabellos de la mora, que
con los mismos del sol en ser rubios° competían, cosa nueva en   golden
las moras, que siempre se precian de tenerlos negros. Contaba
que en aquella ocasión se hallaron en la tienda, entre otros
muchos, dos caballeros españoles; el uno era andaluz y el otro
era catalán, ambos muy discretos y ambos poetas; y, habiéndola
visto el andaluz, comenzó con admiración a decir unos versos
que ellos llaman coplas, con unas consonancias o consonantes
dificultosos,[45] y, parando en los cinco versos de la copla, se detuvo
sin darle fin ni a la copla ni a la sentencia,° por no ofrecérsele   message
tan 'de improviso° los consonantes necesarios para acabarla; mas   at that moment
el otro caballero, que estaba a su lado y había oído los versos,
viéndole suspenso, como si le hurtara la media copla de la boca, la
prosiguió y acabó con las mismas consonancias. Y esto mismo se
me vino a la memoria cuando vi entrar a la hermosísima Leonisa
por la tienda° del bajá, no solamente oscureciendo los rayos del   tent

43 Charles V was Holy Roman Emperor from 1519-1558 and King of Spain
from 1516-1556. He was the grandson of Ferdinand II of Aragon and Isabella I of
Castile, who were the Catholic Monarchs under whose reign in 1492 the Reconquest
ended with the defeat of the last Moorish kingdom of Granada.
44 La Goleta was a fortress that protected the port of Tunis. Charles V conquered it in 1535.
45 **Con unas...** *with the most difficult rhyme.*

sol si la tocaran, sino a todo el cielo con sus estrellas."

"Paso,° no más," dijo Mahamut, "detente, amigo Ricardo, que   slowly
a cada paso temo que has de pasar tanto la raya en las alabanzas°   praise
de tu bella Leonisa que, dejando de parecer cristiano, parezcas
gentil.° Dime, si quieres, esos versos o coplas, o como los llamas,   pagan
que después hablaremos en otras cosas que sean de más gusto, y
aun quizá de más provecho."

"En buen hora," dijo Ricardo, "y vuélvote a advertir que
los cinco versos dijo el uno y los otros cinco el otro, todos de
improviso; y son éstos:

> Como cuando el sol asoma
> por una montaña baja
> y de súbito nos toma,
> y con su vista nos doma°   captivates
> nuestra vista y la relaja;
>   como la piedra balaja,[46]
> que no 'consiente carcoma,°   allow grief
> tal es el tu rostro, Aja,°   Grace
> dura lanza de Mahoma,
> que las mis entrañas° raja."   entrails

"Bien me suenan al oído," dijo Mahamut, "y mejor me suena y
me parece que estés para decir versos, Ricardo, porque el decirlos
o el hacerlos requieren ánimos° de ánimos desapasionados."   spirits

"También se suelen," respondió Ricardo, "llorar endechas,°   dirges
como cantar himnos, y todo es decir versos; pero, dejando esto
aparte, dime qué piensas hacer en nuestro negocio,° que, puesto   affair
que no entendí lo que los bajaes trataron en la tienda, en tanto
que tú llevaste a Leonisa, me lo contó un renegado de mi amo,
veneciano, que se halló presente y entiende bien la lengua
turquesca; y lo que es menester ante todas cosas es buscar traza

---

46 **Balaja...** *chrysopase.* Chrysopase is a precious stone that was used to make
jewelry for royalty and to decorate ornate buildings, such as castles and cathedrals.

cómo Leonisa no vaya 'a mano° del Gran Señor."   in the possession of

"Lo primero que se ha de hacer," respondió Mahamut, "es
que tú vengas a poder de mi amo; que, esto hecho, después nos
aconsejaremos en lo que más nos conviniere."

En esto, vino el guardián de los cautivos cristianos de Hazán y
llevó consigo a Ricardo. El cadí volvió a la ciudad con Hazán, que
en breves días hizo la residencia de Alí y se la dio cerrada y sellada,°   sealed
para que se fuese a Constantinopla. Él se fue luego, dejando muy
encargado al cadí que con brevedad enviase la cautiva, escribiendo
al Gran Señor de modo que le aprovechase para sus pretensiones.
Prometióselo el cadí con 'traidoras entrañas,° porque las tenía   false heart
'hechas ceniza° por la cautiva. Ido Alí lleno de falsas esperanzas, y   captivated
quedando Hazán no vacío de ellas, Mahamut hizo de modo que
Ricardo vino a poder de su amo. Íbanse los días, y el deseo de ver
a Leonisa apretaba tanto a Ricardo, que no alcanzaba un punto
de sosiego.° Mudóse Ricardo el nombre en el de Mario, porque   tranquillity
no llegase el suyo a oídos de Leonisa antes que él la viese; y el
verla era muy dificultoso, a causa que los moros son en extremo
celosos° y encubren° de todos los hombres los rostros° de sus   jealous, hide, faces
mujeres, puesto que en mostrarse ellas a los cristianos no se les
hace de mal; quizá debe de ser que, por ser cautivos, no los tienen
por hombres cabales.°   complete

Avino, pues, que un día la señora Halima vio a su esclavo
Mario, y tan visto y tan mirado fue, que se le quedó grabado° en   instilled
el corazón y fijo° en la memoria; y, quizá poco contenta de los   fixed
abrazos flojos° de su anciano marido, con facilidad dio lugar a   weak
un mal deseo, y con la misma dio cuenta dél a Leonisa, a quien
ya quería mucho por su agradable condición y proceder discreto,
y tratábala con mucho respeto, por ser prenda° del Gran Señor.   property
Díjole cómo el cadí había traído a casa un cautivo cristiano, de
tan gentil donaire y parecer, que a sus ojos no había visto más
lindo hombre en toda su vida, y que decían que era CHILIBÍ
(que quiere decir caballero) y de la misma tierra de Mahamut,

su renegado, y que no sabía cómo darle a entender su voluntad,[47]
sin que el cristiano 'la tuviese en poco° por habérsela declarado.   *esteem her little*
Preguntóle Leonisa cómo se llamaba el cautivo, y díjole Halima
que se llamaba Mario; a lo cual replicó Leonisa: "Si él fuera
caballero y del lugar que dicen, yo le conociera, más dese nombre
Mario no hay ninguno en Trápana; pero haz, señora, que yo le vea
y hable, que te diré quién es y lo que dél se puede esperar."

"Así será," dijo Halima, "porque el viernes, cuando esté el
cadí haciendo la zalá en la mezquita,[48] le haré entrar acá dentro,
donde le podrás hablar a solas; y si te pareciere darle indicios de
mi deseo, haráslo por el mejor modo que pudieres."

Esto dijo Halima a Leonisa, y no habían pasado dos horas
cuando el cadí llamó a Mahamut y a Mario, y, con no menos eficacia
que Halima había 'descubierto su pecho° a Leonisa, descubrió el   *opened his heart*
enamorado viejo el suyo a sus dos esclavos, pidiéndoles consejo en
lo que haría para gozar de la cristiana y cumplir con el Gran Señor,
cuya° ella era, diciéndoles que antes pensaba morir mil veces que   *whose*
entregalla una al Gran Turco. Con tales afectos decía su pasión el
religioso moro, que la puso en los corazones de sus dos esclavos,
que todo lo contrario de lo que él pensaba pensaban. Quedó
puesto entre ellos que Mario, como hombre de su tierra, aunque
había dicho que no la conocía, tomase la mano en solicitarla y en
declararle la voluntad suya; y, cuando por este modo no se pudiese
alcanzar, que usaría el de la fuerza, pues estaba en su poder. Y,
esto hecho, con decir que era muerta, se excusarían de enviarla a
Constantinopla.

Contentísimo quedó el cadí con el parecer de sus esclavos, y,
con la imaginada alegría, ofreció desde luego libertad a Mahamut,
mandándole la mitad de su hacienda después de sus días; asimismo°   *likewise*
prometió a Mario, si alcanzaba lo que quería, libertad y dineros
con que volviese a su tierra rico, honrado y contento. Si él fue
liberal en prometer, sus cautivos fueron pródigos ofreciéndole de

---

47 **No sabía...** *she did not know how to tell him her feelings*
48 **Haciendo...** *praying at the mosque.* The Muslim holy day is Friday.

alcanzar la luna del cielo, cuanto más a Leonisa, como él diese comodidad° de hablarla.

"Ésa daré yo a Mario cuanta° él quisiere," respondió el cadí, "porque haré que Halima se vaya en casa de sus padres, que son griegos° cristianos, por algunos días, y estando fuera, mandaré al portero° que deje entrar a Mario dentro de casa todas las veces que él quisiere, y diré a Leonisa que bien podrá hablar con su paisano cuando le diere gusto."

Desta manera comenzó a volver el viento de la ventura de Ricardo,[49] soplando en su favor, sin saber lo que hacían sus mismos amos.

Tomado, pues, entre los tres este apuntamiento,° quien primero le puso en plática° fue Halima, bien así como mujer, cuya naturaleza es fácil y arrojadiza° para todo aquello que es de su gusto. Aquel mismo día dijo el cadí a Halima que cuando quisiese podría irse a casa de sus padres a 'holgarse con° ellos los días que gustase. Pero como ella estaba alborozada° con las esperanzas que Leonisa le había dado, no sólo no se fuera a casa de sus padres, sino al fingido paraíso de Mahoma no quisiera irse; y así, le respondió que por entonces no tenía tal voluntad, y que cuando ella la tuviese lo diría, mas que había de llevar consigo a la cautiva cristiana.

"Eso no," replicó el cadí, "que no es bien que la prenda del Gran Señor sea vista de nadie, y más que se le ha de quitar que converse con cristianos, pues sabéis que, en llegando a poder del Gran Señor, la han de encerrar en el serrallo° y volverla turca, quiera o no quiera."[50]

"Como ella ande conmigo," replicó Halima, "no importa que esté en casa de mis padres, ni que comunique con ellos, que más comunico yo, y no dejo por eso de ser buena turca; y más que lo más que pienso estar en su casa serán hasta cuatro o cinco días, porque el amor que os tengo no me dará licencia para estar tanto

---

49 **Desta manera...** *in this way, Ricardo's winds of fortune began to change*
50 **Quiera o...** *whether she wants to or not.*

Margin glosses:
- opportunity
- however much
- Greeks
- doorkeeper
- agreement
- action
- bold
- enjoy herself
- elated
- harem

ausente y sin veros."

No la quiso replicar el cadí, por no darle ocasión de engendrar alguna sospecha de su intención.

Llegóse en esto el viernes, y él se fue a la mezquita, de la cual no podía salir en casi cuatro horas; y apenas le vio Halima apartado de los umbrales° de casa, cuando mandó llamar a Mario; mas no le dejaba entrar un cristiano corso° que servía de portero en la puerta del patio si Halima no le diera voces que le dejase; y así, entró confuso y temblando,° como si fuera a pelear° con un ejército° de enemigos.

Estaba Leonisa del mismo modo y traje que cuando entró en la tienda del Bajá, sentada al pie de una escalera° grande de mármol° que a los corredores subía. Tenía la cabeza inclinada sobre la palma de la mano derecha y el brazo sobre las rodillas° los ojos a la parte contraria° de la puerta por donde entró Mario, de manera que, aunque él iba hacia la parte° donde ella estaba, ella no le veía. Así como entró Ricardo, paseó toda la casa con los ojos, y no vio en toda ella sino un mudo° y sosegado silencio, hasta que paró la vista donde Leonisa estaba. En un instante, al enamorado Ricardo le sobrevinieron tantos pensamientos, que le suspendieron° y alegraron, considerándose veinte pasos, a su parecer, o poco más, desviado° de su felicidad y contento; considerábase cautivo, y a su gloria en poder ajeno.° Estas cosas revolviendo entre sí mismo, se movía poco a poco, y con temor y sobresalto, alegre y triste, temeroso y esforzado, se iba llegando al centro donde estaba el de su alegría, cuando 'a deshora° volvió el rostro Leonisa, y puso los ojos en los de Mario, que atentamente la miraba. Mas cuando la vista de los dos se encontraron, con diferentes efectos dieron señal° de lo que sus almas habían sentido. Ricardo se paró y no pudo 'echar pie adelante;° Leonisa, que por la relación de Mahamut tenía a Ricardo por muerto, y el verle vivo tan no esperadamente, llena de temor y espanto, sin quitar dél los ojos ni 'volver las espaldas,° volvió atrás cuatro o cinco

doorsteps

Corsican

trembling, fight

army

staircase

marble

knees

away from

place

profound

amazed

from

of another

unexpectedly

sign

take another step

turning around

cinco escalones,° y sacando una pequeña cruz del seno,° la besaba   steps, bosom
muchas veces, y se santiguó° infinitas, como si alguna fantasma° u   blessed herself, ghost
otra cosa del otro mundo estuviera mirando.

Volvió Ricardo de su embelesamiento,° y conoció por lo que   amazement
5   Leonisa hacía, la verdadera causa de su temor, y así le dijo:

"A mí me pesa,° ¡oh hermosa Leonisa! que no hayan sido   grieves
verdad las nuevas° que de mi muerte te dio Mahamut, porque   news
con ella excusara los temores que ahora tengo de pensar si todavía
está en su ser y entereza° el rigor° que contino has usado conmigo.   wholeness, harshness
10   Sosiégate, señora, y baja, y si te atreves a hacer lo que nunca hiciste,
que es llegarte a mí, llega y verás que no soy cuerpo fantástico;
Ricardo soy, Leonisa; Ricardo, el de tanta ventura cuanta tú
quisieres que tenga."

Púsose Leonisa en esto el dedo en la boca, por lo cual entendió
15   Ricardo que era señal de que callase o hablase más quedo; y
tomando algún poco de ánimo, se fue llegando a ella en distancia
que pudo oír estas razones:

"Habla paso,° Mario, que así me parece que te llamas ahora,   quietly
y no trates de otra cosa de la que yo te tratare; y advierte° que   be aware
20   podría ser que el habernos oído 'fuese parte° para que nunca nos   could be cause
volviésemos a ver. Halima, nuestra ama, creo que nos escucha,
la cual me ha dicho que te adora; hame puesto por intercesora
de su deseo. Si a él° quisieres corresponder,° aprovecharte ha más   = deseo, return
para el cuerpo que para el alma; y cuando no quieras, 'es forzoso°   it is necessary
25   que lo finjas, siquiera porque yo te lo ruego y por lo que merecen
deseos de mujer declarados."

A esto respondió Ricardo: "Jamás pensé ni pude imaginar,
hermosa Leonisa, que cosa° que me pidieras trajera consigo   anything
imposible de cumplirla, pero la que me pides me ha desengañado.[51]
30   ¿Es por ventura la voluntad tan ligera° que se pueda mover y llevar   trifling
donde quisieren llevarla, o estarle ha bien al varón° honrado y   man
verdadero fingir en cosas de tanto peso? Si a ti te parece que alguna
destas cosas se debe o puede hacer, haz lo que más gustares, pues

---

51 **Pero la...** *but what you have requested of me has convinced me otherwise.*

eres señora° de mi voluntad; mas ya sé que también me engañas°   mistress, deceive
en esto, pues jamás la has conocido, y así no sabes lo que has
de hacer della. Pero, 'a trueco que° no digas que en la primera   in exchange for
cosa que me mandaste dejaste de ser obedecida, yo perderé del
derecho que debo a ser quien soy, y satisfaré tu deseo y el de
Halima fingidamente, como dices, si es que se ha de granjear con
esto el bien de verte; y así, finge tú las respuestas a tu gusto, que
desde aquí las firma y confirma mi fingida voluntad. Y, en pago
desto que por ti hago (que es lo más que a mi parecer podré hacer,
aunque de nuevo te dé el alma que tantas veces te he dado), te
ruego que brevemente me digas cómo escapaste de las manos de
los cosarios y cómo veniste a las del judío que te vendió."

"Más espacio,"° respondió Leonisa, "pide el cuento de mis   time
desgracias, pero, con todo eso, te quiero satisfacer en algo. Sabrás,
pues, que a cabo de un día que 'nos apartamos,° volvió el bajel de   separated
Yzuf con un recio° viento a la misma isla de la Pantanalea, donde   strong
también vimos a vuestra galeota,° pero la nuestra, sin poderlo   galley
remediar, embistió en las peñas. Viendo, pues, mi amo tan a
los ojos su perdición, vació con gran presteza dos barriles° que   barrels
estaban llenos de agua, tapólos muy bien, y atólos con cuerdas
el uno con el otro; púsome a mí entre ellos, desnudóse luego,
y, tomando otro barril entre los brazos, se ató con un cordel°   rope
el cuerpo, y con el mismo cordel dio cabo a mis barriles, y con
grande ánimo se arrojó a la mar, llevándome tras sí. Yo no tuve
ánimo para arrojarme, que otro turco me impelió° y me arrojó   hurled
tras Yzuf, donde caí sin ningún sentido, ni volví en mí hasta que
me hallé en tierra en brazos de dos turcos, que vuelta la boca al
suelo me tenían, derramando gran cantidad de agua que había
bebido. Abrí los ojos, atónita° y espantada, y vi a Yzuf junto a   terrified
mí, hecha la cabeza pedazos; que, según después supe, al llegar
a tierra dio con ella en las peñas, donde acabó la vida. Los turcos
asimismo me dijeron que tirando de la cuerda me sacaron a tierra
casi ahogada; solas ocho personas se escaparon de la desdichada
galeota.

"Ocho días estuvimos en la isla, guardándome los turcos el mismo respecto que si fuera su hermana, y aun más. Estábamos escondidos en una cueva,° temerosos ellos que no bajasen de   cave
una fuerza de cristianos que está en la isla y los cautivasen;°   capture
sustentáronse con el bizcocho° mojado que la mar echó a la orilla,°   biscuit, shore
de lo que llevaban en la galeota, lo cual salían a coger de noche.
Ordenó la suerte, para mayor mal mío, que la fuerza° estuviese   fort
sin capitán, que pocos días había que era muerto, y en la fuerza
no había sino veinte soldados; esto se supo de un muchacho que
los turcos cautivaron, que bajó de la fuerza a coger conchas° a la   shells
marina. A los ocho días llegó a aquella costa un bajel de moros
que ellos llaman CARAMUZALES; viéronle los turcos, y salieron
de donde estaban, y, haciendo señas al bajel, que estaba cerca de
tierra, tanto que conoció ser turcos los que los llamaban. Ellos
contaron sus desgracias, y los moros los recibieron en su bajel, en
el cual venía un judío, riquísimo mercader,° y toda la mercancía   merchant
del bajel, o la más, era suya; era de barraganes° y alquiceles° y de cloth, fine linen
otras cosas que de Berbería se llevaban a Levante.[52] En el mismo
bajel los turcos se fueron a Trípol,[53] y en el camino me vendieron
al judío, que dio por mí dos mil doblas,° precio excesivo, si no le   doubloons
hiciera liberal° el amor que el judío me descubrió.   generous

"Dejando, pues, los turcos en Trípol, tornó el bajel a hacer su
viaje, y el judío dio en solicitarme descaradamente; yo le hice la
cara que merecían sus torpes° deseos. Viéndose, pues, desesperado   crude
de alcanzarlos, determinó de 'deshacerse de° mí en la primera   to rid himself
ocasión que se le ofreciese. Y, sabiendo que los dos bajáes, Alí y
Hazán, estaban en aquesta isla, donde podía vender su mercadería
tan bien como en Xío,[54] en quien pensaba venderla, se vino aquí
con intención de venderme a alguno de los dos bajáes, y por eso me
vistió de la manera que ahora me ves, por aficionarles° la voluntad   attract

52 **Y de otras cosas...** *and others things that they were transporting from Barbary to Levant*. Europeans of the 16th-19th centuries referred to the coasts of what today is Morroco, Algeria, Tunisia, and Libya as Barbary, or the Barbary Coast. Levant is a term that described a large area in the Middle East
53 Tripoli is the capital of Libya.
54 Khios is an island off the west coast of Turkey.

a que me comprasen. He sabido que me ha comprado este cadí para llevarme a presentar al Gran Turco, de que no estoy poco temerosa. Aquí he sabido de tu fingida muerte, y séte decir, si lo quieres creer, que me pesó en el alma y que te tuve más envidia que lástima, y no por quererte mal, que ya que soy desamorada,° no soy ingrata ni desconocida, sino porque habías acabado con la tragedia de tu vida."

　　"No dices mal, señora," respondió Ricardo, "si la muerte no me hubiera estorbado° el bien de volver a verte; que ahora en más estimo este instante de gloria que gozo en mirarte, que otra ventura, como no fuera la eterna, que en la vida o en la muerte pudiera asegurarme° mi deseo. El que tiene mi amo el cadí, a cuyo poder he venido por no menos varios accidentes que los tuyos, es el mismo para contigo que para conmigo lo es el de Halima. Hame puesto a mí por intérprete de sus pensamientos; acepté la empresa, no por darle gusto, sino por el que granjeaba en la comodidad de hablarte, porque veas, Leonisa, el término a que nuestras desgracias nos han traído, a ti a ser medianera° de un imposible, que en lo que me pides, conoces, a mí a serlo también de la cosa que menos pensé, y de la que daré por no alcanzalla la vida, que ahora estimo en lo que vale la alta ventura de verte."

　　"No sé qué te diga, Ricardo," replicó Leonisa, "ni qué salida se tome al laberinto donde, como dices, nuestra corta ventura nos tiene puestos. Sólo sé decir que es menester usar en esto lo que de nuestra condición° no se puede esperar, que es el fingimiento y engaño; y así, digo que de ti daré a Halima algunas razones que antes la entretengan que desesperen. Tú de mí podrás decir al cadí lo que para seguridad de mi honor y de su engaño vieres que más convenga; y pues yo pongo mi honor en tus manos, bien puedes creer dél que le tengo con la entereza y verdad que podían poner en duda tantos caminos como he andado, y tantos combates como he sufrido. El hablarnos será fácil y a mí será de grandísimo gusto el hacello, con presupuesto que jamás me has de tratar cosa que a tu declarada pretensión pertenezca,° que en la hora que tal

loveless

prevented

assure myself

go-between

predicament

intends

hicieres, en la misma 'me despediré de° verte, porque no quiero   say goodbye to
que pienses que es de tan pocos quilates° mi valor, que ha de hacer   worth
con él la cautividad lo que la libertad no pudo: como el oro tengo
de ser, con el favor del cielo, que mientras más se acrisola,° queda   purifies
con más pureza y más limpio. Conténtate con que he dicho que
no me dará, como solía, fastidio° tu vista, porque te hago saber,   repugnance
Ricardo, que siempre te tuve por desabrido° y arrogante, y que   unpleasant
presumías de ti algo más de lo que debías. Confieso también que
me engañaba, y que podría ser que hacer ahora la experiencia
me pusiese la verdad delante de los ojos el desengaño,° y estando   truth
desengañada, fuese, con ser honesta, más humana. Vete con Dios,
que temo no nos haya escuchado Halima, la cual entiende algo de
la lengua cristiana, a lo menos de aquella mezcla de lenguas que se
usa, con que todos nos entendemos."

"Dices muy bien, señora," respondió Ricardo, "y agradézcote°   I thank you
infinito el desengaño° que me has dado, que le estimo en tanto   favor
como la merced que me haces en dejar verte; y como tú dices,
quizá la experiencia te dará a entender cuán llana° es mi condición   straightforward
y cuán humilde, especialmente para adorarte; y sin que tú pusieras
término ni raya° a mi trato, fuera él tan honesto para contigo que   limit
no acertaras a desearle mejor.⁵⁵ En lo que toca a entretener al cadí,
vive descuidada;° haz tú lo mismo con Halima, y entiende, señora,   without worries
que después que te he visto ha nacido en mí una esperanza tal,
que me asegura que presto hemos de alcanzar la libertad deseada.
Y con esto quédate con Dios, que otra vez te contaré los rodeos°   roundabout ways
por donde la fortuna me trajo a este estado, después que de ti me
aparté, o, por mejor decir, me apartaron."

Con esto, se despidieron, y quedó Leonisa contenta y
satisfecha del llano proceder de Ricardo, y él contentísimo de
haber oído una palabra de la boca de Leonisa sin aspereza.°   malice

Estaba Halima cerrada en su aposento,° rogando° a Mahoma   room, praying
trajese Leonisa buen despacho° de lo que le había encomendado.°   news, entrusted
El cadí estaba en la mezquita recompensando° con los suyos   rewarding

---

55 **Que no acertaras…** *that you could not wish it to be better.*

los deseos de su mujer, teniéndolos solícitos y colgados° de la in suspense
respuesta que esperaba oír de su esclavo, a quien había dejado
encargado hablase a Leonisa, pues para poderlo hacer le daría
comodidad Mahamut, aunque Halima estuviese en casa. Leonisa
acrecentó° en Halima el torpe° deseo y el amor, dándole muy increased, lustful
buenas esperanzas que Mario haría todo lo que pidiese; pero que
había de dejar pasar primero dos lunes, antes que concediese° con grant
lo que deseaba él mucho más que ella; y este tiempo y término
pedía, a causa que hacía una plegaria° y oración a Dios para que le petition
diese libertad. Contentóse Halima de la disculpa y de la relación
de su querido Ricardo, a quien ella diera libertad antes del término
devoto,° como él concediera con su deseo; y así, rogó a Leonisa le prayer
rogase dispensase° con el tiempo y 'acortase la dilación,° que ella dispense, shorten the
le ofrecía cuanto el cadí pidiese por su rescate.° delay; ransom

    Antes que Ricardo respondiese a su amo, se aconsejó con
Mahamut de qué le respondería; y acordaron entre los dos que
le desesperasen y le aconsejasen que lo más presto que pudiese la
llevase a Constantinopla, y que en el camino, o 'por grado° o por by consent
fuerza, alcanzaría su deseo; y que para el inconveniente que se
podía ofrecer de cumplir con el Gran Señor, sería bueno comprar
otra esclava, y en el viaje fingir o hacer de modo como Leonisa
cayese enferma, y que una noche echarían la cristiana comprada
a la mar, diciendo que era Leonisa, la cautiva del Gran Señor, que
se había muerto; y que esto se podía hacer y se haría en modo que
jamás la verdad fuese descubierta, y él quedase sin culpa con el
Gran Señor y con el cumplimiento de su voluntad; y que, para
la duración de su gusto, después se daría traza conveniente y más
provechosa. Estaba tan ciego el mísero y anciano cadí que, si otros
mil disparates le dijeran, como fueran encaminados a cumplir sus
esperanzas, todos los creyera; cuanto más que le pareció que todo
lo que le decían llevaba buen camino y prometía próspero suceso;
y así era la verdad, si la intención de los dos consejeros no fuera
levantarse con el bajel y darle a él la muerte en pago de sus locos
pensamientos. Ofreciósele al cadí otra dificultad, a su parecer

mayor de las que en aquel caso se le podía ofrecer; y era pensar que su mujer Halima no le había de dejar ir a Constantinopla si no la llevaba consigo; pero presto la facilitó, diciendo que en cambio de la cristiana que habían de comprar para que muriese por Leonisa, serviría Halima, de quien deseaba librarse más que de la muerte.

Con la misma facilidad que él lo pensó, con la misma se lo concedieron Mahamut y Ricardo; y quedando firmes en esto, aquel mismo día dio cuenta el cadí a Halima del viaje que pensaba hacer a Constantinopla a llevar la cristiana al Gran Señor, de cuya liberalidad esperaba que le hiciese Gran Cadí del Cairo o de Constantinopla. Halima le dijo que le parecía muy bien su determinación,° creyendo que se dejaría a Ricardo en casa; mas, cuando el cadí le certificó° que le había de llevar consigo y a Mahamut también, tornó a mudar de parecer y a desaconsejarle° lo que primero le había aconsejado. En resolución, concluyó que si no la llevaba consigo, no pensaba dejarle ir en ninguna manera. Contentóse el cadí de hacer lo que ella quería, porque pensaba sacudir° presto de su cuello° aquella para él tan pesada carga.

No se descuidaba en este tiempo Hazán Bajá de solicitar al cadí le entregase la esclava, ofreciéndole montes de oro, y habiéndole dado a Ricardo de balde,° cuyo rescate apreciaba en dos mil escudos; facilitábale la entrega con la misma industria que él se había imaginado de hacer muerta la cautiva cuando el Gran Turco enviase por ella. Todas estas dádivas° y promesas aprovecharon con el cadí no más de ponerle en la voluntad que abreviase° su partida. Y así, solicitado de su deseo y de las importunaciones de Hazán, y aun de las de Halima, que también fabricaba en el aire vanas° esperanzas, dentro de veinte días aderezó° un bergantín° de quince bancos,° y le armó de buenas boyas,° moros y de algunos cristianos griegos. Embarcó en él toda su riqueza, y Halima no dejó en su casa cosa de momento, y rogó a su marido que la dejase llevar consigo a sus padres, para que viesen a Constantinopla. Era la intención de Halima la misma que la de Mahamut: hacer con él

decision

told

dissuade him

shake, neck

nothing

gifts

hasten

*vain, prepared, brigan-
tine; benches, slaves*

y con Ricardo que en el camino 'se alzasen° con el bergantín; pero   seize
no les quiso declarar su pensamiento° hasta verse embarcada,° y   plan, at sea
esto con voluntad de irse a tierra de cristianos, y 'volverse a° lo   returning
que primero había sido, y casarse con Ricardo, pues era de creer
que, llevando tantas riquezas consigo y volviéndose cristiana, no
dejaría de tomarla por mujer.

En este tiempo habló otra vez Ricardo con Leonisa y le
declaró toda su intención, y ella le dijo la que tenía Halima, que
con ella había comunicado; encomendáronse° los dos el secreto,   entrusted
y encomendándose a Dios, esperaban el día de la partida, el cual
llegado, salió Hazán, acompañándolos hasta la marina con todos
sus soldados, y no los dejó hasta que 'se hicieron a la vela,° ni aun   sailed away
quitó los ojos del bergantín hasta perderle de vista; y parece que el
aire de los suspiros° que el enamorado moro arrojaba impelía con   sighs
mayor fuerza las velas que le apartaban y llevaban el alma. Mas
como aquel a quien el amor había tanto tiempo que sosegar no le
dejaba, pensando en lo que había de hacer para no morir a manos
de sus deseos, puso luego por obra lo que con largo discurso y
resoluta determinación tenía pensado; y así, en un bajel de diez
y siete bancos, que en otro puerto había hecho armar, puso en él
cincuenta soldados, todos amigos y conocidos suyos, y a quien él
tenía obligados con muchas dádivas y promesas, y dióles orden
que saliesen al camino y tomasen el bajel del cadí y sus riquezas,
'pasando a cuchillo° cuantos en él iban, si no fuese a Leonisa   killing
la cautiva; que a ella sola quería por despojo° aventajado a los   prize
muchos haberes que el bergantín llevaba; ordenóles también que
le echasen a fondo, de manera que ninguna cosa quedase que
pudiese dar indicio° de su perdición.° La codicia° del saco° les   evidence, ruin, greed,
puso alas en los pies y esfuerzo en el corazón, aunque bien vieron   plunder
cuán poca defensa habían de hallar en los del bergantín, según
iban desarmados° y sin sospecha de semejante acontecimiento.   unarmed

Dos días había ya que el bergantín caminaba,° que al cadí   sailed
'se le hicieron° dos siglos, porque luego en el primero° quisiera   seemed to him, = **día**
poner en efecto su determinación; mas aconsejáronle sus esclavos

que convenía primero hacer de suerte que Leonisa cayese mala,°   sick
para dar color a su muerte, y que esto había de ser con algunos
días de enfermedad. Él no quisiera sino decir que había muerto
'de repente,° y acabar presto con todo, y despachar a su mujer y   suddenly
5   aplacar° el fuego que las entrañas° poco a poco le iba consumiendo;   extinguish, inside
pero, en efecto, hubo de condescender° con el parecer de los dos.   comply

     Ya en esto había Halima declarado su intento a Mahamut y a
Ricardo, y ellos estaban en ponerlo por obra al pasar de las cruces
de Alejandría, o al entrar de los castillos de la Natolia. Pero fue
10   tanta la prisa que el cadí les daba, que se ofrecieron de hacerlo
en la primera comodidad que se les ofreciese. Y un día, 'al cabo
de° seis que navegaban° y que ya le parecía al cadí que bastaba   after, sailed
el fingimiento de la enfermedad de Leonisa, importunó a sus
esclavos que otro día concluyesen con Halima, y la arrojasen al
15   mar amortajada,° diciendo ser la cautiva del Gran Señor.   in a shroud

     Amaneciendo, pues, el día en que, según la intención de
Mahamut y de Ricardo, había de ser el cumplimiento de sus
deseos, o del fin de sus días, descubrieron un bajel que a vela y
remo les venía 'dando caza.° Temieron fuese de cosarios cristianos,   in pursuit
20   de los cuales ni los unos ni los otros podían esperar 'buen suceso;°   favorable encounter
porque, de serlo,[56] se temía ser los moros cautivos, y los cristianos,
aunque quedasen con libertad, quedarían desnudos y robados;
pero Mahamut y Ricardo con la libertad de Leonisa y de la de
entrambos se contentaron; con todo esto que se imaginaban,
25   temían la insolencia de la gente cosaria, pues jamás la que se da a
tales ejercicios, de cualquiera ley o nación que sea, deja de tener
un ánimo cruel y una condición insolente. Pusiéronse en defensa,
sin dejar los remos de las manos y hacer todo cuanto pudiesen;
pero pocas horas tardaron que vieron que les iban entrando,
30   de modo que en menos de dos se les pusieron a tiro° de cañón.°   range, cannon
Viendo esto, amainaron,° soltaron los remos, tomaron las armas   lowered the sails
y los esperaron, aunque el cadí dijo que no temiesen, porque
el bajel era turquesco, y que no les haría daño alguno. Mandó

---

56 **De serlo...** *if they were Christian corsairs*

poner luego una banderita° blanca de paz en el peñol de la popa,   flag
porque le viesen los que ya ciegos y codiciosos venían con gran
furia a embestir° el mal defendido bergantín. Volvió, en esto, la   attack
cabeza Mahamut y vio que de la parte de poniente° venía una   west
galeota, a su parecer de veinte bancos, y díjoselo al cadí; y algunos
cristianos que iban al remo dijeron que el bajel que se descubría
era de cristianos; todo lo cual les dobló° la confusión y el miedo, y   magnified
estaban suspensos sin saber lo que harían, temiendo y esperando
el suceso que Dios quisiese darles.

Paréceme que diera° el cadí en aquel punto por hallarse en   would have exchanged
Nicosia toda la esperanza de su gusto: tanta era la confusión en
que se hallaba, aunque le quitó presto de ella el bajel primero, que
sin respecto de las banderas de paz ni de lo que a su religión debían,
embistieron con el del cadí con tanta furia, que estuvo poco en
'echarle a fondo.° Luego conoció el cadí los que le acometían,   sinking it
y vio que eran soldados de Nicosia y adivinó lo que podía ser,
y dióse por perdido y muerto; y si no fuera que los soldados se
dieron antes a robar que a matar, ninguno quedara con vida. Mas,
cuando ellos andaban más encendidos y más atentos en su robo,
dio un turco voces diciendo:

"¡Arma, soldados, que un bajel de cristianos nos embiste!"

Y así era la verdad, porque el bajel que descubrió el bergantín
del cadí venía con insignias y banderas cristianescas, el cual llegó
con toda furia a embestir el bajel de Hazán; pero, antes que llegase,
preguntó uno desde la proa en lengua turquesca que qué bajel era
aquél. Respondiéronle que era de Hazán Bajá, virrey de Chipre.

"¿Pues cómo," replicó el turco, "siendo vosotros musulmanes,
embestís y robáis a ese bajel, que nosotros sabemos que va en él el
cadí de Nicosia?"

A lo cual respondieron que ellos no sabían otra cosa más de
que al bajel les había ordenado le tomasen, y que ellos, como sus
soldados y obedientes, habían hecho su mandamiento.°   command

Satisfecho de lo que saber quería, el capitán del segundo bajel
que venía a la cristianesca dejóle embestir al de Hazán, y acudió

al del cadí, y a la primera rociada° mató más de diez turcos de los   *wave*
que dentro eſtaban, y luego le entró con grande ánimo y preſteza;
mas apenas° hubieron pueſto los pies dentro cuando el cadí   *hardly*
conoció que el que le embeſtía° no era criſtiano, sino Alí Bajá, el   *was attacking*
enamorado de Leonisa, el cual, con el mismo intento que Hazán,
había eſtado eſperando su venida, y por no ser conocido, había
hecho veſtidos a sus soldados como criſtianos para que con eſta
induſtria° fuese más cubierto° su hurto.° El cadí, que conoció las   *ſtrategy, concealed,*
intenciones de los amantes y traidores, comenzó 'a grandes voces°   *crime; shouting*
a decir su maldad, diciendo:

"¿Qué es eſto, traidor° Alí Bajá? ¿Cómo, siendo tú musulmán   *traitor*
(que quiere decir turco), me salteas° como criſtiano? Y vosotros,   *attack*
traidores soldados de Hazán, ¿qué demonio os ha movido a
acometer tan grande insulto? ¿Cómo, por cumplir el apetito
lascivo del que aquí os envía, queréis ir contra vueſtro natural
señor?"

A eſtas palabras suſpendieron° todos las armas, y unos a   *lowered*
otros se miraron y se conocieron, porque todos habían sido
soldados de un mismo capitán y militado debajo de una bandera,
y confundiéndose con las razones del cadí y con su mismo
maleficio,° ya se les embotaron° los filos° de los alfanjes y se les   *damage, blunted, blades*
desmayaron los ánimos. Sólo Alí cerró los ojos y los oídos a todo,
y arremetiendo al cadí, le dio una tal cuchillada en la cabeza que,
si no fuera por la defensa que hicieron cien varas de toca° con que   *turban*
venía ceñida,° sin duda se la partiera por medio; pero, con todo,   *tightly-wound*
le derribó entre los bancos del bajel, y al caer dijo el cadí:

"¡Oh cruel renegado, enemigo de mi profeta! ¿Y es posible que
no ha de haber quien caſtigue tu crueldad y tu grande insolencia?
¿Cómo, maldito, has osado° poner las manos y las armas en tu   *dared*
cadí, y en un miniſtro de Mahoma?"

Eſtas palabras añadieron fuerza a fuerza a las primeras, las
cuales oídas de los soldados de Hazán, y movidos de temor que
los soldados de Alí les habían de quitar la presa,° que ya ellos   *prisoner*
por suya tenían, determinaron de ponerlo todo en aventura;°   *fortune*

y comenzando uno y siguiéndole todos, dieron en los soldados de Alí con tanta prisa, rencor° y brío,° que en poco espacio los pararon tales, que, aunque eran muchos más que ellos, los redujeron a número pequeño; pero los que quedaron, volviendo sobre sí, vengaron a sus compañeros, no dejando de los de Hazán apenas cuatro con vida, y ésos muy malheridos.° animosity, force

badly injured

Estábanlos mirando Ricardo y Mahamut, que de cuando en cuando sacaban la cabeza por el escutillón° de la cámara° de popa, por ver en qué paraba aquella grande herrería° que sonaba; y viendo cómo los turcos estaban casi todos muertos, y los vivos malheridos, y cuán fácilmente se podía dar cabo de todos, llamó a Mahamut y a dos sobrinos de Halima, que ella había hecho embarcar consigo para que ayudasen a levantar el bajel, y con ellos y con su padre, tomando alfanjes de los muertos, saltaron en crujía;° y, apellidando° «¡Libertad, libertad!», y ayudados de las buenas boyas, cristianos griegos, con facilidad y sin recibir herida, los degollaron a todos, y pasando sobre la galeota de Alí, que sin defensa estaba, la rindieron y ganaron con cuanto en ella venía. De los que en el segundo encuentro murieron, fue de los primeros Alí Bajá, que un turco, en venganza del cadí, le mató a cuchilladas.

hatchway, chamber

disturbance

gangway, shouting

together

Diéronse luego todos, por consejo de Ricardo, a pasar cuantas cosas había de precio[57] en su bajel y en el de Hazán a la galeota de Alí, que era bajel mayor y acomodado para cualquier cargo o viaje, y ser los remeros cristianos, los cuales, contentos con la alcanzada libertad y con muchas cosas que Ricardo repartió entre todos, se ofrecieron de llevarle hasta Trápana, y aun hasta el cabo° del mundo si quisiese. Y con esto Mahamut y Ricardo, llenos de gozo por el buen suceso, se fueron a la mora Halima y le dijeron que, si quería volverse a Chipre, que con las buenas boyas le armarían su mismo bajel, y le darían la mitad de las riquezas que había embarcado; mas ella, que en tanta calamidad aún no había perdido el cariño y amor que a Ricardo tenía, dijo que quería irse

end

---

57 **A pasar...** *to transfer everything of value*

con ellos a tierra de cristianos, de lo cual sus padres 'se holgaron°   rejoiced
en extremo.

El cadí volvió de su acuerdo,° y le curaron como la ocasión les   consciousness
dio lugar, a quien también dijeron que escogiese una de dos: o que
se dejase llevar a tierra de cristianos, o volverse en su mismo bajel
a Nicosia. Él respondió que, ya que la fortuna le había traído a
tales términos, les agradecía la libertad que le daban, y que quería
ir a Constantinopla a quejarse al Gran Señor del agravio° que de   offense
Hazán y de Alí había recibido; mas cuando supo que Halima le
dejaba y se quería volver cristiana, estuvo en poco de 'perder el
juicio.° En resolución, le armaron su mismo bajel y le proveyeron   lose his mind
de todas las cosas necesarias para su viaje, y aun le dieron algunos
cequíes[58] de los que habían sido suyos; y despidiéndose de todos
con determinación de volverse a Nicosia, pidió antes que 'se
hiciese a la vela° que Leonisa le abrazase,° que aquella merced   setting sail, would hug
y favor sería bastante para poner en olvido toda su desventura.   him
Todos suplicaron a Leonisa diese aquel favor a quien tanto la
quería, pues en ello no iría contra el decoro° de su honestidad.°   appearance, integrity
Hizo Leonisa lo que le rogaron, y el cadí le pidió le pusiese las
manos sobre la cabeza, porque él llevase esperanzas de sanar de
su herida; en todo le contentó Leonisa. Hecho esto y habiendo
'dado un barreno° al bajel de Hazán, favoreciéndoles un levante   sunk
fresco que parecía que llamaba las velas para entregarse en ellas,
se las dieron, y en breves horas perdieron de vista al bajel del cadí,
el cual, con lágrimas en los ojos, estaba mirando cómo se llevaban
los vientos su hacienda, su gusto, su mujer y su alma.

Con diferentes pensamientos de los del cadí navegaban
Ricardo y Mahamut; y así, sin querer tocar en tierra en ninguna
parte, pasaron a la vista de Alejandría de golfo lanzado,[59] y, sin
amainar velas, y sin tener necesidad de aprovecharse de los remos,
llegaron a la fuerte isla del Corfú,[60] donde hicieron agua, y luego,

---

58 The name for gold coins used by Arabs in Spain.
59 **Pasaron a la vista...** *they passed swiftly by the sight of Alexandria*
60 Corfu is a Greek island in the Ionian Sea.

sin detenerse, pasaron por los infamados riscos Acroceraunos;[61] y desde lejos, al segundo día, descubrieron a Paquino,[62] promontorio de la fertilísima Tinacria,[63] a vista de la cual y de la insigne isla de Malta volaron, que no con menos ligereza navegaba el dichoso leño.

En resolución, bajando la isla, de allí a cuatro días descubrieron la Lampadosa,[64] y luego la isla donde se perdieron, con cuya vista Leonisa se estremeció° toda, viniéndole a la memoria el peligro en que en ella se había visto. Otro día vieron delante de sí la deseada y amada patria; renovóse la alegría en sus corazones, alborotáronse° sus espíritus con el nuevo contento, que es uno de los mayores que en esta vida se puede tener, llegar después de luengo cautiverio salvo y sano a la patria. Y al que a éste se le puede igualar, es el que se recibe de la victoria alcanzada de los enemigos.

Habíase hallado en la galeota una caja llena de banderetas° y flámulas° de diversas colores de sedas, con las cuales hizo Ricardo adornar la galeota. Poco después de amanecer sería, cuando se hallaron a menos de una legua de la ciudad, y 'bogando a cuarteles,° y alzando de cuando en cuando alegres voces y gritos, se iban llegando al puerto, en el cual en un instante pareció infinita gente del pueblo; que habiendo visto cómo aquel bien adornado bajel tan de espacio se llegaba a tierra, no quedó gente en toda la ciudad que dejase de salir a la marina.[65]

En este entretanto había Ricardo pedido y suplicado a Leonisa que se adornase y vistiese de la misma manera que cuando entró en la tienda de los bajáes, porque quería hacer una graciosa burla° a sus padres. Hízolo así, y añadiendo galas a galas, perlas a perlas, y belleza a belleza, que suele acrecentarse con el contento, se vistió de modo que de nuevo causó admiración y maravilla. Vistióse

trembled

became excited

pennants
streamers

rowing in turn

trick

---

61 The Acroceraunian rocks are situated at the place where the mountains of the same name meet the sea. Mariners feared this area due to its sudden, violent storms and shallow waters.

62 Pachino is a town located along the southeastern coast of Sicily.

63 Trinacria is an alternative name for Sicily.

64 Lampedusa is an island situated to the south of Sicily.

65 **No quedó...** *there was not anyone left in the city who did not go to the harbor.*

asimismo Ricardo a la turquesca, y lo mismo hizo Mahamut y todos los cristianos del remo, que para todos hubo en los vestidos de los turcos muertos.

Cuando llegaron al puerto° serían las ocho de la mañana, que tan serena y clara se mostraba, que parecía que estaba atenta mirando aquella alegre entrada. Antes de entrar en el puerto, hizo Ricardo disparar° las piezas° de la galeota, que eran un cañón de crujía y dos falconetes;° respondió la ciudad con otras tantas.

Estaba toda la gente confusa, esperando llegase el bizarro° bajel; pero cuando vieron de cerca que era turquesco, porque 'se divisaban° los blancos turbantes de los que moros parecían, temerosos y con sospecha de algún engaño, tomaron las armas y acudieron al puerto todos los que en la ciudad son de milicia, y la gente de a caballo se tendió por toda la marina; de todo lo cual recibieron gran contento los que poco a poco se fueron llegando hasta entrar en el puerto, dando fondo junto a tierra y arrojando en ella la plancha,° soltando a una los remos, todos, uno a uno, como en procesión, salieron a tierra, la cual con lágrimas de alegría besaron una y muchas veces, señal clara que dio a entender ser cristianos que con aquel bajel se habían alzado. A la postre° de todos salieron el padre y madre de Halima, y sus dos sobrinos, todos, como está dicho, vestidos a la turquesca; hizo fin y remate la hermosa Leonisa, cubierto el rostro con un tafetán carmesí. Traíanla en medio Ricardo y Mahamut, cuyo espectáculo llevó tras si los ojos de toda aquella infinita multitud que los miraba.

En llegando a tierra, hicieron como los demás, besándola postrados por el suelo. En esto, llegó a ellos el capitán y gobernador de la ciudad, que bien conoció que eran los principales de todos; mas, apenas hubo llegado, cuando conoció a Ricardo, y corrió con los brazos abiertos y con señales de grandísimo contento a abrazarle. Llegaron con el gobernador Cornelio y su padre, y los de Leonisa con todos sus parientes, y los de Ricardo, que todos eran los más principales de la ciudad. Abrazó Ricardo al gobernador y respondió a todos los parabienes° que le daban;

Margin glosses:
- port
- fired, guns
- small cannons
- colorful
- appeared
- gangplank
- last
- congratulations

trabó° de la mano a Cornelio, el cual, como le conoció y se vio   grabbed
asido dél, perdió la color del rostro, y casi comenzó a temblar de
miedo, y teniendo asimismo de la mano a Leonisa, dijo:

"Por cortesía os ruego, señores, que, antes que entremos en la
ciudad y en el templo a dar las debidas gracias a Nuestro Señor de
las grandes mercedes que en nuestra desgracia nos ha hecho, me
escuchéis ciertas razones° que deciros quiero."   matters

A lo cual el gobernador respondió que dijese lo que quisiese,
que todos le escucharían con gusto y con silencio.

Rodeáronle luego todos los más de los principales, y él,
alzando un poco la voz, dijo desta manera:

"Bien se os debe acordar, señores, de la desgracia que algunos
meses ha en el jardín de las Salinas me sucedió con la pérdida de
Leonisa; también no se os habrá caído de la memoria la diligencia
que yo puse en procurar su libertad, pues, olvidándome del mío,
ofrecí por su rescate toda mi hacienda (aunque ésta, que al parecer
fue liberalidad,° no puede ni debe redundar en mi alabanza, pues   generosity
la daba por el rescate de mi alma). Lo que después acá a los dos
ha sucedido requiere para más tiempo otra sazón y coyuntura,°   occasion
otra lengua no tan turbada como la mía; baste° deciros por ahora   suffice
que, después de varios y extraños acaescimientos,° y después de mil happenings
perdidas esperanzas de alcanzar remedio de nuestras desdichas, el
piadoso cielo, sin ningún merecimiento nuestro, nos ha vuelto
a la deseada patria, cuanto llenos de contento, colmados° de   filled
riquezas; y no nace dellas ni de la libertad alcanzada el sin igual
gusto que tengo, sino del que imagino que tiene ésta en paz y en
guerra dulce enemiga mía, así por verse libre, como por ver, como
ve, el retrato de su alma; todavía me alegro de la general alegría
que tienen los que me han sido compañeros en la miseria. Y
aunque las desventuras° y tristes acontecimientos suelen mudar°   misfortunes, change
las condiciones y aniquilar° los ánimos valerosos, no ha sido así   destroy
con el verdugo° de mis buenas esperanzas; porque con más valor   affliction
y entereza que buenamente decirse puede, ha pasado el naufragio
de sus desdichas y los encuentros de mis ardientes cuanto honestas

importunaciones;° en lo cual se verifica que mudan el cielo, y no   pleas
las costumbres,° los que en ellas tal vez hicieron asiento. De todo   character
esto que he dicho quiero inferir que yo le ofrecí mi hacienda en
rescate, y le di mi alma en mis deseos; di traza en su libertad y
aventuré por ella, más que por la mía, la vida; y de todos éstos
que en otro sujeto más agradecido pudieran ser 'cargos de algún
momento,° no quiero yo que lo sean; sólo quiero lo sea éste en   admirable acts
que te pongo ahora."⁶⁶

Y diciendo esto, alzó la mano y con honesto comedimiento°   courtesy
quitó el antifaz del rostro de Leonisa, que fue como quitarse la
nube que tal vez cubre la hermosa claridad del sol, y prosiguió
diciendo:

"Ves aquí, ¡oh Cornelio! te entrego la prenda que tú debes de
estimar sobre todas las cosas que son dignas de estimarse; y ves
aquí tú, ¡hermosa Leonisa! te doy al que tú siempre has tenido en
la memoria. Ésta sí quiero que se tenga por liberalidad, en cuya
comparación dar la hacienda, la vida y la honra no es nada. Recíbela,
¡oh venturoso mancebo!; recíbela, y si llega tu conocimiento a
tanto que llegue a conocer valor tan grande, estímate por el 'más
venturoso° de la tierra. Con ella te daré asimismo todo cuanto me   the luckiest man
tocare de parte en lo que a todos el cielo nos ha dado, que bien
creo que pasará de treinta mil escudos. De todo puedes gozar a
tu sabor con libertad, quietud y descanso; y plega al cielo que
sea por luengos y felices años. Yo sin ventura,° pues quedo sin   happiness
Leonisa, gusto de quedar pobre, que a quien Leonisa le falta, la
vida le sobra."

Y en diciendo esto calló, como si al paladar se le hubiera
pegado la lengua; pero desde allí a un poco, antes que ninguno
hablase, dijo:

"¡Válame Dios, y cómo los apretados trabajos turban los
entendimientos! Yo, señores, con el deseo que tengo de hacer
bien, no he mirado lo que he dicho, porque no es posible que

---

66 **Sólo quiero...** *I only want that which I do before you now.* Ricardo does not
wish to be congratulated for any heroic deeds he performed until this point; instead,
he wants the people gathered around him to notice what he is about to do.

nadie pueda mostrarse liberal de lo ajeno: ¿qué jurisdicción tengo yo en Leonisa para darla a otro? O ¿cómo puedo ofrecer lo que está tan lejos de ser mío? Leonisa es suya, y tan suya, que, a faltarle sus padres, que felices años vivan, ningún opósito° tuviera   resistance a su voluntad; y si se pudieran poner las obligaciones que como discreta debe de pensar que me tiene, desde aquí las borro, las cancelo y doy por ningunas; y así de lo dicho me desdigo, y no doy a Cornelio nada, pues no puedo; sólo confirmo la manda de mi hacienda hecha a Leonisa, sin querer otra recompensa sino que tenga por verdaderos mis honestos pensamientos, y que crea dellos que nunca se encaminaron ni miraron a otro punto que el que pide su incomparable honestidad, su grande valor e infinita hermosura."

Calló Ricardo en diciendo esto, a lo cual Leonisa respondió en esta manera:

"Si algún favor, ¡oh Ricardo! imaginas que yo hice a Cornelio en el tiempo que tú andabas de mí enamorado y celoso, imagina que fue tan honesto como guiado° por la voluntad y orden de mis   influenced padres, que, atentos a que le moviesen a ser mi esposo, permitían que se los diese; si quedas desto satisfecho, bien lo estarás de lo que de mí te ha mostrado la experiencia cerca de mi honestidad y recato.° Esto digo por darte a entender, Ricardo, que siempre   modesty fui mía, sin estar sujeta a otro que a mis padres, a quien ahora humildemente, como es razón, suplico° me den licencia° y   beg, permission libertad para disponer de la que tu mucha valentía y liberalidad me ha dado."

Sus padres dijeron que se la daban, porque fiaban de su discreción que usaría della de modo que siempre redundase° en   leads to su honra y en su provecho.

"Pues con esa licencia," prosiguió la discreta Leonisa, "quiero que no se me haga de mal mostrarme desenvuelta, a trueque de no mostrarme desagradecida; y así, ¡oh valiente Ricardo! mi voluntad, hasta aquí recatada,° perpleja y dudosa, se declara en   modest favor tuyo; porque sepan los hombres que no todas las mujeres

son ingratas, mostrándome yo siquiera° agradecida. ° Tuya soy,   even, grateful
Ricardo, y tuya seré hasta la muerte, si ya otro mejor conocimiento
no te mueve a negar la mano que de mi esposo te pido."

    Quedó como fuera de sí a estas razones Ricardo, y no supo ni
5 pudo responder con otras a Leonisa, que con 'hincarse de rodillas°   kneeling down
ante ella y besarle las manos, que le tomó por fuerza muchas veces,
bañándoselas en tiernas y amorosas lágrimas. Derramólas Cornelio
'de pesar,° y de alegría los padres de Leonisa, y de admiración y   grief
de contento todos los circunstantes. Hallóse presente el obispo
10 o arzobispo de la ciudad, y con su bendición y licencia los llevó
al templo, y dispensando en el tiempo, los desposó° en el mismo   married
punto. Derramóse la alegría por toda la ciudad, de la cual dieron
muestra aquella noche infinitas luminarias,° y otros muchos días   festive lights
la dieron muchos juegos y regocijos que hicieron los parientes de
15 Ricardo y de Leonisa. Reconciliáronse con la iglesia Mahamut y
Halima, la cual, imposibilitada de cumplir el deseo de verse esposa
de Ricardo, se contentó con serlo de Mahamut. A sus padres y a
los sobrinos de Halima dio la liberalidad de Ricardo de las partes
que le cupieron del despojo, suficientemente con que viviesen.
20 Todos, en fin, quedaron contentos, libres y satisfechos, y la fama
de Ricardo, saliendo de los términos de Sicilia, se extendió por
todos los de Italia y de otras muchas partes, debajo del nombre del
AMANTE LIBERAL, y aún hasta hoy dura en los muchos hijos que
tuvo en Leonisa, que fue ejemplo raro de discreción, honestidad,
25 recato y hermosura.

El celoso extremeño

No HACE MUCHOS AÑOS que de un lugar de Extremadura[1] salió un hidalgo° nacido de padres nobles, el cual como un otro pródigo,[2] por diversas partes de España, Italia y Flandes anduvo gastando así los años como la hacienda. Y al fin de muchas peregrinaciones° (muertos ya sus padres, y gastado su patrimonio°) vino a parar a la gran ciudad de Sevilla[3] donde halló ocasión muy bastante, para 'acabar de consumir° lo poco que le quedaba. Viéndose, pues, tan falto° de dineros y aun no con muchos amigos, 'se acogió° al remedio a que otros muchos perdidos en aquella ciudad se acogen que es el pasarse° a las Indias,° refugio y amparo de los desesperados de España, iglesia de los alzados,[4] salva conducto de los homicidas, pala y cubierta[5] de los jugadores (a quien llaman CIERTOS los peritos en el arte), añagaza° general de mujeres libres, engaño común de muchos y remedio particular de pocos.

En fin, llegado el tiempo en que una flota° se partía° para Tierrafirme,° acomodándose° con el almirante della, aderezó su matalotaje° y su mortaja de esparto[6] y embarcándose en Cádiz,

gentleman

wanderings
inheritance

to finish consuming,
short; he resorted

travel, New World

lure

fleet, was leaving
Peru, making arrange-
ments; provisions

---

1 Extremadura, located in southwest Spain, is made up of the modern provinces of Cáceres and Badajoz. This autonomous region also figures prominently in *La gitanilla*.

2 Allusion to the parable of the prodigal son, Luke 15:11-32.

3 All legal trade with the New World passed through Seville, which experienced much prosperity during the sixteenth century.

4 The verb **alzar**, according to the *Diccionario de Autoridades*, means to hide something. The **alzados** were people who were fraudulent in matters dealing with money and who sought refuge in the Church.

5 **Pala...** *asylum and hiding place.*

6 **Mortaja...** *bed.* A type of bed upon which poor passengers slept.

'echando la bendición° a España, zarpó° la flota y con general   *saying goodbye,*
alegría dieron las velas al viento que blando° y próspero° soplaba,   *weighed anchor; soft,*
el cual en pocas horas les encubrió la tierra y les descubrió las   *gentle*
anchas° y espaciosas llanuras del gran padre de las aguas, el mar   *vast*
Océano.

Iba nuestro pasajero pensativo,° revolviendo en su memoria   *pensive*
los muchos y diversos peligros que en los años de su peregrinación
había pasado, y el mal gobierno° que en todo el discurso de su vida   *management*
había tenido. Y sacaba de la cuenta que a sí mismo se iba tomando
una firme resolución de mudar° manera de vida y de tener otro   *change*
estilo en guardar la hacienda que Dios fuese servido de darle, y de
proceder con más recato° que hasta allí con las mujeres.   *caution*

La flota estaba como en calma, cuando pasaba consigo°   *from within*
esta tormenta° Felipo de Carrizales, que éste es el nombre del   *storm*
que ha dado materia a nuestra novela, tornó° a soplar el viento,   *began again*
impeliendo° con tanta fuerza los navíos° que no dejó a nadie en sus   *propelling, ships*
asientos. Y así, le fue forzoso a Carrizales dejar sus imaginaciones
y dejarse llevar de solos los cuidados que el viaje le ofrecía; el cual
viaje fue tan próspero que sin recibir algún revés ni contraste
llegaron al puerto de Cartagena. Y por concluir con todo lo que
no hace a nuestro propósito, digo que la edad que tenía Felipo
cuando pasó a las Indias sería° de cuarenta y ocho años. Y en   *must have been*
veinte que en ellas estuvo, ayudado de su industria° y diligencia,   *hard work*
alcanzó a tener más de ciento y cincuenta mil pesos ensayados.[8]

Viéndose, pues, rico y próspero, tocado del natural deseo que
todos tienen de volver a su patria,° pospuestos° grandes intereses   *country, postponed*
que se le ofrecían, dejando el Perú, donde había granjeado° tanta   *gained*
hacienda, trayéndola toda en barras de oro y plata, y registrada,°   *legal*
por quitar inconvenientes, se volvió a España, desembarcó en

---

7 Cartagena is a port city that belonged to Peru during Cervantes' day, but today it is a part of Colombia.

8 According to the *Diccionario de Autoridades*, the job of the **ensayador** was to
determine the quality and validity of money brought into Spain from the New World.
Carrizales returned to Spain with more than 150,000 pesos, which, at that time, was
a large fortune.

Sanlúcar;[9] llegó a Sevilla tan lleno de años, como de riquezas,
sacó sus partidas sin zozobras;° buscó a sus amigos, hallólos   difficulties
todos muertos;° quiso partirse a su tierra, aunque ya había tenido   dead
nuevas que ningún pariente le había dejado la muerte. Y si cuando
iba a Indias pobre y menesteroso,° le iban combatiendo muchos   needy
pensamientos sin dejarle sosegar° un punto en mitad de las ondas°   rest, waves
del mar, no menos aora° en el sosiego° de la tierra le combatían,   = ahora, tranquillity
aunque por diferente causa, que si entonces no dormía por pobre,
ahora no podía sosegar de rico, que tan pesada carga es la riqueza
al que no está usado a tenerla, ni sabe usar della, como lo es la
pobreza al que continuo la tiene. Cuidados° acarrea° el oro, y   concerns, cause
cuidados la falta dél; pero los unos 'se remedian° con alcanzar   alleviate
alguna mediana cantidad, y los otros se aumentan° mientras más   increase
parte 'se alcanzan.°   collect

Contemplaba° Carrizales en sus barras,° no por miserable,   pondered, bars of gold
porque en algunos años que fue soldado aprendió a ser liberal,
sino en lo que había de hacer dellas, a causa que tenerlas en ser era
cosa infructuosa;° y tenerlas en casa, cebo para los codiciosos y   unprofitable
despertador para los ladrones.[10]

Habíase muerto en él la gana° de volver al inquieto trato de   desire
las mercancías,[11] y parecíale que conforme a los años que tenía, le
sobraban dineros[12] para pasar la vida, y quisiera pasarla en su tierra
y dar en ella su hacienda a tributo, pasando en ella los años de su
vejez en quietud° y sosiego, dando a Dios lo que podía, pues había   tranquillity
dado al mundo más de lo que debía. Por otra parte consideraba
que la estrecheza° de su patria era mucha y la gente muy pobre,   poverty
y que el irse a vivir a ella era ponerse por blanco° de todas las   target
importunidades° que los pobres suelen dar al rico que tienen por   demands
vecino; y más cuando no hay otro en el lugar, a quien acudir con

---

9 Sanlúcar de Barremeda is a port city in the province of Cádiz where Christopher Columbus set sail in 1498 and where Ferdinand Magellan began his unsuccessful voyage to circumnavigate the globe.

10 **Y tenerlas...** *and having the gold bars at home would only tempt the greedy and call the attention of thieves.*

11 **Inquieto...** *restless life style of a merchant.*

12 **Le sobraban...** *he had more than enough money*

sus miserias. Quisiera tener a quien dejar sus bienes después de sus
días; y con este deseo tomaba el pulso a su fortaleza,[13] y parecíale
que aún podía llevar la carga del matrimonio; y en viniéndole
este pensamiento, le sobresaltaba un tan gran miedo que así se le
desbarataba y deshacía, como hace a la niebla el viento. Porque de
su natural condición era el más celoso hombre del mundo aun sin
estar casado, pues con sólo la imaginación de serlo le comenzaban
a ofender los celos, a fatigar° las sospechas, y a sobresaltar las   grow weary
imaginaciones; y esto con tanta eficacia y vehemencia que de
todo en todo propuso de no casarse.

　　Y estando resuelto en esto, y no lo estando en lo que había
de hacer de su vida, quiso su suerte que pasando un día por una
calle, alzase° los ojos y viese a una ventana puesta una doncella,° al   raised, young woman
parecer de edad de trece a catorce años, de tan agradable rostro y
tan hermosa que sin ser poderoso para defenderse, el buen viejo
Carrizales, rindió° la flaqueza de sus muchos años a los pocos de   surrendered
Leonora, que así era el nombre de la hermosa doncella. Y luego sin
más detenerse, comenzó a hacer un gran montón° de discursos,° y   number, thoughts
hablando consigo mismo decía:

　　"Esta muchacha es hermosa, y a lo que muestra la presencia
desta° casa, no debe de ser rica; ella es niña, sus pocos años   = de esta
pueden asegurar° mis sospechas; casárme he con ella, encerraréla,   calm
y haréla a mis mañas;° y con esto no tendrá otra condición que   desires
aquella que yo le enseñaré. Y no soy tan viejo que pueda perder
la esperanza° de tener hijos que me hereden.° De que tenga dote°   hope, succeed, dowry
o no, no hay para qué hacer caso, pues el cielo me dio para todos,
y los ricos no han de buscar en sus matrimonios hacienda, sino
gusto, que el gusto alarga° la vida y los disgustos entre los casados   extends
la acortan. Alto pues, echada está la suerte, y ésta es la que el cielo
quiere que yo tenga."

　　Y así hecho este soliloquio, no una vez sino ciento, al cabo
de algunos días habló con los padres de Leonora, y supo° como,   learned
aunque pobres, eran nobles, y dándoles cuenta de su intención

───────────────

13 **Tomaba el pulso...** *he examined the state of his estate*

y de la calidad de su persona y hacienda, les rogó le diesen por
mujer a su hija. Ellos le pidieron tiempo para informarse° de lo   contemplate
que decía, y que él también le tendría para enterarse ser verdad lo
que de su nobleza le habían dicho. Despidiéronse, informáronse
las partes, y hallaron ser ansí° lo que entrambos° dijeron. Y   = así, both
finalmente, Leonora quedó por esposa de Carrizales, habiéndola
dotada° primero en veinte mil ducados;[14] tal estaba de abrasado°   endowed, burning
el pecho del celoso viejo. El cual apenas dio el sí de esposo, cuando
'de golpe° le embistió° un tropel° de rabiosos celos, y comenzó   suddenly, attacked, rush
sin causa alguna a temblar y a tener mayores cuidados que jamás
había tenido. Y la primera muestra que dio de su condición celosa,
fue no querer que sastre° alguno tomase la medida a su esposa de   tailor
los muchos vestidos que pensaba hacerle; y así anduvo mirando,
cuál otra mujer tendría poco más a menos el talle y cuerpo de
Leonora, y halló una pobre a cuya medida hizo hacer una ropa,
y probándosela su esposa, halló que 'le venía° bien; y por aquella   fit her
medida hizo los demás vestidos, que fueron tantos y tan ricos que
los padres de la desposada° se tuvieron por más que dichosos ° en   bride, fortunate
haber acertado con tan buen yerno,° para remedio suyo y de su   son-in-law
hija. La niña estaba asombrada de ver tantas galas,° a causa que las   finery
que ella en su vida se había puesto no pasaban de una saya de raja
y una ropilla de tafetán.[15]

    La segunda señal que dio Felipo, fue no querer juntarse con
su esposa, hasta tenerla puesta casa aparte; la cual aderezó° en esta   arranged
forma: compró una en doce mil ducados en un barrio principal
de la ciudad que tenía agua de pie° y jardín con muchos naranjos;°   running, orange trees
cerró todas las ventanas que miraban a la calle y dioles vista al
cielo, y lo mismo hizo de todas las otras de casa. En el portal° de   doorway
la calle, que en Sevilla llaman CASAPUERTA, hizo una caballeriza°   stable
para una mula, y encima della un pajar° y apartamento, donde   hay loft
estuviese el que había de curar della, que fue un negro viejo y
eunuco;° levantó las paredes de las azuteas° de tal manera que   eunuch, roof terraces

---

14 A gold ducat was the most valuable coin in Spain at this time.

15 **Una...** *a serge skirt and a taffeta dress.*

el que entraba en la casa había de mirar al cielo por línea recta, sin que pudiesen ver otra cosa. Hizo torno que de la casapuerta respondía al patio.

Compró un rico menaje° para adornar la casa, de modo que por tapicerías,° estrados° y doseles° ricos, mostraba ser de un gran señor. Compró asimismo cuatro esclavas blancas, y herrólas° en el rostro, y otras dos negras bozales.°

Concertóse con un despensero° que le trujese° y comprase de comer, con condición que no durmiese en casa ni entrase en ella, sino hasta el torno,° por el cual había de dar lo que trujese. Hecho esto, dio parte de su hacienda a censo° situada en diversas y buenas partes; otra puso en el banco, y quedóse con alguna, para lo que se le ofreciese. Hizo asimismo° llave maestra para toda la casa, y encerró en ella todo lo que suele comprarse en junto, y en sus sazones,° para la provisión de todo el año; y teniéndolo todo así aderezado y compuesto, se fue a casa de sus suegros, y pidió a su mujer que 'se la entregaron,° no con pocas lágrimas, porque les pareció que la llevaban a la sepultura.°

La tierna Leonora, aún no sabía lo que la había acontecido y así, llorando con sus padres, les pidió su bendición, y despidiéndose dellos, rodeada de sus esclavas y criadas, asida° de la mano de su marido, se vino a su casa, y en entrando en ella les hizo Carrizales un sermón a todas, encargándoles° la guarda de Leonora; y que por ninguna vía, ni en ningún modo dejasen entrar a nadie de la segunda puerta adentro, aunque fuese al negro eunuco. Y a quien más encargó la guarda y regalo de Leonora fue a una dueña° de mucha prudencia y gravedad,° que recibió como para aya° de Leonora y para que fuese superintendente de todo lo que en la casa se hiciese y para que mandase a las esclavas y a otras dos doncellas de la misma edad de Leonora, que para que se entretuviese con las de sus mismos años, asimismo había recebido.

Prometióles que las trataría y regalaría a todas de manera que no sintiesen su encerramiento,° y que los 'días de fiesta,° todos, sin faltar ninguno, irían a oír misa; pero tan de mañana que apenas

Right margin glosses:
furniture
tapestries, furniture, curtains; branded
imported
caterer, = **trajese**
turnstile
leased
likewise
in season
handed her to him
grave
grasped
charging
lady
seriousness, governess
imprisonment, holy day

tuviese la luz lugar de verlas. Prometiéronle las criadas y esclavas de hacer todo aquello que les mandaba, sin pesadumbre, con prompta voluntad y buen ánimo. Y la nueva esposa, encogiendo° los hombros, bajó la cabeza y dijo que ella no tenía otra voluntad° que la de su esposo y señor, a quien estaba siempre obediente. ❋

    Hecha esta prevención y recogido° el buen extremeño en su casa, comenzó a gozar como pudo los frutos del matrimonio, los cuales a Leonora, como no tenía experiencia de otros, ni eran gustosos ni desabridos;° y así pasaba el tiempo con su dueña, doncellas y esclavas, y ellas por pasarle mejor, dieron en ser golosas,° y pocos días se pasaban sin hacer mil cosas, a quien la miel y el azúcar hacen sabrosas. Sobrábales para esto en grande abundancia lo que habían menester, y no menos sobraba en su amo la voluntad de dárselo, pareciéndole que con ello las tenía entretenidas° y ocupadas, sin tener lugar donde ponerse a pensar en su encerramiento.

    Leonora andaba a lo igual con sus criadas, y se entretenía en lo mismo que ellas, y aun dio con su simplicidad en hacer muñecas° y en otras niñerías° que mostraban la llaneza° de su condición y la terneza° de sus años; todo lo cual era de grandísima satisfacción para el celoso marido, pareciéndole que había acertado a escoger la vida mejor que se la supo imaginar, y que por ninguna vía la industria ni la malicia humana podía perturbar su sosiego. Y así sólo 'se desvelaba° en traer regalos a su esposa y en acordarle le pidiese todos cuantos le viniesen al pensamiento, que de todos sería servida.

    Los días que iba a misa, que, como está dicho, era entre dos luces, venían sus padres, y en la iglesia hablaban a su hija delante de su marido, el cual les daba tantas dádivas ° que aunque tenían lástima° a su hija por la estrecheza° en que vivía, 'la templaban° con las muchas dádivas que Carrizales su liberal yerno les daba.

    Levantábase de mañana y aguardaba° a que el despensero° viniese, a quien de la noche antes por una cédula° que ponían en el torno le avisaban lo que había de traer otro día; y en viniendo el

---

shrugging

will

settled

unappetizing

sweet tooth

entertained

dolls

childish actions, simplicity; youthfulness

did his best

gifts

pity, confinement, appeased it

waited, caterer

written order

despensero, salía de casa Carrizales, las más veces 'a pie,° dejando · on foot
cerradas las dos puertas, la de la calle y la de en medio, y entre las
dos quedaba el negro.

Íbase a sus negocios, que eran pocos, y con brevedad daba
la vuelta y encerrándose,° se entretenía en regalar a su esposa · locking himself inside
y acariciar° a sus criadas, que todas le querían bien por ser de · spoiling
condición llana y agradable; y sobre todo, por mostrarse tan
liberal con todas. Desta manera pasaron un año de noviciado,° · penitence
e hicieron profesión en aquella vida, determinándose de llevarla,
hasta el fin de la suyas; y así fuera, si el sagaz° perturbador del · scheming
género humano no lo estorbara,° como ahora oiréis. · interfere

Dígame ahora el que se tuviere por más discreto y recatado,
¿qué más prevenciones para su seguridad podía haber hecho el
anciano Felipo? Pues aun no consintió° que dentro de su casa · allowed
hubiese algún animal que fuese varón.° A los ratones della jamás · male
los persiguió gato, ni en ella se oyó ladrido de perro; todos eran
del género° femenino. De día pensaba, de noche no dormía; él · gender
era la 'ronda y centinela° de su casa y el Argos[16] de lo que bien · patrol and sentry
quería. Jamás entró hombre de la puerta adentro del patio. Con
sus amigos negociaba en la calle. Las figuras de los paños° que sus · wall hangings
salas y cuadras adornaban, todas eran hembras, flores y boscajes.° · woodland scenes
Toda su casa olía a honestidad, recogimiento y recato,[17] aun hasta
en las consejas° que en las largas noches de invierno en la chimenea · old wives' tales
sus criadas contaban, por estar él presente, en ninguna, ningún
género de lascivia se descubría. 'La plata de las canas° del viejo · the silver hair
a los ojos de Leonora parecían cabellos de oro puro, porque el
amor primero que las doncellas tienen, se les imprime en el alma
como el sello en la cera. Su demasiada guarda le parecía advertido
recato. Pensaba y creía que lo que ella pasaba, pasaban todas las
'recién casadas.° No se desmandaban sus pensamientos a salir de · newlyweds
las paredes de su casa, ni su voluntad deseaba otra cosa más de
aquella que la de su marido quería; sólo los días que iba a misa

16 In Greek mythology, Argus was a mythological creature with a hundred eyes.
17 **Toda su casa...** *his entire house had an air of chastity, seclusion, and modesty*

veía las calles, y esto era tan de mañana que si no era al volver de
la iglesia no había luz para mirallas.° =mirarlas

No se vio monasterio tan cerrado, ni monjas más recogidas,
ni manzanas de oro tan guardadas; y con todo esto no pudo en
ninguna manera prevenir ni excusar de caer en lo que recelaba;° a suspected
lo menos en pensar que había caído.

Hay en Sevilla un género de gente ociosa y holgazana° a quien lazy
comúnmente suelen llamar gente de barrio; éstos son los hijos de
vecino de cada colación,° y de los más ricos della, gente baldía, social class
atildada y meliflua;[18] de la cual, y de su traje y manera de vivir, de
su condición y de las leyes que guardan entre sí, había mucho que
decir; pero por buenos respectos se deja.

Uno destos galanes, pues, que entre ellos es llamado VIROTE
('mozo soltero,° que a los recién casados llaman MANTONES), young bachelor
asestó° a mirar la casa del recatado Carrizales, y viéndola siempre turned
cerrada, le tomó gana de saber quién vivía dentro; y con tanto
ahínco° y curiosidad hizo la diligencia que de todo en todo vino zeal
a saber lo que deseaba.

Supo la condición del viejo, la hermosura de su esposa, y el
modo que tenía en guardarla. Todo lo cual le encendió el deseo de
ver si sería posible expugnar,° por fuerza o por industria,° fortaleza seize, ingenuity
tan guardada. Y comunicándolo con dos virotes y un mantón sus
amigos, acordaron que se pusiese por obra, que nunca para tales
obras faltan consejeros y ayudadores.

Dificultaban el modo° que se tendría, para intentar tan means
dificultosa hazaña;° y habiendo entrado en bureo[19] muchas veces, challenge
convinieron en esto: que fingiendo Loaysa, que así se llamaba el
virote, que iba fuera de la ciudad por algunos días, 'se quitase° disappeared
de los ojos de sus amigos, como lo hizo, y hecho esto, se puso
unos 'calzones de lienzo° limpio y camisa limpia; pero encima se linen pants
puso unos vestidos tan rotos y remendados° que ningún pobre en mended
toda la ciudad los traía tan astrosos.° Quitóse un poco de barba ragged

---

18 **Baldía...** *uncultivated, lazy, and smooth talking*
19 **Habiendo...** *having met to discuss the matter*

que tenía; cubrióse un ojo con un parche,° vendóse° una pierna   patch, bandaged
estrechamente, y arrimándose a dos muletas,° se convirtió en   crutches
un pobre tullido° tal que el más verdadero estropeado° no se le   invalid, crippled person
igualaba. *invalid*

5   Con este talle se ponía cada noche a la oración° a la puerta de   prayer
la casa de Carrizales, que ya estaba cerrada, quedando el negro,
que Luis se llamaba, cerrado entre las dos puertas. Puesto allí,
Loaysa sacaba una guitarilla° algo grasienta° y falta de algunas   guitar, filthy
cuerdas° y como él era algo músico, comenzaba a tañer° algunos   strings, play
10   sones alegres y regocijados, mudando° la voz por no ser conocido.   changing
Con esto se daba priesa° a cantar romances de moros y moras a   = prisa
la loquesca,° con tanta gracia que cuantos pasaban por la calle   loudly
se ponían a escucharle, y siempre en tanto que cantaba, estaba
rodeado de muchachos; y Luis el negro, poniendo los oídos por
15   entre las puertas, estaba colgado de la música del virote, y diera
un brazo por poder abrir la puerta y escucharle más a su placer;
tal es la inclinación que los negros tienen a ser músicos. Y cuando
Loaysa quería que los que le escuchaban le dejasen, dejaba° de   stopped
cantar y recogía su guitarra y, acogiéndose a sus muletas, se iba.

20   Cuatro o cinco veces había dado música al negro (que por solo
él la daba), pareciéndole que por donde se había de comenzar a
desmoronar° aquel edificio, había y debía ser por el negro, y no le   crumble
salió vano su pensamiento; porque llegándose una noche, como
solía, a la puerta comenzó a templar° su guitarra, y sintió que el   tune
25   negro estaba ya atento.° Y llegándose al quicio° de la puerta, con   attentive, door jamb
voz baja dijo: "¿Será posible, Luis, darme un poco de agua que
perezco° de sed y no puedo cantar?"   dying

       "No," dijo el negro, "porque no tengo la llave desta puerta, ni
hay agujero° por donde pueda dárosla."   hole

30   "Pues ¿quién tiene la llave?" preguntó Loaysa.

       "Mi amo," respondió el negro, "que es el más celoso hombre
del mundo. Y si él supiese que yo estoy ahora aquí hablando con
nadie,° no sería más mi vida; pero ¿quién sois vos, que me pedís   = alguien
el agua?"

"Yo," respondió Loaysa, "soy un pobre estropeado de una pierna que gano mi vida pidiendo por Dios a la buena gente; y juntamente con esto enseño a tañer a algunos morenos y a otra gente pobre. Y ya tengo tres negros esclavos de tres veinticuatros° a quien he enseñado de modo que pueden cantar y tañer en cualquier baile y en cualquier taberna,° y me lo han pagado muy rebién."

"Harto mejor os lo pagara yo," dijo Luis, "a tener lugar de tomar lición,° pero no es posible, a causa que mi amo, en saliendo por la mañana, cierra la puerta de la calle y cuando vuelve hace lo mismo, dejándome emparedado° entre dos puertas."

"¡Por Dios, Luis!" replicó Loaysa (que ya sabía el nombre del negro), "que si vos diésedes° traza,° a que yo entrase algunas noches a daros lición, en menos de quince días os sacaría tan diestro en la guitarra que pudiésedes° tañer sin vergüenza° alguna, en cualquiera esquina; porque os hago saber que tengo grandísima gracia en el enseñar, y más que he oído decir que vos tenéis muy buena habilidad; y a lo que siento, y puedo juzgar por el órgano de la voz, que es atiplada,° debéis de cantar muy bien."

"No canto mal," respondió el negro; "pero ¿qué aprovecha? Pues no sé tonada° alguna, si no es la de *La estrella de Venus* y la de *Por un verde prado* y aquella que ahora se usa que dice:

> A los hierros de una reja
> la turbada mano asida...[20]

"Todas ésas son aire," dijo Loaysa "para las que yo os podría enseñar, porque sé todas las del moro Abindarráez con las de su dama Jarifa[21] y todas las que se cantan de la historia del gran Sofí

Margin glosses: aldermen · tavern · =lección · enclosed · =dieses, plan · = pudieses, embarrassment · high pitched · song

---

20 "La estrella de Venus" and "Por un verde prado" were popular ballads during Cervantes' lifetime. The line recited by Luis is from a ballad about Abenamar, a fictitious Moor who personifies dignity and genteelness.

21 Abindarráez and Jarifa are protagonists from the sixteenth-century Moorish novel *El Abencerraje y la hermosa Jarifa*.

Tomunibeyo,[22] con las de la zarabanda[23] a lo divino, que son tales
que hacen pasmar° a los mismos portugueses; y esto enseño con   stun
tales modos y con tanta facilidad, que aunque no os deis priesa
a aprender, apenas habréis comido tres o cuatro moyos° de sal,   ration
cuando ya os veáis músico corriente y moliente en todo género
de guitarra."

     A esto suspiró° el negro, y dijo: "¿Qué aprovecha todo eso si   sighed
no se cómo meteros en casa?"

     "Buen remedio," dijo Loaysa; "procurad vos tomar las llaves a
vuestro amo, y yo os daré un pedazo de cera donde las imprimiréis°   press
de manera que queden señaladas las guardas° en la cera, que por   impressions
la afición que os he tomado, yo haré que un cerrajero° amigo mío   locksmith
haga las llaves, y así podré entrar dentro de noche y enseñaros
mejor que al preste Juan de las Indias,[24] porque veo ser gran lástima
que se pierda una tal voz como la vuestra, faltándole el arrimo° de   accompaniment
la guitarra; que quiero que sepáis, hermano Luis, que la mejor
voz del mundo pierde de sus quilates° cuando no se acompaña   quality
con el instrumento, ora° sea de guitarra o clavicímbano,° de   whether, clavichord
órganos° o de arpa;° pero el que más a vuestra voz le conviene   organ, harp
es el instrumento de la guitarra, por ser el 'más mañero° y menos   easiest
costoso de los instrumentos."

     "Bien me parece eso," replicó el negro "pero no puede ser,
pues jamás entran las llaves en mi poder,° ni mi amo las suelta° de   possession, lets go
la mano; de día y de noche duermen debajo de su almohada."

     "Pues haced otra cosa, Luis," dijo Loaysa, "si es que tenéis
ganas de ser músico consumado; que si no la tenéis, no hay para
qué cansarme en aconsejaros."°   advising you

     "Y ¡cómo si tengo gana!" replicó Luis "y tanta que ninguna
cosa dejaré de hacer, como sea posible salir con ella, 'a trueco de°   in exchange for
salir con ser músico."

     "Pues ansí es," dijo el virote "yo os daré por entre estas

---

22 Sufi Tumen Beyo was a powerful leader from Alexandria who died in 1517.

23 The saraband was a popular seventeenth-century dance considered by many
to be scandalous.

24 A legendary Christian priest and king from the Middle Ages.

puertas, haciendo vos lugar, quitando alguna tierra del quicio, digo que os daré unas tenazas° y un martillo° con que podáis de noche quitar los clavos° de la 'cerradura de loba° con mucha facilidad, y con la misma volveremos a poner la chapa° de modo que no se eche de ver que ha sido desclavada; y estando yo dentro encerrado con vos en vuestro pajar o adonde dormís, me daré tal priesa a lo que tengo de hacer que vos veáis aún más de lo que os he dicho, con aprovechamiento de mi persona y aumento de vuestra suficiencia.²⁵ Y de lo que hubiéremos de comer no tengáis cuidado que yo llevaré matalotaje° para entrambos,° y para más de ocho días, que discípulos tengo yo y amigos que no me dejarán mal pasar."

"De la comida," replicó el negro, "no habrá de qué temer, que con la ración que me da mi amo, y con los relieves° que me dan las esclavas, sobrará comida para otros dos. ¡Venga ese martillo y tenazas que decís! Que yo haré por junto a este quicio lugar por donde quepa, y le volveré a cubrir y tapar con barro° que puesto que dé algunos golpes en quitar la chapa, mi amo duerme tan lejos desta puerta que será milagro o gran desgracia° nuestra, si los oye."

"Pues ¡a la mano de Dios!" dijo Loaysa "que de aquí a dos días tendréis Luis todo lo necesario, para poner en ejecución nuestro virtuoso propósito; y advertid en no comer cosas flemosas,° porque no hacen ningún provecho sino mucho daño a la voz."

"Ninguna cosa me enronquece° tanto," respondió el negro "como el vino, pero no me lo quitaré yo por todas cuantas voces tiene el suelo."

"¡No digo tal," dijo Loaysa, "ni Dios tal permita, bebed, hijo Luis, bebed y buen provecho os haga, que el vino que se bebe con medida, jamás fue causa de daño alguno."

"Con medida lo bebo," replicó el negro; "aquí tengo un jarro que cabe una azumbre° 'justa y cabal;° éste me llenan las esclavas

Glosses (right margin):
- pincers, hammer
- nails, lock
- plate
- provisions, both
- extras
- mud
- misfortune
- phlegmy
- hoarse
- half gallon, precisely and exactly

---

25 **Con aprovechamiento...** *which will make me look better and improve your skill*

sin que mi amo lo sepa, y el despensero, 'a solapo,° me trae una   secretly
botilla, que también cabe justas dos azumbres, con que 'se suplen°   make up for
las faltas del jarro."

"Digo," dijo Loaysa, "que tal sea mi vida como eso me parece,
5   porque la seca garganta ni gruñe° ni canta."   grunt

"Andad con Dios," dijo el negro, "pero mirad que no dejéis
de venir a cantar aquí las noches que tardáredes° en traer lo que   = tardases
habéis de hacer para entrar acá dentro, que ya me comen los dedos
por verlos puestos en la guitarra."

10   "Y ¡cómo si vendré," replicó Loaysa, "y aun con tonadicas°   songs
nuevas!"

"Eso pido," dijo Luis; "y ahora no me dejéis de cantar algo,
porque me vaya a acostar con gusto; y en lo de la paga, entienda
el señor pobre que le he de pagar mejor que un rico."

15   "No reparo° en eso," dijo Loaysa, "que según yo os enseñaré,   worry
así me pagaréis; y por ahora escuchad esta tonadilla,° que cuando
esté dentro veréis milagros."

"Sea en buen hora,"²⁶ respondió el negro.

Y acabado este largo coloquio,° cantó Loaysa un 'romancito   discussion
20   agudo,° con que dejó al negro tan contento y satisfecho que ya no   lively ballad
veía la hora de abrir la puerta.

Apenas se quitó Loaysa de la puerta, cuando, con más ligereza
que el traer de sus muletas prometía, se fue a dar cuenta a sus
consejeros° de su buen comienzo, adivino del buen fin que por él   friends
25   esperaba. Hallólos, y contó lo que con el negro dejaba concertado;
y otro día hallaron los instrumentos tales que rompían cualquier
clavo como si fuera de palo.°   wood

No se descuidó el virote de volver a dar música al negro, ni
menos tuvo descuido el negro en hacer el agujero por donde
30   cupiese lo que su maestro le diese, cubriéndolo de manera que a
no ser mirado con malicia y sosospechosamente no se podía caer
en el agujero.

La segunda noche le dio los instrumentos Loaysa, y Luis

---

26 **Sea...** *the sooner the better.*

probó sus fuerzas, y casi sin poner alguna, se halló rompidos los clavos y con la chapa de la cerradura en las manos; abrió la puerta y recogió dentro a su Orfeo[27] y maestro; y cuando le vio con sus dos muletas y tan andrajoso° y tan fajada° su pierna, quedó admirado.° No llevaba Loaysa el parche en el ojo, por no ser necesario, y así como entró, abrazó a su buen discípulo y le besó en el rostro, y luego le puso una gran bota de vino en las manos, y una caja de conserva y otras cosas dulces, de que llevaba unas alforjas° bien proveídas. Y dejando las muletas, como si no tuviera mal alguno, comenzó a hacer cabriolas,° de lo cual se admiró más el negro, a quien Loaysa dijo:

"Sabed, hermano Luis, que mi cojera° y estropeamiento° no nace de enfermedad, sino de industria,° con la cual gano de comer, pidiendo por amor de Dios, y ayudándome della y de mi música, paso la mejor vida del mundo, en el cual todos aquellos que no fueren industriosos y tracistas° morirán de hambre; y esto lo veréis en el discurso de nuestra amistad."

"Ello dirá," respondió el negro; "pero demos orden de volver esta chapa a su lugar, de modo que no se eche de ver su mudanza."°

"En buen hora," dijo Loaysa, y sacando clavos de sus alforjas, asentaron° la cerradura de suerte que estaba también como de antes; de lo cual quedó contentísimo el negro, y subiéndose Loaysa al aposento que en el pajar tenía el negro, se acomodó lo mejor que pudo.

Encendió luego Luis un torzal° de cera, y sin más aguardar sacó su guitarra Loaysa, y tocándola baja y suavemente suspendió° al pobre negro de manera que estaba fuera de sí escuchándole. Habiendo tocado un poco, sacó de nuevo colación° y diola a su discípulo, y aunque con dulce bebió con tan buen talante° de la bota que le dejó más fuera de sentido que la música. Pasado esto, ordenó que luego tomase lición Luis, y como el pobre negro

ragged, bandaged, amazed

saddlebags

dance steps

limp, deformity
hard work

schemers

removal

fitted

taper
amazed

food
enthusiasm

---

27 Orpheus, who was the son of Apollo and Calliope, was the greatest musician of Greek mythology. His songs mesmerized wild animals.

tenía cuatro dedos de vino 'sobre los sesos,° no acertaba traste,° y   in his body, a single not[e]

con todo eso le hizo creer Loaysa que ya sabía por lo menos dos

tonadas, y era lo bueno que el negro se lo creía, y en toda la noche

no hizo otra cosa que tañer con la guitarra destemplada° y sin las   out of tune

cuerdas necesarias.

Durmieron lo poco que de la noche les quedaba, y 'a obra

de° las seis de la mañana bajó Carrizales y abrió la puerta de en   about

medio, y también la de la calle, y estuvo esperando al despensero,

el cual vino de allí a un poco, y dando por el torno la comida,

se volvió a ir y llamó al negro que bajase a tomar cebada° para   barley

la mula y su ración, y en tomándola, se fue el viejo Carrizales,

dejando cerradas ambas puertas, sin echar de ver lo que en la de

la calle se había hecho, de que no poco se alegraron maestro y

discípulo.

Apenas salió el amo de casa, cuando el negro arrebató° la   grabbed

guitarra y comenzó a tocar de tal manera que todas las criadas le

oyeron, y por el torno le preguntaron: "¿Qué es esto, Luis? ¿de

cuándo acá tienes tú guitarra, o quién te la ha dado?"

"¿Quién me la ha dado?" respondió Luis. "El mejor músico

que hay en el mundo, y el que me ha de enseñar en menos de seis

días más de seis mil sones."

"Y ¿dónde está ese músico?"preguntó la dueña.

"No está muy lejos de aquí," respondió el negro; "y si no fuera

por vergüenza y por el temor que tengo a mi señor, quizá os le

enseñara luego, y a fe que os holgásedes° de verle."   pleased

"Y ¿adónde puede él estar que nosotras le podamos ver?"

replicó la dueña "si en esta casa jamás entró otro hombre que

nuestro dueño!"

"Ahora bien," dijo el negro, "no os quiero decir nada, hasta

que veáis lo que yo sé y él me ha enseñado en el breve tiempo que

he dicho."

"Por cierto," dijo la dueña "que si no es algún demonio el que

te ha de enseñar, que yo no sé quién te pueda sacar músico con

tanta brevedad."

"¡Andad!" dijo el negro, "que lo oiréis y lo veréis algún día."

"No puede ser eso," dijo otra doncella "porque no tenemos ventanas a la calle para poder ver ni oír a nadie."

"Bien está," dijo el negro, "que para todo hay remedio sino es para excusar la muerte;[28] y más si vosotras sabéis o queréis callar."

"Y ¡cómo que callaremos, hermano Luis," dijo una de las esclavas. "Callaremos más que si fuésemos mudas° porque te prometo, amigo, que me muero por oír una buena voz, que después que aquí 'nos emparedaron,° ni aun el canto de los pájaros habemos oído." dumb

enclosed

Todas estas pláticas estaba escuchando Loaysa con grandísimo contento, pareciéndole que todas se encaminaban a la consecución de su gusto, y que la buena suerte había tomado la mano en guiarlas a la medida de su voluntad.

Despidiéronse las criadas con prometerles el negro que cuando menos se pensasen, las llamaría a oír una muy buena voz; y con temor que su amo volviese y le hallase hablando con ellas, las dejó y se recogió a su estancia y clausura. Quisiera tomar lición, pero no se atrevió a tocar de día, porque su amo no le oyese, el cual vino de allí a poco espacio, y cerrando las puertas, según su costumbre, se encerró en casa. Y al dar aquel día de comer por el torno al negro, dijo Luis a una negra que se lo daba que aquella noche después de dormido su amo, bajasen todas al torno a oír la voz que les había prometido, sin falta alguna. Verdad es que antes que dijese esto, había pedido con muchos ruegos a su maestro que fuese contento de cantar y tañer aquella noche al torno,° porque° él pudiese cumplir la palabra que había dado de hacer oír a las criadas una voz extremada,° asegurándole que sería en extremo regalado de todas ellas. Algo se hizo de rogar el maestro de hacer lo que él más deseaba; pero al fin dijo que haría lo que su buen discípulo pedía, sólo por darle gusto sin otro interés alguno. turnstile, = **para que**

extraordinary

Abrazóle el negro y diole un beso en el carrillo,° en señal del contento que le había causado la merced prometida, y aquel día cheek

---

28 **Que para todo...** *there is a remedy for everything except death*

dio de comer a Loaysa, también, como si comiera en su casa, y aún quizá mejor, pues pudiera ser que en su casa le faltara.[29]

Llegóse la noche, y en la mitad della, o poco menos, comenzaron a cecear° en el torno, y luego entendió Luis que era la cáfila° que había llegado; y llamando a su maestro, bajaron del pajar con la guitarra bien encordada° y mejor templada. Preguntó Luis quién y cuántas eran las que escuchaban. Respondiéronle que todas sino su señora, que quedaba durmiendo con su marido, de que le pesó° a Loaysa; pero con todo eso quiso dar principio a su designio° y contentar° a su discípulo, y tocando mansamente° la guitarra, tales sones hizo que dejó admirado al negro y suspenso el rebaño° de las mujeres que le escuchaba.

Pues ¿qué diré de lo que ellas sintieron, cuando le oyeron tocar el *Pésame dello,*[30] y acabar con el endemoniado son de la zarabanda,[31] nuevo entonces en España. No quedó vieja por bailar, ni moza que no se hiciese pedazos, todo a la sorda y con silencio extraño, poniendo centinelas y espías que avisasen si el viejo despertaba.

Cantó, asimismo, Loaysa coplillas de la seguida° con que acabó de echar el sello al gusto de las escuchantes que ahincadamente° pidieron al negro les dijese quién era tan milagroso músico. El negro les dijo que era un pobre mendigante, el más galán y gentil hombre que había en toda la pobrería de Sevilla.

Rogáronle que hiciese de suerte que ellas le viesen, y que no le dejase ir en quince días de casa, que ellas le regalarían muy bien y darían cuanto hubiese menester.° Preguntáronle qué modo había tenido para meterle en casa. A esto no les respondió palabra; a lo demás dijo que para poderle ver hiciesen un agujero pequeño en el torno, que después lo taparían con cera; y que a lo de tenerle en casa, que él lo procuraría.

hissing
multitude
well strung

worried
plan, please
gently
gathering

= seguidilla
zealously

necessary

---

29 **Pues pudiera...** *it might have been that he would not have had food to eat at home.*

30 Name of a song that accompanied the dance of the same name that was popular near the end of the sixteenth century.

31 **Endemoniado...** *devilish sound of the saraband*

Hablólas también Loaysa, ofreciéndoseles a su servicio, con tan buenas razones, que ellas echaron de ver que no salían de ingenio° de pobre mendigante.° Rogáronle que otra noche cunning, beggar
viniese al mismo puesto; que ellas harían con su señora que bajase a escucharle, a pesar del ligero° sueño de su señor, cuya ligereza no light
nacía de sus muchos años, sino de sus muchos celos. A lo cual dijo Loaysa que si ellas gustaban de oírle, sin sobresalto° del viejo, que fear
él les daría unos polvos° que le echasen en el vino que le harían powder
dormir con pesado sueño más tiempo del ordinario.

"¡Jesús válgame!" dijo una de las doncellas. "Y si eso fuese verdad, ¡qué buena ventura se nos habría entrado por las puertas, sin sentillo y sin merecello! No serían ellos polvos de sueño para él, sino polvos de vida para todas nosotras, y para la pobre de mi señora Leonora, su mujer, que no la deja a sol ni a sombra[32] ni la pierde de vista un solo momento. ¡Ay, señor mío de mi alma, traiga esos polvos, así Dios le dé todo el bien que desea! Vaya, y no tarde. Tráigalos, señor mío, que yo me ofrezco a mezclarlos en el vino y a ser la escanciadora;° y pluguiese° a Dios que durmiese cupholder, may it please
el viejo tres días con sus noches, que otros tantos tendríamos nosotras de gloria."

"Pues yo los traeré," dijo Loaysa; "y son tales que no hacen otro mal ni daño a quien los toma sino es provocarle a sueño pesadísimo."° very deep

Todas le rogaron que los trujese con brevedad, y quedando de hacer otra noche con una barrena° el agujero en el torno, y gimlet
de traer a su señora para que le viese y oyese, se despidieron, y el negro, aunque era casi el alba,° quiso tomar lición, la cual le dio dawn
Loaysa, y le hizo entender que no había mejor oído que el suyo en cuantos discípulos tenía, y no sabía el pobre negro, ni lo supo jamás, hacer un cruzado.° chord

Tenían los amigos de Loaysa cuidado de venir de noche a escuchar por entre las puertas de la calle y ver si su amigo les decía

---

32 **A sol...** *from sun up to sun down*

algo, o si había menester alguna cosa. Y haciendo una señal° que   sign
dejaron concertada,° conoció Loaysa que estaban a la puerta, y   agreed upon
por el agujero del quicio° les dio breve cuenta del buen término   hinge
en que estaba su negocio, pidiéndoles encarecidamente° buscasen   earnestly
alguna cosa que provocase a sueño para dárselo a Carrizales, que él
había oído decir que había unos polvos para este efecto. Dijéronle
que tenían un médico amigo que les daría el mejor remedio que
supiese, si es que le había, y animándole a proseguir la empresa[33]
y prometiéndole de volver la noche siguiente con todo recaudo,°   ready
apriesa se despidieron.

Vino la noche, y la banda de las palomas acudió al reclamo
de la guitarra; con ellas vino la simple Leonora, temerosa y
temblando de que no despertase su marido; que aunque ella
vencida deste temor no había querido venir, tantas cosas le dijeron
sus criadas, especialmente la dueña, de la suavidad° de la música y   sweetness
de la gallarda° disposición del músico pobre, que sin haberle visto   charming
le alababa° y le subía sobre Absalón[34] y sobre Orfeo, que la pobre   praised
señora, convencida y persuadida dellas, hubo de hacer lo que no
tenía, ni tuviera jamás en voluntad.

Lo primero que hicieron fue barrenar[35] el torno para ver al
músico, el cual no estaba ya en hábitos de pobre, sino con unos
calzones grandes de tafetán leonado,° anchos a la marineresca,° un   tan, sailor-like
jubón° de lo mismo con 'trencillas de oro,° y 'una montera de raso°   doublet, braid, satin cap
de la misma color, con cuello almidonado° con grandes puntas y   starched
encajes, que de todo vino proveído en las alforjas, imaginando
que se había de ver en ocasión que le conviniese mudar de traje.

Era mozo y de gentil disposición y buen parecer; y como
había tanto tiempo que todas tenían hecha la vista a mirar al
viejo de su amo, parecióles que miraban a un ángel. Poníase una
al agujero para verle, y luego otra; y porque le pudiese ver mejor,
andaba el negro paseándole el cuerpo de arriba abajo con el torzal
de cera encendido. Y después que todas le hubieron visto, hasta

---

33 **Animándole a...** *encouraging him to continue with the plan*
34 Absalom, who was the son of King David, was known for his beauty.
35 **Fue barrenar...** *was to make a hole in the turnstile*

las negras bozales, tomó Loaysa la guitarra y cantó aquella noche
tan extremadamente que las acabó de dejar suspensas y atónitas
a todas, así a la vieja como a las mozas, y todas rogaron a Luis
diese orden y traza como el señor su maestro entrase allá dentro,
para oírle y verle de más cerca y no tan por brújula° como por el   compass
agujero, y sin el sobresalto de estar tan apartadas de su señor, que
podía cogerlas de sobresalto y con el hurto en las manos, lo cual
no sucedería ansí si le tuviesen escondido dentro.

A esto contradijo su señora con muchas veras diciendo que
no se hiciese la tal cosa ni la tal entrada, porque le pesaría en el
alma, pues desde allí le podían ver y oír a su salvo y sin peligro de
su honra.

"¿Qué honra?" dijo la dueña. "El Rey tiene harta.° Estése   enough (for all)
vuesa merced encerrada con su Matusalén y déjenos a nosotras
holgar° como pudiéremos. Cuanto más que este señor° parece   enjoy, = **Loaysa**
tan honrado que no querrá otra cosa de nosotras más de lo que
nosotras quisiéremos."

"Yo, señoras mías," dijo a esto Loaysa, "no vine aquí, sino con
intención de servir a todas vuesas mercedes con el alma y con la
vida, condolido° de su no vista clausura, y de los ratos que en este   grieved
estrecho género de vida se pierden. Hombre soy yo, por vida de
mi padre, tan sencillo, tan manso y de tan buena condición, y
tan obediente que no haré más de aquello que se me mandare; y
si cualquiera de vuesas mercedes dijere: "Maestro, siéntese aquí,
maestro, pásese allí, echáos acá, pasaos acullá", así lo haré como
el más domesticado y enseñado perro que salta por el rey de
Francia."[36]

"Si eso ha de ser así," dijo la ignorante Leonora "¿qué medio
se dará para que entre acá dentro el señor maeso?"°   = **maestro**

"Bueno," dijo Loaysa, "vuesas mercedes pugnen por sacar en
cera la llave desta puerta de en medio, que yo haré que mañana en
la noche venga hecha otra tal que nos pueda servir."

---

36 Loaysa states that he will do whatever he is told as if he were a dog trained to
obey the King of France.

"En sacar esa llave," dijo una doncella "se sacan las de toda la casa porque es llave maestra."

"No por eso será peor," replicó Loaysa.

"Así es verdad," dijo Leonora, "pero ha de jurar° este señor,   swear
primero, que no ha de hacer otra cosa cuando esté acá dentro
sino cantar y tañer cuando se lo mandaren,[37] y que ha de estar
encerrado y quedito donde le pusiéremos."

"Sí, juro," dijo Loaysa.

"No vale nada ese juramento,"° respondió Leonora "que ha   oath
de jurar por vida de su padre y ha de jurar la cruz y besalla,° que   = besarla
lo veamos todas."

"Por vida de mi padre, juro," dijo Loaysa, "y por esta señal de
cruz que la beso con mi boca sucia."

Y haciendo la cruz con dos dedos, la besó tres veces.

"Esto hecho," dijo otra de las doncellas "mire, señor, que no se
le olvide aquello de los polvos, que es el *tuáutem*° de todo."   most important

Con esto cesó la plática de aquella noche, quedando todos
muy contentos del concierto.° Y la suerte, que de bien en mejor   agreement
encaminaba los negocios de Loaysa, trujo° a aquellas horas, que   = trajo
eran dos después de la medianoche, por la calle a sus amigos, los
cuales, haciendo la señal acostumbrada, que era tocar una trompa
de París.[38] Loaysa los habló y les dio cuenta del término en que
estaba su pretensión, y les pidió si traían los polvos u otra cosa,
como se la había pedido, para que Carrizales durmiese.

Díjoles asimismo lo de la llave maestra. Ellos le dijeron que los
polvos, o un ungüento,° vendría la siguiente noche, de tal virtud   ointment
que, untados los pulsos° y las sienes° con él, causaba un sueño°   wrists, temples, sleep
profundo, sin que dél se pudiese despertar en dos días si no era
lavándose con vinagre todas las partes que se habían untado,
y que se les diese la llave en cera, que asimismo la harían hacer
con facilidad. Con esto se despidieron, y Loaysa y su discípulo
durmieron lo poco que de la noche les quedaba, esperando Loaysa

---

37 **Cuando se...** *when he is told to it*
38 A small instrument played between the teeth.

con gran deseo la venidera,° por ver si se le cumplía la palabra — the next

prometida de la llave. Y puesto que el tiempo parece tardío° y — slow

perezoso a los que en él esperan, en fin, corre a las parejas con el

mismo pensamiento, y llega el término que quiere, porque nunca

para° ni sosiega.° — stops, slows down

Vino pues la noche y la hora acostumbrada de acudir al torno,

donde vinieron todas las criadas de casa, grandes y chicas, negras

y blancas, porque todas estaban deseosas de ver dentro de su

serrallo° al señor músico; pero no vino Leonora; y preguntando — harem

Loaysa por ella, le respondieron que estaba acostada con su

velado,° el cual tenía cerrada la puerta del aposento donde dormía, — husband

con llave, y después de haber cerrado, se la ponía debajo de la

almohada, y que su señora les había dicho que en durmiéndose el

viejo, haría por tomarle la llave maestra y sacarla en cera, que ya

llevaba preparada y blanda,° y que de allí a un poco habían de ir a — softened

requerirla por la gatera.° — cat flap

Maravillado quedó Loaysa del recato° del viejo, pero no por — caution

esto se le desmayó de deseo.[39] Y estando en esto oyó la trompa

de París, acudió al puesto, halló a sus amigos que le dieron un

botecico° de ungüento de la propiedad que le habían significado; — small jar

tomólo Loaysa, y díjoles que esperasen un poco, que les daría la

muestra de la llave. Volvióse al torno y dijo a la dueña, que era la

que con más ahínco mostraba desear su entrada, que se lo llevase

a la señora Leonora, diciéndole la propiedad que tenía y que

procurase untar° a su marido con tal tiento° que no lo sintiese, y — anoint, care

que vería maravillas. Hízolo así la dueña, y llegándose a la gatera

halló que estaba Leonora esperando tendida° en el suelo de largo — stretched out

a largo, puesto el rostro en la gatera. Llegó la dueña, y tendiéndose

de la misma manera, puso su boca en el oído de su señora, y con

voz baja le dijo que traía el ungüento y de la manera que había de

probar suvirtud. Ella tomó el ungüento y respondió a la dueña

como en ninguna manera podía tomar la llave a su marido,

porque no la tenía debajo de la almohada, como solía, sino entre

---

39 **Se le...** *his desire did not wane*

los dos colchones,° y casi debajo de la mitad de su cuerpo; pero   *mattresses*
que dijese al maeso que si el ungüento obraba,° como él decía,   *was working*
con facilidad sacarían la llave todas las veces que quisiesen, y ansí
no sería necesario sacarla en cera. Dijo que fuese a decirlo luego y
5   volviese a ver lo que el ungüento obraba porque luego le pensaba
untar a su velado.

Bajó la dueña a decirlo al maeso Loaysa, y él despidió a sus
amigos, que esperando la llave estaban. Temblando° y pasito, y   *trembling*
casi sin osar despedir el aliento° de la boca, llegó Leonora a untar   *breath*
10   los pulsos del celoso marido, y asimismo le untó las ventanas de
las narices; y cuando a ellas le llegó, le parecía que 'se estremecía°   *was stretching*
y ella quedó mortal pareciéndole que la había cogido en el hurto.°   *act*
En efecto, como mejor pudo, le acabó de untar todos los lugares
que le dijeron ser necesarios, que fue lo mismo que haberle
15   embalsamado° para la sepultura.°   *embalmed, grave*

Poco espacio tardó el alopiado° ungüento en dar manifiestas   *sleep-inducing*
señales de su virtud, porque luego comenzó a dar el viejo tan
grandes ronquidos° que se pudieran oír en la calle, música a los   *snores*
oídos de su esposa más acordada° que la del maeso de su negro. Y   *pleasing*
20   aun mal segura de lo que veía, se llegó a él y le estremeció° un poco,   *moved*
y luego más, y luego otro poquito más, por ver si despertaba; y a
tanto se atrevió que le volvió de una parte a otra sin que despertase.
Como vio esto, se fue a la gatera de la puerta y con voz no tan baja
como la primera, llamó a la dueña que allí la estaba esperando y
25   le dijo:

"¡Dame albricias,° hermana, que Carrizales duerme más que   *praise*
un muerto!"

"Pues, ¿a qué aguardas a tomar la llave, señora?" dijo la dueña,
"mira que está el músico aguardándola° más ha de una hora."   *waiting for you*
30   "Espera, hermana, que ya voy por ella," respondió Leonora.

Y volviendo a la cama, metió la mano por entre los colchones
y sacó la llave de en medio dellos sin que el viejo lo sintiese; y
tomándola en sus manos, comenzó a dar brincos° de contento,   *leaps*
y sin más esperar abrió la puerta y la presentó a su dueña, que la

recibió con la mayor alegría del mundo.

Mandó Leonora que fuese a abrir al músico, y que le trujese a los corredores,° porque ella no osaba° quitarse de allí, por lo que   *gallery, dared*
podía suceder; pero que ante todas cosas hiciese que de nuevo ratificase° el juramento que había hecho, de no hacer más de lo   *pledge again*
que ellas le ordenasen, y que si no le quisiese confirmar y hacer de nuevo, en ninguna manera le abriesen.

"Así será," dijo la dueña, "y a fe que no ha de entrar, si primero no jura y rejura y besa la cruz seis veces."

"No le pongas tasa,"° dijo Leonora, "bésele él, y sean las veces   *price*
que quisiere; pero mira que jure la vida de sus padres y por todo aquello que bien quiere porque con esto estaremos seguras y nos hartaremos ⁴⁰de oírle cantar y tañer, que en mi ánima que lo hace delicadamente, y anda no te detengas más porque no se nos pase la noche en pláticas."

Alzóse las faldas la buena dueña, y con no vista ligereza se puso en el torno, donde estaba toda la gente de casa esperándola; y habiéndoles mostrado la llave que traía, fue tanto el contento de todas que 'la alzaron° en peso como a catredático,⁴¹ diciendo: *lifted her*
"¡Viva, viva!"

y más cuando les dijo que no había necesidad de contrahacer la llave; porque según el untado viejo dormía, bien se podían aprovechar de la de casa todas las veces que la quisiesen.

"Ea,° pues, amiga," dijo una de las doncellas, "ábrase esa   *come*
puerta y entre este señor, que ha mucho que aguarda, y démonos un verde° de música, que no haya más que ver."   *fill*

"Más ha de haber que ver," replicó la dueña; "que le hemos de tomar juramento como la otra noche."

"Él es tan bueno," dijo una de las esclavas "que no reparará°   *will not worry*
en juramentos."

---

40 **Nos...** *we will be satisfied*

41 **Catredático...** *catredático.* The spelling of this word in the text is an example of metathesis, which is the reversal of sounds. The friends of a person who became a **catredático**, or a full professor—the highest rank in academia, raised the honoree upon their shoulders in celebration.

Abrió en esto la dueña la puerta, y teniéndola entreabierta,°   half-open
llamó a Loaysa, que todo lo había estado escuchando por el
agujero del torno; el cual llegándose a la puerta, quiso entrarse de
golpe, mas poniéndole la dueña la mano en el pecho le dijo:

"Sabrá vuesa merced, señor mío, que en Dios y en mi
conciencia, todas las que estamos dentro de las puertas desta casa
somos doncellas° como las madres que 'nos parieron,° excepto mi   virgins, bore us
señora; y aunque yo debo de parecer de cuarenta años, no teniendo
treinta cumplidos, porque les faltan dos meses y medio, también
lo soy, mal pecado;[42] y si acaso parezco vieja, corrimientos,°   difficulties
trabajos y desabrimientos° echan un cero a los años y a veces dos,   misfortunes
según se les antoja.[43] Y siendo esto ansí, como lo es, no sería razón
que 'a trueco de° oír dos, o tres, o cuatro cantares nos pusiésemos   in exchange for
a perder tanta virginidad como aquí se encierra; porque hasta
esta negra que se llama Guiomar es doncella. Así que, señor de
mi corazón, vuesa merced nos ha de hacer primero que entre en
nuestro reino, un muy solemne juramento de que no ha de hacer
más de lo que nosotras le ordenáremos; y si le parece que es mucho
lo que se le pide, considere que en mucho más lo que se aventura.
Y si es que vuesa merced viene con buena intención, poco le ha de
doler el jurar, que al buen pagador no le duelen prendas."[44]

"Bien y rebién ha dicho la señora Marialonso," dijo una de las
doncellas, "en fin, como persona discreta y que está en las cosas
como se debe; y si es que el señor no quiere jurar, no entre acá
dentro."

A esto dijo Guiomar la negra, que no era muy ladina:° "Por   educated
mí, más que nunca jura, entre con todo diablo, que aunque más
jura, si acá estás, todo olvida."[45]

Oyó con gran sosiego Loaysa la arenga° de la señora   harangue
Marialonso, y con grave reposo y autoridad respondió:

---

42 **También lo...** *I am as well, in spite of my sins*
43 **Según...** *whatever is appropriate*
44 **Que al...** *if he is a man of his word*
45 **Más que...** *even if he does not swear an oath, he enters with the devil, no matter how much he swears; if you are here, he forgets everything*

"Por cierto, señoras hermanas y compañeras mías, que nunca mi intento fue, es, ni será otro que daros gusto y contento en cuanto mis fuerzas alcanzaren;° y así no se me hará cuesta arriba este juramento que me piden; pero quisiera yo, que 'se fiara° algo de mi palabra, porque dada de tal persona como yo soy, era lo mismo que hacer una obligación guarentigia,° y quiero hacer saber a vuesa merced que "debajo del sayal hay algo"[46] y que "debajo de mala capa° suele estar un buen bebedor." Mas para que todas estén seguras de mi buen deseo, determino de jurar como católico y buen varón; y así juro por la intemerata° eficacia, donde más santa y largamente se contiene, y por las entradas y salidas del santo Líbano° monte, y por todo aquello que en su proemio° encierra la verdadera historia de Carlomagno, con la muerte del gigante Fierabrás,[47] de no salir ni pasar del juramento hecho, y del mandamiento de la más mínima y desechada destas señoras, 'so pena° que si otra cosa hiciere o quisiere hacer, desde ahora para entonces y desde entonces para ahora lo doy por nulo y no hecho, ni valedero."°

Aquí llegaba con su juramento el buen Loaysa cuando una de las dos doncellas, que con atención le había estado escuchando, dio una gran voz, diciendo: "¡Éste sí que es juramento para enternecer° las piedras! ¡Mal haya yo, si más quiero que jures, pues con sólo lo jurado podías entrar en la misma sima° de Cabra."[48]

Y asiéndole de los gregüescos,° le metió dentro y luego todas las demás se le pusieron a la redonda, luego fue una a dar las nuevas a su señora, la cual estaba haciendo centinela al sueño de su esposo; y cuando la mensajera le dijo que ya subía el músico, se alegró y 'se turbó° en un punto; y preguntó si había jurado; respondióle que sí y con la más nueva forma de juramento que en su vida había visto.

"Pues si ha jurado," dijo Leonora, "asido le tenemos. ¡Oh qué

attain

trust

unbreakable

cape

undefiled

Lebanon, preface

under penalty

valid

soften

cave

breeches

became troubled

---

46 **Debajo...** *there is more to a person than meets the eye*
47 Ferumbras is a gigantic Arab knight who converts to Christianity and fights for Charlemagne.
48 Cabra is a province of Córdoba.

avisada° que anduve en hacelle° que jurase!"   sensible, = **hacerle**

En esto llegó toda la caterva° junta y el músico en medio,   multitude
alumbrándolos el negro y Guiomar la negra. Y viendo <u>Loaysa a
Leonora</u>, hizo muestras de arrojársele a los pies para besarle las
5 manos. Ella, callando, y por señas le hizo levantar, y todas estaban
como mudas, sin osar hablar, temerosas que su señor las oyese;
lo cual considerado por Loaysa, les dijo que bien podían hablar
alto porque el ungüento con que estaba untado su señor, tenía
tal virtud que, fuera de quitar la vida, ponía a un hombre como
10 muerto.

"Así lo creo yo," dijo Leonora, "que si así no fuera, ya él
hubiera despertado veinte veces, según le hacen de sueño ligero
sus muchas indisposiciones;° pero después que le unté, ronca°   ailments, snores
como un animal."

15 "Pues eso es así," dijo la dueña, "vámonos a aquella sala
frontera, donde podremos oír cantar aquí al señor y rogocijarnos° enjoy ourselves
un poco."

"Vamos," dijo Leonora, "pero quédese aquí Guiomar por
guarda, que nos avise° si Carrizales despierta."   warn
20 A lo cual respondió Guiomar: "<u>Yo negra quedo, blancas van,
Dios perdone a todas</u>."

Quedóse la negra; fuéronse a la sala, donde había un rico
estrado,° y cogiendo al señor en medio, se sentaron todas. Y   drawing room
tomando la buena Marialonso una vela,° comenzó a mirar de   candle
25 arriba abajo al bueno del músico, y una decía: "¡Ay qué copete°   pompadour
que tiene tan lindo y tan rizado!" Otra: "¡Ay qué blancura de
dientes! ¡Mal año para 'piñones mondados° que más blancos ni   shelled pine nuts
más lindos sean!" Otra: "¡Ay qué ojos tan grandes y tan rasgados!° wide
¡Y por el siglo de mi madre que son verdes, que no parecen sino
30 que son de esmeraldas!" Ésta alababa la boca, aquélla los pies,
y todas juntas hicieron dél una menuda anatomía y petitoria.[49]
Sola Leonora callaba, y le miraba, y le iba pareciendo de mejor

---

49 **Todas juntas...** *all of them examined closely the different aspects of his*
anatomy

talle° que su velado. En esto, la dueña tomó la guitarra que tenía   °specimen
el negro y se la puso en las manos de Loaysa, rogándole° que la   begging him
tocase y que cantase unas coplillas° que entonces andaban muy   verses
validas en Sevilla, que decían:

> Madre, la mi madre,
> guardas me ponéis.

Cumplióle Loaysa su deseo. Levantáronse todas y se
comenzaron a hacer pedazos bailando. Sabía la dueña las coplas,
y cantólas con más gusto que buena voz, y fueron éstas:

> Madre, la mi madre,
> 'guardas me ponéis,°   though you imprison me
> *que si yo no me guardo,*
> *no me guardaréis.*
>
> Dicen que está escrito,
> y con gran razón,
> ser la privación°   deprivation
> causa de apetito;
> crece en infinito
> encerrado amor,
> por eso es mejor,
> que no me encerréis;
> *que si yo,* etc.
>
> Si la voluntad
> por sí no se guarda,
> no la harán guarda
> miedo o calidad;
> romperá, en verdad,
> por la misma muerte,
> hasta hallar la suerte

que vos no entendéis,
que si yo, etc.

    Quien tiene costumbre
de ser amorosa,
como mariposa
se irá tras su lumbre,°   light
aunque muchedumbre
de guardas le pongan,
y aunque más propongan
de hacer lo que hacéis,
que si yo, etc.

    Es de tal manera
la fuerza amorosa,
que a la más hermosa
la vuelve en quimera;°   illusion
el pecho de cera,
de fuego la gana°   overcomes
las manos de lana,°   wool
de fieltro° los pies,   calloused
que si yo no me guardo
mal me guardaréis.

Al fin llegaban de su canto y baile el corro° de las mozas   group
guiado por la buena dueña, cuando llegó Guiomar la centinela
toda turbada,° hiriendo de pie y de mano como si tuviera   upset
alferecía,° y con voz entre ronca y baja dijo: "¡Despierto señor,   epilepsy
señora! ¡señora, despierto señor, y levantas y viene!"
    Quien ha visto banda de palomas estar comiendo en el campo
sin miedo lo que ajenas manos sembraron, que al furioso estrépito°   noise
de disparada escopeta° 'se azora° y levanta, y olvidada del pasto,°   gunfire, become dis-
confusa y atónita cruza por los aires, tal se imagine que quedó la   tressed, food
banda y corro de las bailadoras, pasmadas° y temerosas,° oyendo   stunned, terrified

la no esperada nueva° que Guiomar había traído; y procurando
cada una su disculpa y todas juntas su remedio, cuál por una y cuál
por otra parte se fueron a esconder⁵⁰ por los desvanes° y rincones°
de la casa, dejando solo al músico, el cual dejando la guitarra y el
canto, lleno de turbación,° no sabía qué hacerse.

Torcía Leonora sus hermosas manos; abofeteábase° el rostro,
aunque blandamente, la señora Marialonso. En fin, todo era
confusión, sobresalto y miedo. Pero la dueña, como más astuta y
reportada,° dio orden que Loaysa se entrase en un aposento suyo,
y que ella y su señora se quedarían en la sala, que no faltaría excusa
que dar a su señor si allí las hallase.°

Escondióse luego Loaysa, y la dueña se puso atenta a escuchar
si su amo venía, y no sintiendo rumor alguno, cobró ánimo,° y
poco a poco, paso ante paso, se fue llegando al aposento donde
su señor dormía y oyó que roncaba como primero; y asegurada de
que dormía, alzó las faldas y volvió corriendo a pedir albricias° a
su señora del sueño de su amo, la cual se las mandó de muy entera
voluntad.

No quiso la buena dueña perder la coyuntura° que la suerte
le ofrecía de gozar, primero que todas, las gracias que ella se
imaginaba que debía tener el músico; y así diciéndole a Leonora
que esperase en la sala en tanto que iba a llamarlo, la dejó y se entró
donde él estaba, no menos confuso que pensativo, esperando
las nuevas de lo que hacía el viejo untado. Maldecía la falsedad
del ungüento y quejábase de la credulidad de sus amigos y del
poco advertimiento° que había tenido en no hacer primero la
experiencia en otro, antes de hacerla en Carrizales.

En esto llegó la dueña, y se aseguró que el viejo dormía a
más y mejor. Sosegó el pecho y estuvo atento a muchas palabras
amorosas que Marialonso le dijo, de las cuales coligió° la mala
intención suya, y propuso en sí de ponerla por anzuelo° para
pescar a su señora. Y estando los dos en sus pláticas, las demás
criadas que estaban escondidas por diversas partes de la casa, una

news

attics, corners

confusion

slapped

refrained

discovered

courage

good news

opportunity

forethought

deduced

bait

---

50 **Cuál por...** *each and every one hid*

de aquí y otra de allí, volvieron a ver si era verdad que su amo
había despertado; y viendo que todo estaba sepultado en silencio,
llegaron a la sala donde habían dejado a su señora, de la cual
supieron el sueño de su amo; y preguntándole por el músico y por
la dueña, les dijo dónde estaban, y todas con el mismo silencio
que habían traído se llegaron a escuchar por entre las puertas lo
que entrambos trataban.

No faltó de la junta° Guiomar la negra, el negro sí,   meeting
porque así como oyó que su amo había despertado, se abrazó
con su guitarra y se fue a esconder en su pajar, y, cubierto con la
manta de su pobre cama, sudaba° y trasudaba de miedo; y con   was sweating
todo eso no dejaba de tentar las cuerdas de la guitarra, tanta era
(encomendado° él sea a satanás) la afición que tenía a la música.   committed

Entreoyeron las mozas los requiebros° de la vieja, y cada una   flirting remarks
le dijo el nombre de las Pascuas;[51] ninguna la llamó vieja que no
fuese con su epitecto y adjetivo de hechicera° y de barbuda,° de   witch, hairy
antojadiza° y de otros, que por buen respecto se callan; pero lo   fickle
que más risa causara a quien entonces las oyera, eran las razones
de Guiomar la negra, que por ser portuguesa y no muy ladina, era
extraña la gracia con que la vituperaba.° En efecto, la conclusión   condemned
de la plática de los dos fue que él condecendería° con la voluntad   would submit
della, cuando ella primero le entregase a toda su voluntad a su
señora.

Cuesta arriba se le hizo a la dueña ofrecer lo que el músico pedía,
pero a trueco de cumplir el deseo que ya se le había apoderado°   possessed
del alma y de los huesos y médulas del cuerpo, le prometiera los
imposibles que pudieran imaginarse. Dejóle, y salió a hablar a su
señora; y como vio su puerta rodeada de todas las criadas, les dijo
que 'se recogiesen° a sus aposentos, que otra noche habría lugar   returned
para gozar con menos o con ningún sobresalto del músico, que ya
aquella noche el alboroto° les había aguado° el gusto.   tumult, soured

Bien entendieron todas que la vieja se quería quedar sola;
pero no pudieron dejar de obedecerla, porque las mandaba a

---

51 **El nombre...** *all kinds of bad names*

todas. Fuéronse las criadas, y ella acudió a la sala a persuadir a
Leonora acudiese a la voluntad de Loaysa, con una larga y tan
concertada arenga, que pareció que de muchos días la tenía   harangue
estudiada. Encarecióle° su gentileza, su valor, su donaire° y sus   extolled, charm
muchas gracias. Pintóle de cuánto más gusto le serían los abrazos
del amante mozo que los del marido viejo, asegurándole el secreto,
y la duración del deleite,° con otras cosas semejantes a éstas que   pleasure
el demonio le puso en la lengua, llenas de colores retóricos,
tan demostrativos y eficaces que movieran no sólo el corazón
tierno y poco advertido de la simple e incauta Leonora sino el
de un 'endurecido mármol.° ¡Oh dueñas, nacidas y usadas en el   hardened marble
mundo, para perdición de mil recatadas° y buenas intenciones!   virtuous
¡Oh, luengas° y repulgadas tocas,° escogidas para autorizar las   long, headdresses
salas y los estrados de señoras principales, y cuán al revés de lo
que debíades, usáis de vuestro casi ya forzoso oficio! En fin, tanto
dijo la dueña, tanto persuadió la dueña, que Leonora se rindió,
Leonora se engañó y Leonora se perdió, dando en tierra con todas
las prevenciones del discreto Carrizales, que dormía el sueño de la
muerte de su honra.

Tomó Marialonso por la mano a su señora y, casi por fuerza,
preñados° de lágrimas los ojos, la llevó donde Loaysa estaba, y   full
echándoles la bendición con una risa falsa de demonio, cerrando
tras sí la puerta, los dejó encerrados, y ella se puso a dormir en el
estrado, o por mejor decir, a esperar su contento de recudida.°   reward
Pero como el desvelo° de las pasadas noches la venciese, se quedó   lack of sleep
dormida en el estrado.

Bueno fuera en esta sazón preguntar a Carrizales, a no saber
que dormía, que adónde estaban sus advertidos recatos, sus
recelos, sus advertimientos, sus persuasiones, los altos muros de
su casa, el no haber entrado en ella, ni aun en sombra, alguien que
tuviese nombre de varón, el torno estrecho, las gruesas paredes,
las ventanas sin luz, el encerramiento notable, la gran dote en que
a Leonora había dotado, los regalos continuos que la hacía, el
buen tratamiento de sus criadas y esclavas, el no faltar un punto a

todo aquello que él imaginaba que habían menester que podían
desear. Pero ya queda dicho que no había para qué preguntárselo,
porque dormía más de aquello que fuera menester. Y si él lo
oyera, y acaso respondiera, no podía dar mejor respuesta que
encoger los hombros y enarcar° las cejas° y decir: "Todo aqueso   raise, eyebrows
derribó por los fundamentos la astucia, a lo que yo creo, de un
mozo holgazán° y vicioso, y la malicia de una falsa dueña, con la   idle
inadvertencia de una muchacha rogada y persuadida. ¡Libre Dios
a cada uno de tales enemigos, contra los cuales no hay escudo de
prudencia que defienda, ni espada de recato que corte!"[52]

Pero con todo esto el valor de Leonora fue tal que en el
tiempo que más le convenía, le mostró contra las fuerzas villanas
de su astuto engañador, pues no fueron bastantes a vencerla, y él se
cansó en balde,° y ella quedó vencedora, y entrambos dormidos.   vain

Y, en esto, ordenó° el cielo que, a pesar del ungüento,   decreed
Carrizales despertase, y como tenía costumbre, tentó° la cama por   felt
todas partes, y no hallando en ella a su querida esposa, saltó de la
cama despavorido y atónito,[53] con más ligereza y denuedo° que   conviction
sus muchos años prometían. Y cuando en el aposento no halló
a su esposa y le vio abierto y que le faltaba la llave de entre los
colchones, pensó perder el juicio.[54] Pero, reportándose° un poco,   gathering himself
salió al corredor y de allí, andando pie ante pie por no ser sentido,
llegó a la sala donde la dueña dormía, y viéndola sola sin Leonora,
fue al aposento de la dueña, y abriendo la puerta muy quedo,°   quietly
vio lo que nunca quisiera haber visto, vio lo que diera por bien
empleado no tener ojos para verlo;[55] vio a Leonora en brazos de
Loaysa, durmiendo tan a sueño suelto, como si en ellos obrara la
virtud del ungüento y no en el celoso anciano.

Sin pulsos quedó Carrizales con la amarga° vista de lo que   bitter
miraba, la voz 'se le pegó° a la garganta, los brazos se le cayeron de stuck to

52 **No hay...** *there is not a shield of prudence that provides defense nor a sword of
caution that cuts*
53 **Despavorido...** *terrified and astonished*
54 **Pensó perder...** *he thought he would lose his mind*
55 **Vio lo que...** *he saw what he would have happily sacrificed not to have eyes to
see it*

desmayo, y quedó hecho una estatua de mármol frío; y aunque la
cólera hizo su natural oficio, avivándole° los casi muertos espíritus,   giving life to
pudo tanto el dolor que no le dejó tomar aliento; y con todo eso
tomara la venganza que aquella grande maldad requería si se
hallara con armas para poder tomarla; y así determinó volverse
a su aposento a tomar una daga° y volver a sacar las manchas de   dagger
su honra° con sangre de sus dos enemigos; y aun con toda aquella   honor
de toda la gente de su casa. Con esta determinación honrosa
y necesaria volvió, con el mismo silencio y recato° que había   caution
venido, a su estancia donde le apretó el corazón tanto el dolor y la
angustia que sin ser poderoso a otra cosa, se dejó caer desmayado
sobre el lecho.°   bed

Llegóse en esto el día, y cogió° a los nuevos adúlteros enlazados   found
en la red de sus brazos. Despertó Marialonso, y quiso acudir por lo
que a su parecer le tocaba, pero viendo que era tarde, quiso dejarlo
para la venidera noche. Alborotóse° Leonora, viendo tan entrado   became alarmed
el día, y maldijo su descuido y el de la maldita dueña, y las dos
con sobresaltados pasos fueron donde estaba su esposo, rogando
entre dientes al cielo, que le hallasen todavía roncando; y cuando
le vieron encima de la cama callando, creyeron que todavía obraba
la untura, pues dormía, y con gran regocijo° se abrazaron la una   joy
a la otra. Llegóse Leonora a su marido, y asiéndole° de un brazo   grasping
le volvió de un lado a otro, por ver si despertaba, sin ponerles en
necesidad de lavarle con vinagre, como decían era menester, para
que en sí volviese. Pero con el movimiento volvió Carrizales de su
desmayo, y dando un profundo suspiro, con una voz lamentable
y desmayada dijo:

"¡Desdichado° de mí, y a qué tristes términos me ha traído   wretched
mi fortuna!"

No entendió bien Leonora lo que dijo su esposo, mas° como   but
le vio despierto y que hablaba, admirada de ver que la virtud del
ungüento no duraba tanto como habían significado, se llegó a
él, y poniendo su rostro con el suyo, teniéndole estrechamente
abrazado, le dijo: "¿Qué tenéis, señor mío, que me parece que os

estáis quejando?"

Oyó la voz de la dulce enemiga suya el desdichado viejo, y abriendo los ojos desencasadamente,° como atónito y embelesado, los puso en ella, y con grande ahínco, sin mover pestaña, la estuvo mirando una gran pieza, al cabo de la cual le dijo: — widely

"Hacedme placer, señora, que luego enviéis a llamar a vuestros padres de mi parte, porque siento no sé qué en el corazón, que me da grandísima fatiga, y temo que brevemente me ha de quitar la vida, y querríalos ver antes que me muriese."

Sin duda creyó Leonora ser verdad lo que su marido le decía, pensando antes que la fortaleza del ungüento, y no lo que había visto, le tenía en aquel trance; y respondiéndole que haría lo que la mandaba, mandó al negro que luego al punto fuese a llamar a sus padres, y abrazándose con su esposo, le hacía las mayores caricias° que jamás le había hecho, preguntándole qué era lo que — caresses
sentía, con tan tiernas y amorosas palabras como si fuera la cosa del mundo que más amaba. Él la miraba con el embelesamiento° — spell
que se ha dicho, siéndole cada palabra o caricia que le hacía una lanzada° que le atravesaba° el alma. — look, pierced

Ya la dueña había dicho a la gente de casa y a Loaysa la enfermedad de su amo, encareciéndoles° que debía de ser de — emphasizing
momento,° pues se le había olvidado de mandar cerrar las puertas — important
de la calle cuando el negro salió a llamar a los padres de su señora; de la cual embajada° asimismo se admiraron, por no haber entrado — mission
ninguno dellos en aquella casa después que casaron a su hija.

En fin, todos andaban callados y suspensos, no dando en la verdad de la causa de la indisposición° de su amo, el cual de rato — affliction
en rato tan profunda y dolorosamente suspiraba, que con cada suspiro parecía arrancársele° el alma. — tear out of him

Lloraba Leonora por verle de aquella suerte, y reíase él con una risa de persona que estaba fuera de sí, considerando la falsedad de sus lágrimas.° — tears

En esto llegaron los padres de Leonora, y como hallaron la puerta de la calle y la del patio abiertas y la casa sepultada° en — shrouded silencio y sola, quedaron admirados con no pequeño sobresalto. Fueron al aposento° de su yerno,° y hallárosle, como se ha dicho siempre, clavados los ojos en su esposa, a la cual tenía asida de las manos, derramando los dos muchas lágrimas; ella, con no más ocasión de verlas derramar a su esposo; él, por ver cuán fingidamente ella las derramaba.

    Así como sus padres entraron, habló Carrizales y dijo:

    "Siéntense aquí, vuesas mercedes, y todos los demás dejen desocupado° este aposento, y sólo quede° la señora Marialonso."

    Hiciéronlo así, y quedando solos los cinco sin esperar que otro hablase, con sosegada° voz, limpiándose los ojos, desta manera dijo Carrizales:

    "Bien seguro estoy, padres y señores míos, que no será menester traeros testigos, para que me creáis una verdad que quiero deciros. Bien se os debe acordar (que no es posible se os haya caído de la memoria) con cuánto amor, con cuán buenas entrañas° hace hoy un año, un mes, cinco días y nueve horas que me entregastes a vuestra querida hija por legítima mujer mía. También sabéis con cuánta liberalidad la doté, pues fue tal la dote que más de tres de su misma calidad se pudieran casar con opinión de ricas. Asimismo se os debe acordar la diligencia° que puse en vestirla y adornarla de todo aquello que ella se acertó a desear, y yo alcancé a saber que le convenía. Ni más ni menos habéis visto, señores, cómo, llevado de mi natural condición y temeroso del mal de que sin duda he de morir, y experimentado por mi mucha edad en los extraños y varios acaescimientos° del mundo, quise guardar esta joya que yo escogí y vosotros me distes, con el mayor ✳ recato que me fue posible. Alcé° las murallas desta casa, quité° la vista a las ventanas de la calle, doblé° las cerraduras de las puertas, púsele torno como a monasterio, desterré° perpetuamente della todo aquello que sombra o nombre de varón tuviese. Dile criadas y esclavas que la sirviesen; ni les negué a ellas ni a ella, cuanto quisieron pedirme; hícela mi igual, comuniquéle mis más secretos pensamientos, entreguéle toda mi hacienda. Todas éstas eran

Margin glosses:
bedroom, son-in-law

empty, remain

calm

heart

care

happenings

raised, removed
doubled
banished

obras para que, si bien lo considerara, yo viviera seguro de gozar
sin sobresalto lo que tanto me había costado, y ella procurara no
darme ocasión a que ningún género de temor celoso entrara en
mi pensamiento.° Mas, como no se puede prevenir con diligencia   thought
humana el castigo que la voluntad divina quiere dar a los que en
ella no ponen del todo en todo sus deseos y esperanzas, no es
mucho que yo quede defraudado en las mías.⁵⁶ Y que yo mismo
haya sido el fabricador° del veneno° que me va quitando la vida.   author, poison
Pero porque veo la suspensión en que todos estáis colgados de las
palabras de mi boca, quiero concluir los largos preámbulos desta
plática con deciros en una palabra lo que no es posible decirse en
millares° dellas. Digo, pues, señores, que todo lo que he dicho y   thousands
hecho ha parado en que esta madrugada hallé a ésta, nacida en
el mundo para perdición de mi sosiego y fin de mi vida (y ésto,
señalando a su esposa), en los brazos de un gallardo mancebo que
en la estancia desta pestífera° dueña ahora está encerrado."   foul

Apenas acabó estas últimas palabras Carrizales cuando a
Leonora se le cubrió el corazón,⁵⁷ y en las mismas rodillas de
su marido se cayó desmayada. Perdió la color Marialonso, y a
las gargantas de los padres de Leonora se les atravesó un nudo⁵⁸
que no les dejaba hablar palabra. Pero prosiguiendo adelante
Carrizales, dijo:

"La venganza° que pienso tomar desta afrenta° no es ni ha de   revenge, offense
ser de las que ordinariamente suelen tomarse, pues quiero que
así como yo fui extremado° en lo que hice, así sea la venganza   extreme
que tomaré, tomándola de mí mismo como del más culpado
en este delito; que debiera considerar que mal podían estar
ni compadecerse° en uno los quince años desta muchacha con   sympathize
los casi ochenta míos.⁵⁹ Yo fui el que, como el 'gusano de seda,°   silkworm

56 **Mas, como…** *but, since human diligence cannot prevent the divine punishment that falls upon those who do not place their hopes and wishes in God, it should not
surprise you that my hopes and wishes did not come to fruition*

57 **Se le…** *her heart sank*

58 **Las gargantas…** *a knot formed in the throats of Leonora's parents that prevented them from speaking*

59 Carrizales was ~~sixty-eight years old~~ when he met ~~Leonora~~, who was thirteen-

me fabriqué la casa donde muriese, y a ti no te culpo, ¡oh niña mal aconsejada! (y diciendo esto se inclinó y besó el rostro de la desmayada Leonora); no te culpo, digo, porque persuasiones de viejas taimadas,° y requiebros° de mozos enamorados fácilmente   *cunning, flattery* vencen y triunfan del poco ingenio que los pocos años encierran. Mas 'por que° todo el mundo vea el valor de los quilates° de la   *= **para que**, sincerity* voluntad y fe con que te quise, en este último trance de mi vida quiero mostrarlo de modo que quede en el mundo por ejemplo, si no de bondad, al menos de simplicidad jamás oída ni vista; y así quiero que se traiga luego aquí un escribano° para hacer de nuevo   *notary* mi testamento,° en el cual mandaré doblar° la dote a Leonora y le   *will, double* rogaré que después de mis días, que serán bien breves, <u>disponga su voluntad</u>, pues lo podrá hacer sin fuerza, a casarse con aquel mozo, a quien nunca ofendieron las canas deste lastimado viejo; y así verá que, si viviendo, jamás salí un punto de lo que pude pensar ser su gusto, en la muerte hago lo mismo, y <u>quiero que le tenga con el que ella debe de querer tanto</u>. La demás hacienda mandaré a otras obras pías,° y a vosotros, señores míos, dejaré   *pious* con que podáis vivir honradamente lo que de la vida os queda. La venida del escribano sea luego,° porque la pasión que tengo 'me   *soon* aprieta° de manera que a más andar me va acortando los pasos de   *affects* la vida."

Esto dicho, le sobrevino un terrible desmayo, y se dejó caer tan junto de Leonora, <u>que se juntaron los rostros</u>: ¡extraño y triste espectáculo para los padres que a su querida hija y a su amado yerno miraban! No quiso la mala dueña esperar a las reprehensiones° que pensó le darían los padres de su señora; y así   *reprimands* se salió del aposento y fue a decir a Loaysa todo lo que pasaba, aconsejándole que luego al punto se fuese de aquella casa, que ella tendría cuidado de avisarle° con el negro lo que sucediese,° pues   *inform, happens*

---

or fourteen-years old. Now, Leonora is fifteen-years old, but Carrizales is eighty years old. This inconsistency is reminiscent of Cervantes' masterpiece, *Don Quijote*. Scholars of the novel debate whether the "errors" are a result of Cervantes' carelessness, which Carrizales' age at the end of *El celoso extremeño* appears to be, or whether they represent another literary technique with which Cervantes satirizes books of chivalry.

ya no había puertas ni llaves que lo impidiesen. Admiróse Loaysa
con tales nuevas,° y tomando el consejo, volvió a vestirse como   news
pobre, y fuese a dar cuenta a sus amigos del extraño y nunca visto
suceso de sus amores.

En tanto, pues, que los dos estaban transportados, el padre
de Leonora envió a llamar a un escribano amigo suyo, el cual
vino a tiempo que ya habían vuelto hija y yerno en su acuerdo.
Hizo Carrizales su testamento en la manera que había dicho, sin
declarar el yerro° de Leonora, más de que por buenos respectos le   offense
pedía y rogaba se casase, si acaso él muriese, con aquel mancebo
que él la había dicho en secreto. Cuando esto oyó Leonora, 'se
arrojó° a los pies de su marido, y saltándole el corazón en el pecho,   threw herself
le dijo:

"Vivid vos muchos años, mi señor y mi bien todo, que puesto
caso que no estáis obligado a creerme ninguna cosa de las que os
dijere, sabed que no os he ofendido, sino° con el pensamiento."°   but rather, in my mind

Y comenzando a disculparse y a contar por extenso la verdad
del caso, no pudo mover la lengua, y volvió a desmayarse. Abrazóla
así desmayada el lastimado viejo; abrazáronla sus padres; lloraron
todos tan amargamente que obligaron y aun forzaron a que en
ellas les acompañase el escribano que hacía el testamento, en el
cual dejó de comer a todas las criadas de casa, horras° las esclavas   freedom
y el negro, y a la falsa de Marialonso no le mandó otra cosa que
la paga de su salario; mas, sea lo que fuere, el dolor le apretó de
manera, que al seteno° día le llevaron a la sepultura.   seventh

Quedó Leonora viuda,° llorosa y rica; y cuando Loaysa   widow
esperaba que cumpliese lo que ya él sabía que su marido en su
testamento dejaba mandado, vio que dentro de una semana se
entró monja° en uno de los más recogidos monasterios de la ciudad.   nun
Él, despechado° y casi corrido,° se pasó a las Indias. Quedaron   despairing, ashamed
los padres de Leonora tristísimos, aunque se consolaron con lo
que su yerno les había dejado y mandado por su testamento. Las
criadas se consolaron con lo mismo, y las esclavas y esclavo con la
libertad; y la malvada de la dueña, pobre y defraudada de todos

sus malos pensamientos.

Y yo quedé con el deseo de llegar al fin deste suceso, ejemplo y espejo de lo poco que hay que fiar de llaves, tornos y paredes cuando queda la voluntad libre, y de lo menos que hay que confiar de verdes° y pocos años, si les andan al oído exhortaciones destas dueñas de monjil° negro y tendido° y tocas blancas y luengas. Sólo no sé qué fue la causa que Leonora no puso más ahínco en desculparse° y dar a entender a su celoso marido cuán limpia y sin ofensa había quedado en aquel suceso; pero la turbación le ató la lengua, y la priesa que se dio a morir su marido no dio lugar a su disculpa.

immature

habit, ample

= disculparse

Rinconete y Cortadillo

EN LA VENTA DEL Molinillo,[1] que está puesta° en los located
fines de los famosos campos de Alcudia, como vamos
de Castilla a la Andalucía, un día de los calurosos° del hottest
verano, 'se hallaron° en ella acaso dos muchachos de hasta edad found themselves
de catorce a quince años; el uno ni el otro no 'pasaban de° diez were older than
y siete; ambos° de buena gracia, pero muy descosidos,° rotos y both, shabbily dressed
maltratados. Capa, no la tenían; los calzones eran de lienzo y las
medias de carne.[2] Bien es verdad que lo enmendaban los zapatos,[3]
porque los del uno eran alpargates,° tan traídos como llevados, y rope-soled sandals
los del otro picados° y sin suelas,° de manera que más le servían de with holes, soles
cormas° que de zapatos. Traía el uno montera° verde de cazador,° clogs, cap, hunter
el otro un sombrero sin toquilla,° bajo de copa y ancho de falda. headband
A la espalda y ceñida por los pechos, traía el uno una camisa de
color de camuza,° encerrada y recogida toda en una manga; el otro sheepskin
venía escueto y sin alforjas,[4] puesto que en el seno se le parecía un
gran bulto, que, a lo que después pareció, era un cuello de los que
llaman valones,° almidonado ° con grasa, y tan deshilado de roto, Walloon, stiff
que todo parecía hilachas.° Venían en él envueltos y guardados threads
unos naipes° de figura ovada, porque de ejercitarlos° se les habían cards, using them
gastado las puntas,° y porque durasen más se las cercenaron° y los corners, cut

---

1 Molinillo is a town on the route that ran from León, located in northwest
Spain, to Seville, passing through Toledo and Córdoba. The **venta** is an inn generally
located in a sparsely populated area where travelers would stop for the night.

2 **Los calzones...** *canvas trousers and flesh where there should have been
stockings.*

3 **Bien es...** *it is true that their shoes dressed up their appearance*

4 **Encerrada y...** *closed and folded in a bag; the appearance of the other was simple
and without bags*

dejaron de aquel talle. Estaban los dos quemados del sol, las uñas
caireladas° y las manos no muy limpias; el uno tenía una media   dirty
espada, y el otro un cuchillo de cachas° amarillas, que los suelen   handle
llamar vaqueros.

5   Saliéronse los dos a sestear° en un portal° o cobertizo que   sleep, porch
delante de la venta se hace; y sentándose frontero el uno del otro,
el que parecía de más edad dijo al más pequeño:

    "¿De qué tierra es vuesa merced, señor gentilhombre, y
para adónde bueno camina?"

10   "Mi tierra, señor caballero," respondió el preguntado, "no la
sé, ni para dónde camino, tampoco."

    "Pues en verdad," dijo el mayor, "que no parece vuesa merced
del cielo, y que éste no es lugar para hacer su asiento en él; que por
fuerza se ha de pasar adelante."

15   "Así es," respondió el mediano, "pero yo he dicho verdad en
lo que he dicho, porque mi tierra no es mía, pues no tengo en ella
más de un padre que no me tiene por hijo y una madrastra° que   stepmother
me trata como alnado;° el camino que llevo es a la ventura,° y allí   stepson, chance
le daría fin donde hallase quien me diese lo necesario para pasar
20 esta miserable vida."

    "Y ¿sabe vuesa merced algún oficio?" preguntó el grande.

    Y el menor respondió:

    "No sé otro sino que corro como una liebre,° y salto como un   hare
gamo° y corto de tijera muy delicadamente."   buck

25   "Todo eso es muy bueno, útil y provechoso,"° dijo el grande,   advantageous
"porque habrá sacristán° que le dé a vuesa merced la ofrenda⁵ de   sexton
Todos Santos, porque para el Jueves Santo le corte florones° de   flowers
papel para el monumento."

    "No es mi corte desa manera," respondió el menor, "sino que
30 mi padre, por la misericordia del cielo, es sastre y calcetero, y me
enseñó a cortar antiparas,⁶ que, como vuesa merced bien sabe,

---

    5 The **ofrenda**, or offering, consists of bread and wine, which the priest con-
secrates and, through transubstantiation, he transforms it into the body and blood of
Jesus.

    6 **Antiparas…** *knee-length stockings*

son medias calzas con avampiés,° que por su propio nombre se · cloth leg covering
suelen llamar POLAINAS; y córtolas tan bien, que en verdad que
me podría examinar de maestro, sino que la corta suerte me tiene
arrinconado."

"Todo eso y más acontece por los buenos," respondió el
grande, "y siempre he oído decir que las buenas habilidades son las
más perdidas, pero aún edad tiene vuesa merced para enmendar° · rectify
su ventura. Mas, si yo no me engaño y el ojo no me miente, otras
gracias° tiene vuesa merced secretas, y no las quiere manifestar." · talents

"Sí tengo," respondió el pequeño, "pero no son para el público,
como vuesa merced ha muy bien apuntado."

A lo cual replicó el grande:

"Pues yo le sé decir que soy uno de los más secretos mozos
que en gran parte se puedan hallar; y para obligar a vuesa merced
que descubra su pecho y descanse conmigo, le quiero obligar con
descubrirle el mío primero; porque imagino que no sin misterio
nos ha juntado aquí la suerte,[7] y pienso que habemos de ser, déste
hasta el último día de nuestra vida, verdaderos amigos. Yo, señor
hidalgo, soy natural de la Fuenfrida,[8] lugar conocido y famoso
por los ilustres pasajeros° que por él de continuo pasan; mi · passengers
nombre es Pedro del Rincón; mi padre es persona de calidad,° · importance
porque es ministro de la Santa Cruzada: quiero decir que es
bulero,° o BULDERO, como los llama el vulgo. Algunos días · pardoner
le acompañé en el oficio, y le aprendí de manera, que no daría
ventaja en echar las bulas al que más presumiese en ello. Pero
habiéndome un día aficionado° más al dinero de las bulas que a · devotee
las mismas bulas, me abracé con un talego° y di conmigo y con él · sack of money
en Madrid, donde con las comodidades que allí 'de ordinario° se · customarily
ofrecen, en pocos días saqué las entrañas al talego y le dejé con
más dobleces° que pañizuelo de desposado. Vino el que tenía a · creases
cargo el dinero tras mí, prendiéronme;° tuve poco favor, aunque, · arrested me
viendo aquellos señores mi poca edad, se contentaron con que

---

7 **Nos ha…** *fate has brought us together*
8 Fuenfrida, or Fuenfría, is a village in the province of Segovia.

me arrimasen° al aldabilla° y me mosqueasen° las espaldas por un [tied, whipping-post, swatted; banished]
rato, y con que saliese desterrado° por cuatro años de la Corte.
Tuve paciencia, encogí° los hombros, sufrí la tanda y mosqueo, y [hunched]
salí a cumplir mi destierro, con tanta prisa, que no tuve lugar de
5   buscar cabalgaduras.° Tomé de mis alhajas° las que pude y las que [mule, belongings]
me parecieron más necesarias, y entre ellas saqué estos naipes (y a
este tiempo descubrió los que se han dicho, que en el cuello traía)
con los cuales he ganado mi vida por los mesones° y ventas° que [taverns, inns]
hay desde Madrid aquí, jugando a la veintiuna; y, aunque vuesa
10   merced los ve tan astrosos y maltratados, usan de una maravillosa
virtud con quien los entiende, que no alzará que no quede un as° [ace]
debajo. Y si vuesa merced es versado° en este juego, verá cuánta [familiar]
ventaja lleva el que sabe que tiene cierto un as a la primera carta,
que le puede servir de un punto y de once; que con esta ventaja,
15   siendo la veintiuna envidada, el dinero se queda en casa. Fuera
desto, aprendí de un cocinero de un cierto embajador ciertas tretas
de quínolas° y del parar, a quien también llaman el andaboba;° [four of a kind, fool's game]
que, así como vuesa merced se puede examinar en el corte de sus
antiparas, así puedo yo ser maestro en la ciencia vilhanesca.⁹ Con
20   esto voy seguro de no morir de hambre, porque, aunque llegue
a un cortijo,° hay quien quiera pasar tiempo jugando un rato. Y [farmhouse]
desto hemos de hacer luego la experiencia los dos: armemos la
red, y veamos si cae algún pájaro destos arrieros que aquí hay;
quiero decir que jugaremos los dos a la veintiuna, como si fuese
25   de veras; que si alguno quisiere ser tercero, él será el primero que
deje la pecunia."° [money]

     "Sea en buen hora," dijo el otro, "y en merced muy grande
tengo la que vuesa merced me ha hecho en darme cuenta de su
vida, con que me ha obligado a que yo no le encubra° la mía, [conceal]
30   que, diciéndola más breve, es ésta: Yo nací en el piadoso° lugar [pious]
puesto entre Salamanca y Medina del Campo; mi padre es
sastre,° enseñóme su oficio, y de corte de tisera,° con mi buen [tailor, = **tijeras** *scissors*]

---

9 Playing cards was known as a **ciencia vilhanesca** for Vilhán, the person who
invented the game.

ingenio, salté a cortar bolsas. Enfadóme la vida estrecha del aldea y el desamorado trato de mi madrastra. Dejé mi pueblo, vine a Toledo a ejercitar mi oficio, y en él he hecho maravillas; porque no pende relicario de toca ni hay faldriquera tan escondida que mis dedos no visiten ni mis tiseras no corten,[10] aunque le estén guardando con ojos de Argos.[11] Y, en cuatro meses que estuve en aquella ciudad, nunca fui cogido entre

puertas ni sobresaltado ni corrido de corchetes, ni soplado de ningún cañuto.,[12] Bien es verdad que habrá ocho días que una espía doble dio noticia de mi habilidad al Corregidor,° el cual, Chief Magistrate aficionado a mis buenas partes, quisiera verme; mas yo, que, por ser humilde, no quiero tratar con personas tan graves, procuré de no verme con él, y así, salí de la ciudad con tanta prisa, que no tuve lugar de acomodarme de cabalgaduras ni blancas, ni de algún coche de retorno, o por lo menos de un carro."[13]

"Eso se borre,"[14] dijo Rincón, "y pues ya nos conocemos, no hay para qué aquesas grandezas ni altiveces°: confesemos airs llanamente que no teníamos blanca,° ni aun zapatos. money

"Sea así," respondió Diego Cortado, que así dijo el menor° younger que se llamaba, " y pues nuestra amistad, como vuesa merced, señor Rincón, ha dicho, ha de ser perpetua,° comencémosla con forever santas° y loables° ceremonias." holy, praiseworthy

Y, levantándose, Diego Cortado abrazó a Rincón y Rincón a él, tierna° y estrechamente, y luego se pusieron los dos a jugar a la tenderly veintiuna con los ya referidos naipes, limpios de polvo y de paja,[15] mas no de grasa y malicia; y, a pocas manos, alzaba tan bien por el as Cortado como Rincón, su maestro.

---

10 **Porque no pende...** *because there was not a locket on a veil or a pocket so well concealed that my fingers could not reach them or my scissors cut them*

11 Argus is the mythological creature with a hundred eyes.

12 **Nunca fui...** *I never found myself in a situation from which I could not escape, nor was I ever attacked or chased by the police, and I was never ratted out by another*

13 **Que no tuve...** *I did not have the chance to arrange for transportation, neither in a coach nor in a cart, or collect any money*

14 **Eso...** *let's forget about all of that*

15 **Limpios...** *without any interruption*

Salió en esto un arriero° a refrescarse al portal, y pidió que   muleteer
quería 'hacer tercio.° Acogiéronle de buena gana, y en menos   be a third
de media hora le ganaron doce reales y veinte y dos maravedís,
que fue darle doce lanzadas° y veinte y dos mil pesadumbres.° Y   blows, headaches
5   creyendo el arriero que por ser muchachos no se lo defenderían,
quiso quitalles° el dinero; mas ellos, poniendo el uno mano a su   = quitarles
media espada° y el otro al de las cachas ° amarillas, le dieron tanto   sword, knife
que hacer, que a no salir sus compañeros, sin duda lo pasara mal.

A esta sazón° pasaron acaso por el camino una tropa de   moment
10 caminantes a caballo, que iban a sestear a la venta del Alcalde,[16] que
está media legua° más adelante, los cuales, viendo la pendencia°   league (= 3.5 miles),
del arriero con los dos muchachos, los apaciguaron° y les dijeron   fight; calmed down
que si acaso iban a Sevilla, que se viniesen con ellos.

"Allá vamos," dijo Rincón, "y serviremos a vuesas mercedes
15 en todo cuanto nos mandaren."

Y 'sin más detenerse,° saltaron delante de las mulas y se fueron   without further delay
con ellos, dejando al arriero agraviado° y enojado, y a la ventera°   injured, innkeeper
admirada de la buena crianza de los pícaros, que les había estado
oyendo su plática° sin que ellos advirtiesen en ello. Y cuando   discussion
20 dijo al arriero que les había oído decir que los naipes que traían
eran falsos, se pelaba las barbas y quisiera ir a la venta tras ellos a
cobrar su hacienda, porque decía que era grandísima afrenta° y   affront
caso de menos valer, que dos muchachos hubiesen engañado a un
hombrazo tan grande como él. Sus compañeros 'le detuvieron° y   stopped him
25 aconsejaron que no fuese, siquiera por no publicar° su inhabilidad   make known
y simpleza.[17] En fin, tales razones le dijeron, que, aunque no le
consolaron, le obligaron a quedarse.

En esto, Cortado y Rincón se dieron tan buena maña° en   astuteness
servir a los caminantes, que lo más del camino los llevaban a las
30 ancas;° y aunque se les ofrecían algunas ocasiones de tentar las   hindquarters
valijas° de sus medios amos, no las admitieron, por no perder la   saddlebags
ocasión tan buena del viaje de Sevilla, donde ellos tenían grande

---

16 Alcalde is a short distance south of Molinillo.
17 **Inhabilidad...** *incompetence and naïveté*

deseo de verse.

Con todo esto, a la entrada de la ciudad, que fue a la oración
y por la puerta de la Aduana, a causa del registro y almojarifazgo°   import duty
que se paga, no se pudo contener Cortado de no cortar la valija
o maleta que a las ancas traía un francés de la camarada;° y así,   group
con el de sus cachas le dio tan larga y profunda herida, que se
parecían patentemente las entrañas,° y sutilmente le sacó dos   insides
camisas buenas, un reloj de sol y un librillo de memoria,° cosas   notes
que cuando las vieron no les dieron mucho gusto; y pensaron
que, pues el francés llevaba a las ancas aquella maleta, no la había
de haber ocupado° con tan poco peso como era el que tenían   filled
aquellas preseas,° y quisieran volver a darle otro tiento; pero no lo   valuables
hicieron, imaginando que ya lo habrían echado menos y puesto
en recaudo° lo que quedaba.   safe place

Habíanse despedido antes que el salto hiciesen de los que
hasta allí los habían sustentado,° y otro día vendieron las camisas   fed
en el malbaratillo° que se hace fuera de la puerta del Arenal,[18] y   flea market
dellas hicieron veinte reales. Hecho esto, se fueron a ver la ciudad,
y admiróles la grandeza y sumptuosidad de su 'mayor iglesia,° el   cathedral
gran concurso de gente del río, porque era en tiempo de 'cargazón
de flota° y había en él seis galeras,° cuya vista les hizo suspirar, y   loading of the fleet, gal-
aun temer el día que sus culpas les habían de traer a morar en ellas   leys
de por vida.

Echaron de ver los muchos muchachos de la esportilla° que   basket
por allí andaban; informáronse de uno dellos qué oficio° era   profession
aquél, y si era de mucho trabajo, y de qué ganancia.

Un muchacho asturiano,[19] que fue a quien le hicieron la
pregunta, respondió que el oficio era descansado y de que no
se pagaba alcabala,° y que algunos días salía con cinco y con   taxes
seis reales de ganancia, con que comía y bebía y triunfaba como

---

18 The playwright Lope de Vega (1562-1635) is the author of a play titled *El
Arenal de Sevilla* (1603).

19 **Asturiano** *Asturian*. Located in northern Spain, Asturias borders Galicia to
the east and is now one of Spain's seventeen autonomous communities. Its capital city
is Oviedo.

cuerpo de rey, libre de buscar amo a quien dar fianzas y seguro de comer a la hora que quisiese, pues a todas lo hallaba en el más mínimo bodegón de toda la ciudad.

No les pareció mal a los dos amigos la relación del asturianillo, ni les descontentó el oficio, por parecerles que venía 'como de molde° para poder usar el suyo con cubierta y seguridad, por la comodidad que ofrecía de entrar en todas las casas; y luego determinaron de comprar los instrumentos necesarios para usalle, pues lo podían usar sin examen. Y preguntándole al asturiano qué 'habían de comprar,° les respondió que sendos° costales° pequeños, limpios o nuevos, y cada uno tres espuertas° de palma, dos grandes y una pequeña, en las cuales 'se repartía° la carne, pescado y fruta, y en el costal, el pan; y él les guió donde lo vendían, y ellos, del dinero de la galima° del francés, lo compraron todo, y dentro de dos horas pudieran estar graduados en el nuevo oficio, según les ensayaban° las esportillas y asentaban° los costales. Avisóles su adalid° de los puestos donde habían de acudir; por las mañanas, a la Carnicería y a la plaza de San Salvador;²⁰ los días de pescado, a la Pescadería y a la Costanilla; todas las tardes, al río; los jueves, a la Feria.

Toda esta lición tomaron bien de memoria, y otro día bien de mañana se plantaron en la plaza de San Salvador, y apenas hubieron llegado, cuando los rodearon otros mozos del oficio, que por lo flamante° de los costales y espuertas vieron ser nuevos en la plaza; hiciéronles mil preguntas, y a todas respondían con discreción y mesura.° En esto, llegaron un medio estudiante y un soldado, y convidados° de la limpieza de las espuertas de los dos novatos, el que parecía estudiante llamó a Cortado, y el soldado, a Rincón.

"En nombre sea de Dios," dijeron ambos.

"Para bien se comience el oficio," dijo Rincón, "que vuesa merced me estrena,° señor mío."

perfectly

they had to buy, each,
sacks; baskets
divided

theft

carried, balanced
leader

splendor

politeness
attracted

employ

---

20 The Plaza de San Salvador was a square next to the San Salvador Church. By naming the different places in Seville where Rinconete and Cortadillo were to practice their new profession, Cervantes demonstrates his intimate knowledge of the city.

A lo cual respondió el soldado:

"La estrena no será mala, porque estoy de ganancia y soy enamorado, y tengo de hacer hoy banquete a unas amigas de mi señora."

"Pues cargue vuesa merced a su gusto, que ánimo tengo y fuerzas para llevarme toda esta plaza, y aun si fuere menester que ayude a guisarlo,° lo haré de muy buena voluntad."   cook it

Contentóse el soldado de la buena gracia del mozo, y díjole que si quería servir, que él le sacaría de aquel abatido° oficio; a   disheartened
lo cual respondió Rincón que, por ser aquel día el primero que le usaba, no le quería dejar tan presto,° hasta ver, a lo menos, lo   soon
que tenía de malo y bueno; y, cuando no le contentase, él daba su palabra de servirle a él antes que a un canónigo.°   canon

Rióse el soldado, cargóle muy bien, mostróle la casa de su dama, para que la supiese de allí adelante y él no tuviese necesidad, cuando otra vez le enviase, de acompañarle. Rincón prometió fidelidad° y buen trato. Diole el soldado tres cuartos, y   loyalty
en un vuelo volvió a la plaza, por no perder coyuntura;° porque   opportunity
también desta diligencia les advirtió el asturiano, y de que cuando llevasen pescado menudo,° conviene a saber, albures,° o sardinas o   small, dace
acedías,° bien podían tomar algunas y hacerles la salva,²¹ siquiera   flounder
para el gasto de aquel día; pero que esto había de ser con toda sagacidad y advertimiento, porque no se perdiese el crédito, que era lo que más importaba en aquel ejercicio.

Por presto que volvió Rincón, ya halló en el mismo puesto a Cortado. Llegóse Cortado a Rincón, y preguntóle que cómo le había ido. Rincón abrió la mano y mostróle los tres cuartos. Cortado entró la suya en el seno y sacó una bolsilla,° que mostraba   small purse
haber sido de ámbar° en los pasados tiempos; venía algo hinchada,   ambergris
y dijo:

"Con ésta me pagó su reverencia del estudiante, y con dos cuartos; mas tomadla vos, Rincón, por lo que puede suceder."

Y, habiéndosela ya dado secretamente, veis aquí do° vuelve el   = dónde

---

21 **Hacerles...** *eat some of the fish*

estudiante trasudando y turbado de muerte; y, viendo a Cortado,
le dijo si acaso había visto una bolsa de tales y tales señas,²² que,
con quince escudos de oro en oro y con tres reales de a dos y
tantos maravedís en cuartos y en ochavos, le faltaba, y que le
dijese si la había tomado en el entretanto que con él había andado
comprando. A lo cual, con extraño disimulo,° sin alterarse° ni   indifference, becoming
mudarse en nada, respondió Cortado: upset

"Lo que yo sabré decir desa bolsa es que no debe de estar
perdida, si ya no es que vuesa merced la puso a mal recaudo."°   care

"¡Eso es ello, pecador de mí," respondió el estudiante, "que la
debí de poner a mal recaudo, pues me la hurtaron!"°   stole

"Lo mismo digo yo," dijo Cortado, "pero para todo hay
remedio,° si no es para la muerte, y el que vuesa merced podrá   solution
tomar es, lo primero y principal, tener paciencia; que de menos
nos hizo Dios y un día viene tras otro día, y donde las dan las
toman;²³ y podría ser que, con el tiempo, el que llevó la bolsa se
viniese a arrepentir° y se la volviese a vuesa merced sahumada."°   repent, with interest

"El sahumerio le perdonaríamos," respondió el estudiante.

Y Cortado prosiguió diciendo:

"Cuanto más, que cartas de descomunión° hay, paulinas, y   = excomunión
buena diligencia, que es madre de la buena ventura; aunque, a la
verdad, no quisiera yo ser el llevador de tal bolsa porque si es que
vuesa merced tiene alguna orden sacra, parecermehía° a mí que   = me parecería
había cometido algún grande incesto, o sacrilegio."

"Y ¡cómo que ha cometido sacrilegio!" dijo a esto el
adolorido° estudiante, "que puesto que yo no soy sacerdote, sino   grieving
sacristán de unas monjas, el dinero de la bolsa era del tercio° de   portion
una capellanía, que me dio a cobrar un sacerdote amigo mío, y es
dinero sagrado y bendito."

"Con su pan se lo coma," dijo Rincón a este punto, "no le
arriendo la ganancia; día de juicio hay, donde todo saldrá en la

---

22 **De tales...** *of such and such description*
23 **Y donde...** *and what goes around, comes around*

colada,[24] y entonces se verá quién fue Callejas[25] y el atrevido que se atrevió a tomar, hurtar y menoscabar el tercio de la capellanía. Y ¿cuánto renta cada año? Dígame, señor sacristán, por su vida."

"¡Renta la puta que me parió! Y, ¿estoy yo agora para decir lo que renta?" respondió el sacristán con algún tanto de demasiada cólera.° "Decidme, hermanos, si sabéis algo; si no, quedad con Dios, que yo la quiero hacer pregonar."°

anger

proclaim publicl

"No me parece mal remedio ese," dijo Cortado, "pero advierta vuesa merced no se le olviden las señas de la bolsa, ni la cantidad puntualmente del dinero que va en ella; que si yerra en un ardite, no parecerá en días del mundo, y esto le doy por hado."[26]

"No hay que temer deso," respondió el sacristán, "que lo tengo más en la memoria que el tocar de las campanas: no me erraré en un átomo."

Sacó, en esto, de la faldriquera un pañuelo randado° para limpiarse el sudor, que llovía de su rostro como de alquitara;° y apenas le hubo visto Cortado, cuando le marcó por suyo. Y habiéndose ido el sacristán, Cortado le siguió y le alcanzó en las Gradas,[27] donde le llamó y le retiró a una parte, y allí le comenzó a decir tantos disparates, al modo de lo que llaman bernardinas,° cerca del hurto y hallazgo de su bolsa, dándole buenas esperanzas, sin concluir jamás razón que comenzase, que el pobre sacristán estaba embelesado escuchándole. Y como no acababa de entender lo que le decía, hacía que le replicase la razón dos y tres veces.

lace-trimmed
still

nonsense

Estábale mirando Cortado a la cara atentamente y no quitaba los ojos de sus ojos.

El sacristán le miraba de la misma manera, estando colgado° de sus palabras. Este tan grande embelesamiento dio lugar a Cortado que concluyese su obra, y sutilmente le sacó el pañuelo de la faldriquera; y despidiéndose dél, le dijo que a la tarde procurase

hanging upon

---

24 **Saldrá...** *it will come out in the wash*

25 **Entonces se...** *then we will know who the thief is*

26 **Que si...** *that if you err by even one coin, it will never be seen again, and I can guarantee you that*

27 **Las Gradas** was the business district of Seville during Cervantes' day.

de verle en aquel mismo lugar, porque él traía entre ojos que un muchacho de su mismo oficio y de su mismo tamaño, que era algo ladroncillo,° le había tomado la bolsa, y que él se obligaba a saberlo, dentro de pocos o de muchos días.

    thief

Con esto se consoló algo el sacristán, y se despidió de Cortado, el cual se vino donde estaba Rincón, que todo lo había visto un poco apartado° dél; y más abajo estaba otro mozo de la esportilla, que vio todo lo que había pasado y cómo Cortado daba el pañuelo a Rincón, y llegándose a ellos, les dijo:

    separated

"Díganme, señores galanes: ¿voacedes° son de 'mala entrada,° o no?"

    = vuestras mercedes,
    questionable character

"No entendemos esa razón, señor galán," respondió Rincón.

"¿Qué no entrevan,° señores murcios?" respondió el otro.

    understand

"Ni somos de Teba[28] ni de Murcia,"[29] dijo Cortado. "Si otra cosa quiere, dígala; si no, váyase con Dios."

"¿No lo entienden?" dijo el mozo. "Pues yo se lo daré a entender, y a beber, con una cuchara de plata; quiero decir, señores, si son vuesas mercedes ladrones. Mas no sé para qué les pregunto esto, pues sé ya que lo son. Mas díganme: ¿cómo no han ido a la aduana° del señor Monipodio?

    customs house

"¿Págase en esta tierra almojarifazgo° de ladrones, señor galán?" dijo Rincón.

    tax

"Si no se paga," respondió el mozo, "a lo menos regístranse ante el señor Monipodio, que es su padre, su maestro y su amparo;° y así, les aconsejo que vengan conmigo a darle la obediencia, o si no, no se atrevan a hurtar sin su señal, que les costará caro."

    protector

"Yo pensé," dijo Cortado, "que el hurtar era oficio libre, horro de pecho y alcabala;[30] y que si se paga, es por junto, dando por fiadores° a la garganta y a las espaldas; pero pues así es y en cada tierra hay su uso, guardemos° nosotros el désta, que, por ser la más principal del mundo, será el más acertado de todo él. Y así,

    guarantors
    let's respect

---

28 Teba is a small town in Andalusia.

29 Murcia is the capital of the autonomous community of the same name. It is in southeastern Spain.

30 **Que el...** *that stealing was a free profession, without any taxes or duty to pay*

puede vuesa merced guiarnos° donde está ese caballero que dice,   lead us
que ya yo tengo barruntos, según lo que he oído decir, que es muy
calificado° y generoso, y además hábil° en el oficio."°   qualified, capable, job

"¡Y cómo que es calificado, hábil y suficiente!" respondió el
mozo. "'Eslo tanto,° que en cuatro años que ha que tiene el cargo   = es lo *so much so*
de ser nuestro mayor y padre no han padecido° sino cuatro en el   suffered
FINIBUSTERRÆ,° y obra de treinta envesados° y de sesenta y dos   gallows, whipped
en gurapas."°   galleys

"En verdad, señor," dijo Rincón, "que así entendemos esos
nombres como volar."[31]

"Comencemos a andar, que yo los iré declarando por el
camino," respondió el mozo, "con otros algunos que así les
conviene saberlos como el pan de la boca."

Y así, les fue diciendo y declarando otros nombres, de los que
ellos llaman GERMANESCOS o de la GERMANÍA, en el discurso de
su plática, que no fue corta, porque el camino era largo. En el cual
dijo Rincón a su guía:

"¿Es vuesa merced, por ventura, ladrón?"

"Sí," respondió él, "para servir a Dios y a las buenas gentes,
aunque no de los muy cursados;° que todavía estoy en el año del   skilled
noviciado."°   novitiate

A lo cual respondió Cortado:

"Cosa nueva es para mí que haya ladrones en el mundo para
servir a Dios y a la buena gente."

A lo cual respondió el mozo:

"Señor, yo no me meto en tologías;° lo que sé es que cada uno   = teologías
en su oficio puede alabar° a Dios, y más con la orden que tiene   praise
dada Monipodio a todos sus ahijados."°   adopted children

"Sin duda," dijo Rincón, "debe de ser buena y santa, pues hace
que los ladrones sirvan a Dios."

"Es tan santa y buena," replicó el mozo, "que no sé yo si se
podrá mejorar en nuestro arte. Él tiene ordenado que de lo que
hurtáremos° demos alguna cosa o limosna para el aceite de la   steal

---

31 **Entendemos...** *those names are all Greek to us*

lámpara de una imagen muy devota que está en esta ciudad, y
en verdad que hemos visto grandes cosas por esta buena obra;
porque los días pasados dieron tres ansias[32] a un cuatrero° que   rustler
había murciado° dos roznos,° y con estar flaco y cuartanario,   stolen, donkeys
5   así las sufrió sin cantar como si fueran nada. Y esto atribuimos
los del arte a su buena devoción, porque sus fuerzas no eran
bastantes para sufrir 'el primer desconcierto° del verdugo.° Y   harshest punishment,
porque sé que me han de preguntar algunos vocablos de los que   executioner
he dicho, quiero curarme en salud y decírselo antes que me lo
10 pregunten. Sepan voacedes que CUATRERO es ladrón de bestias;
ANSIA es el tormento; ROZNOS, los asnos, hablando con perdón;
PRIMER DESCONCIERTO es las primeras vueltas de cordel que da
el verdugo. Tenemos más: que rezamos nuestro rosario, repartido
en toda la semana, y muchos de nosotros no hurtamos el día del
15 viernes, ni tenemos conversación con mujer que se llame María el
día del sábado.

"De perlas me parece todo eso," dijo Cortado, "pero dígame
vuesa merced: ¿hácese otra restitución o otra penitencia más de
la dicha?"
20 "En eso de restituir no hay que hablar," respondió el mozo,
"porque es cosa imposible, por las muchas partes en que se divide
lo hurtado, llevando cada uno de los ministros y contrayentes° la   contractors
suya; y así, el primer hurtador° no puede restituir nada; cuanto   thief
más, que no hay quien nos mande hacer esta diligencia, a causa
25 que nunca nos confesamos; y si sacan cartas de excomunión,
jamás llegan a nuestra noticia, porque jamás vamos a la iglesia al
tiempo que se leen, si no es los días de jubileo, por la ganancia que
nos ofrece el concurso de la mucha gente."

"¿Y con sólo eso que hacen dicen esos señores," dijo Cortadillo,
30 "que su vida es santa y buena?"

"Pues ¿qué tiene de malo?" replicó el mozo. "¿No es peor ser
hereje° o renegado,° o matar a su padre y madre, o ser solomico?"   heretic, renegade
"SODOMITA querrá decir vuesa merced," respondió Rincón.

---

32 A type of punishment that simulates drowning the transgressor.

"Eso digo," dijo el mozo.

"Todo es malo," replicó Cortado. "Pero, pues nuestra suerte ha querido que entremos en esta cofradía,° vuesa merced alargue° el paso, que muero por verme con el señor Monipodio, de quien tantas virtudes se cuentan." brotherhood, show

"Presto se les cumplirá su deseo," dijo el mozo, "que ya desde aquí se descubre su casa. Vuesas mercedes se queden a la puerta, que yo entraré a ver si está desocupado,° porque éstas son las horas cuando él suele dar audiencia." unoccupied

"En buena sea," dijo Rincón.

Y adelantándose un poco el mozo, entró en una casa no muy buena, sino de muy mala apariencia,° y los dos se quedaron esperando a la puerta. Él salió luego y los llamó, y ellos entraron, y su guía les mandó esperar en un pequeño patio ladrillado,° y de puro limpio y aljimifrado° parecía que vertía carmín° de lo más fino. Al un lado estaba un banco de tres pies y al otro un cántaro° desbocado con un jarrillo encima, no menos falto que el cántaro; a otra parte estaba una 'estera de enea,° y en el medio un tiesto,° que en Sevilla llaman MACETA, de albahaca.° appearance

bricked
scrubbed, scarlet

pitcher

rush mat, flowerpot
sweet basil

Miraban los mozos° atentamente las alhajas° de la casa, en tanto que bajaba el señor Monipodio; y viendo que tardaba, se atrevió Rincón a entrar en una sala baja, de dos pequeñas que en el patio estaban, y vio en ella dos espadas de esgrima° y dos broqueles° de corcho,° pendientes° de cuatro clavos, y una arca° grande sin tapa ni cosa que la cubriese, y otras tres esteras de enea tendidas por el suelo. En la pared frontera estaba pegada a la pared una imagen de Nuestra Señora, destas de mala estampa,° y más abajo pendía una esportilla° de palma, y encajada en la pared, una almofía° blanca, por do° coligió° Rincón que la esportilla servía de cepo° para limosna, y la almofía de tener agua bendita, y así era la verdad. boys, things

fencing
shields, cork, hanging,
chest

quality
basket
basin, = **donde**, deduced
alms box

Estando en esto, entraron en la casa dos mozos de hasta veinte años cada uno, vestidos de estudiantes, y de allí a poco, dos de la esportilla y un ciego; y sin hablar palabra ninguno, se comenzaron

a pasear por el patio. No tardó mucho, cuando entraron dos
viejos de bayeta,° con antojos que los hacían graves y dignos de   baize
ser reſpectados, con sendos rosarios de sonadoras cuentas en las
manos.[33] Tras ellos entró una vieja halduda,° y sin decir nada, se   full-skirted
5   fue a la sala, y habiendo tomado agua bendita, con grandísima
devoción se puso de rodillas ante la imagen, y a cabo de una buena
pieza, habiendo primero besado tres veces el suelo y levantados los
brazos y los ojos al cielo otras tantas, se levantó y echó su limosna
en la eſportilla, y se salió con los demás al patio. En resolución,
10 en poco eſpacio se juntaron en el patio haſta catorce personas de
diferentes trajes y oficios. Llegaron también de los poſtreros° dos   laſt ones
bravos° y bizarros° mozos, de bigotes largos, sombreros de grande   confident, elegant
falda, cuellos a la valona,° medias de color, ligas de gran balumba,[34] wide collar
eſpadas de más de marca, sendos piſtoletes cada uno en lugar de
15 dagas, y sus broqueles pendientes de la pretina;° los cuales, así   belt
como entraron, pusieron los ojos de través en Rincón y Cortado,
a modo de que los extrañaban y no conocían. Y llegándose a ellos,
les preguntaron si eran de la cofradía. Rincón reſpondió que sí, y
muy servidores de sus mercedes.

20   Llegóse en eſto la sazón y punto en que bajó el señor
Monipodio, tan eſperado como bien viſto de toda aquella virtuosa
compañía. Parecía de edad de cuarenta y cinco a cuarenta y seis
años, alto de cuerpo, moreno de roſtro, cejijunto, barbinegro
y muy eſpeso; los ojos, hundidos.[35] Venía en camisa, y por la
25 abertura de delante descubría un bosque: tanto era el vello° que   body hair
tenía en el pecho. Traía cubierta una capa de bayeta° casi haſta los   flannel
pies, en los cuales traía unos zapatos enchancletados,° cubríanle   flat
las piernas unos zaragüelles° de lienzo, anchos y largos haſta los   baggy breeches
tobillos; el sombrero era de los de la hampa,° campanudo de   underworld
30 copa y tendido de falda;[36] atravesábale un tahalí° por eſpalda y   ſtrap

---

33 **Con sendos...** *with rosary beads that rattled loudly in their hands*
34 **Ligas...** *multi-layered garters*
35 **Alto de...** *tall in ſtature, a dark complexion, eyebrows that were close together, a
bushy black beard, and eyes set deep into his head.*
36 **Campanudo...** *bell-shaped crown and broad brim*

pechos a do colgaba una espada ancha y corta, a modo de las del perrillo;[37] las manos eran cortas, pelosas,° y los dedos gordos, y las uñas hembras y remachadas;° las piernas no se le parecían, pero los pies eran descomunales de anchos y juanetudos.° En efecto, él representaba el más rústico y disforme bárbaro del mundo. Bajó con él la guía de los dos, y trabándoles de las manos, los presentó ante Monipodio, diciéndole:

    hairy
    flattened
    lumpy

"Éstos son los dos buenos mancebos que a vuesa merced dije, mi sor[38] Monipodio: vuesa merced los desamine y verá como son dignos de entrar en nuestra congregación."

"Eso haré yo de muy buena gana," respondió Monipodio.

Olvidábaseme de decir que, así como Monipodio bajó, al punto todos los que aguardándole estaban le hicieron una profunda y larga reverencia, excepto los dos bravos, que, 'a medio magate,° como entre ellos se dice, le° quitaron los capelos,° y luego volvieron a su paseo por una parte del patio, y por la otra se paseaba Monipodio, el cual preguntó a los nuevos el ejercicio, la patria y padres.

    half-way, = se, hats

A lo cual Rincón respondió:

"El ejercicio ya está dicho, pues venimos ante vuesa merced; la patria no me parece de mucha importancia decilla,° ni los padres tampoco, pues no se ha de hacer información para recebir algún 'hábito honroso."°

    = decirla

    title of nobility

A lo cual respondió Monipodio:

"Vos, hijo mío, estáis en lo cierto, y es cosa muy acertada encubrir eso que decís; porque si la suerte no corriere como debe, no es bien que quede asentado debajo de signo de escribano, ni en el libro de las entradas: «Fulano, hijo de Fulano, vecino de tal parte, tal día le ahorcaron, o le azotaron», o otra cosa semejante, que, por lo menos, suena mal a los buenos oídos; y así, torno a decir que es provechoso documento callar la patria, encubrir los padres y mudar° los propios nombres; aunque para entre nosotros

    change

---

37 A brand of sword named after the nickname of its Moriscan maker.

38 **Sor** *Mr.* **Sor** ("Sister") is the title with which a person addresses a nun. Cervantes uses the term to satirize the false religiosity of Monipodio and his organization.

no ha de haber nada encubierto,° y sólo ahora quiero saber los   hidden
nombres de los dos."

Rincón dijo el suyo y Cortado también.

"Pues, de aquí adelante," respondió Monipodio, "quiero
y es mi voluntad que vos, Rincón, os llaméis Rinconete, y vos,
Cortado, Cortadillo, que son nombres que asientan° como 'de   fit
molde° a vuestra edad y a nuestras ordenanzas,° debajo de las   just right, regulations
cuales cae tener necesidad de saber el nombre de los padres de
nuestros cofrades, porque tenemos de costumbre de hacer decir
cada año ciertas misas por las ánimas de nuestros difuntos y
bienhechores,° sacando el estupendo° para la limosna de quien   benefactors, stipend
las dice de alguna parte de lo que se garbea,° y estas tales misas,   steal
así dichas como pagadas, dicen que aprovechan a las tales ánimas
por vía de naufragio, y caen debajo de nuestros bienhechores: el
procurador° que nos defiende, el guro° que nos avisa, el verdugo   lawyer, bailiff
que nos tiene lástima, el que, cuando alguno de nosotros va
huyendo por la calle y detrás le van dando voces: «¡Al ladrón,
al ladrón! ¡Deténganle, deténganle!», uno se pone en medio y
se opone al raudal° de los que le siguen, diciendo: «¡Déjenle al   people
cuitado,° que harta mala ventura lleva! ¡Allá se lo haya; castíguele   the afflicted one
su pecado!» Son también bienhechoras nuestras las socorridas,°   charitable ladies
que de su sudor° nos socorren, ansí en la trena° como en las   hard work, jail
guras;³⁹ y también lo son nuestros padres y madres, que nos echan
al mundo, y el escribano, que si anda de buena, no hay delito que
sea culpa ni culpa a quien se dé mucha pena; y, por todos estos
que he dicho, hace nuestra hermandad cada año su adversario
con la mayor popa y solenidad⁴⁰ que podemos.

"Por cierto," dijo Rinconete, ya confirmado con este nombre,
"que es obra digna del altísimo y profundísimo ingenio que hemos
oído decir que vuesa merced, señor Monipodio, tiene. Pero
nuestros padres aún gozan de la vida; si en ella les alcanzáremos,
daremos luego noticia a esta felicísima y abogada confraternidad,

---

39 **Ansí en…** *whether we are in jail or in the galleys*
40 **Popa y solenidad = pompa y solemnidad** *pomp and solemnity*

para que por sus almas se les haga ese naufragio o tormenta,⁴¹ o
ese adversario que vuesa merced dice, con la solenidad y pompa
acostumbrada; si ya no es que se hace mejor con popa y soledad,
como también apuntó vuesa merced en sus razones."

"Así se hará, o no quedará de mí pedazo," replicó
Monipodio.

Y, llamando a la guía, le dijo:

"Ven acá, Ganchuelo: ¿están puestas las postas?"°   posts

"Sí," dijo la guía, que Ganchuelo era su nombre: tres
centinelas° quedan avizorando° y no hay que temer que nos cojan   sentries, watching
de sobresalto."

"Volviendo, pues, a nuestro propósito," dijo Monipodio,
"querría saber, hijos, lo que sabéis, para daros el oficio y ejercicio
conforme a vuestra inclinación y habilidad."

"Yo," respondió Rinconete, "sé un poquito de floreo de Vilhán;   hidden-card tricks,
entiéndeseme el retén;° tengo buena vista para el humillo;° juego   marked cards
bien de la sola, de las cuatro y de las ocho; no se me va por pies
el raspadillo, verrugueta y el colmillo;⁴² entróme por la boca
de lobo⁴³ como por mi casa, y atreveríame a hacer un tercio de
chanza⁴⁴ mejor que un tercio° de Nápoles, y a dar un astillazo al   regiment of soldiers
más pintado mejor que dos reales prestados."⁴⁵

"Principios son," dijo Monipodio, "pero todas ésas son 'flores
de cantueso viejas,° y tan usadas que no hay principiante que no   old tricks
las sepa, y sólo sirven para alguno que sea tan blanco, que se deje
matar de media noche abajo; pero andará el tiempo y vernos
hemos: que asentando sobre ese fundamento media docena de
liciones, yo espero en Dios que habéis de salir oficial famoso, y

---

41 **Para que...** *so that a prayer of salvation or condemnation for their souls can be said*
42 Three underhanded techniques by which Rinconete is able to identify cards by merely touching them.
43 Rinconete describes here a trick by which he cuts a deck of cards to his advantage.
44 Rinconete informs Monipodio that he can also work with another card player to deceive a third.
45 **A dar...** *I would trick the best player with another card more easily than I could get a loan*

aun quizá maestro."

"Todo será para servir a vuesa merced y a los señores cofrades,"°   brothers
respondió Rinconete.

"Y vos, Cortadillo, ¿qué sabéis?" preguntó Monipodio.

5   "Yo," respondió Cortadillo, "sé la treta° que dicen mete   trick
dos y saca cinco, y sé dar tiento a una faldriquera con mucha
puntualidad° y destreza."°   reliability, skill

"¿Sabéis más?" dijo Monipodio.

"No, por mis grandes pecados," respondió Cortadillo.

10   "No 'os aflijáis,° hijo," replicó Monipodio, "que a puerto y a   grieve
escuela habéis llegado donde ni os anegaréis ni dejaréis de salir
muy bien aprovechado en todo aquello que más os conviniere.[46]
Y en esto del ánimo, ¿cómo os va, hijos?"

"¿Cómo nos ha de ir," respondió Rinconete, "sino muy bien?

15 Ánimo tenemos para acometer° cualquiera empresa° de las que   undertake, endeavor
tocaren a nuestro arte y ejercicio."

"Está bien," replicó Monipodio, "pero querría yo que también
le tuviésedes para sufrir, si fuese menester, media docena de ansias°   tortures
sin desplegar° los labios y sin decir esta boca es mía."   opening

20   "Ya sabemos aquí," dijo Cortadillo, "señor Monipodio, qué
quiere decir ansias, y para todo tenemos ánimo; porque no somos
tan ignorantes que no se nos alcance que lo que dice la lengua
paga la gorja;° y harta merced le hace el cielo al hombre atrevido,   throat
por no darle otro título, que le deja en su lengua su vida o su

25 muerte, ¡como si tuviese más letras un no que un sí!"

"¡Alto, no es menester más!" dijo a esta sazón Monipodio.
"Digo que sola esa razón me convence, me obliga, me persuade y
me fuerza a que desde luego asentéis° por cofrades mayores y que   take your place
se os sobrelleve el año del noviciado."

30   "Yo soy dese parecer," dijo uno de los bravos.

Y a una voz lo confirmaron todos los presentes, que toda la
plática habían estado escuchando, y pidieron a Monipodio que

---

46 **Y a escuela…** *you have arrived at a school where you will not be overwhelmed,
nor will you leave without knowing everything that you need to know*

desde luego les concediese y permitiese gozar de las inmunidades° privileges
de su cofradía, porque su presencia agradable y su buena plática lo
merecía todo. Él respondió que, por dalles° contento a todos, desde =darles
aquel punto se las concedía, y advirtiéndoles que las estimasen° en valued
mucho, porque eran no pagar media nata° del primer hurto° que tax, theft
hiciesen; no hacer oficios menores en todo aquel año, conviene a
saber: no llevar recaudo de ningún hermano mayor a la cárcel, ni
a la casa, de parte de sus contribuyentes; 'piar el turco° puro; hacer drink wine
banquete cuando, como y adonde quisieren, sin pedir licencia a
su mayoral;° entrar a la parte, desde luego, con lo que entrujasen superior
los hermanos mayores, como uno dellos, y otras cosas que ellos
tuvieron por merced señaladísima, y los demás, con palabras muy
comedidas, las agradecieron mucho.

Estando en esto, entró un muchacho corriendo y desalentado,° out of breath
y dijo:

"El alguacil de los vagabundos viene encaminado° a esta casa, heading
pero no trae consigo gurullada."° other officers

"Nadie 'se alborote,"° dijo Monipodio, "que es amigo y nunca become excited
viene por nuestro daño. Sosiéguense,° que yo le saldré a hablar." calm yourselves

Todos se sosegaron, que ya estaban algo sobresaltados,° y terrified
Monipodio salió a la puerta, donde halló al alguacil, con el cual
estuvo hablando un rato, y luego volvió a entrar Monipodio y
preguntó:

"¿A quién le cupo° hoy la plaza de San Salvador?" assigned

"A mí," dijo el de la guía.

"Pues ¿cómo," dijo Monipodio, "no se me ha manifestado una
bolsilla de ámbar que esta mañana en aquel paraje dio al traste
con quince escudos de oro y dos reales de a dos y no sé cuántos
cuartos?"

"Verdad es," dijo la guía, "que hoy faltó esa bolsa,° pero yo no purse
la he tomado, ni puedo imaginar quién la tomase."

"¡No hay levas° conmigo!" replicó Monipodio. "¡La bolsa ha deceit
de parecer, porque la pide el alguacil, que es amigo y nos hace mil
placeres° al año!" favors

Tornó a jurar el mozo que no sabía della. Comenzóse a encolerizar° Monipodio, de manera que parecía que fuego vivo lanzaba° por los ojos, diciendo: *become angry / shot*

"¡Nadie se burle con quebrantar° la más mínima cosa de nuestra orden, que le costará la vida! Manifiéstese la cica;° y si se encubre por no pagar los derechos, yo le daré enteramente lo que le toca y pondré lo demás de mi casa; porque en todas maneras ha de ir contento el alguacil." *violating / purse*

Tornó de nuevo a jurar el mozo y a maldecirse, diciendo que él no había tomado tal bolsa ni vístola de sus ojos; todo lo cual fue poner más fuego a la cólera de Monipodio, y dar ocasión a que toda la junta se alborotase, viendo que se rompían sus estatutos y buenas ordenanzas.

Viendo Rinconete, pues, tanta disensión y alboroto,° parecióle que sería bien sosegalle° y dar contento a su mayor, que reventaba de rabia; y aconsejándose con su amigo Cortadillo con parecer de entrambos, sacó la bolsa del sacristán y dijo: *commotion / = **sosegarle** calm him*

"Cese° toda cuestión, mis señores, que ésta es la bolsa, sin faltarle nada de lo que el alguacil manifiesta; que hoy mi camarada° Cortadillo le dio alcance, con un pañuelo que al mismo dueño se le quitó por añadidura."° *let's end / friend / in addition (to the purse)*

Luego sacó Cortadillo el pañizuelo y lo puso de manifiesto; viendo lo cual, Monipodio dijo:

"Cortadillo el Bueno, que con este título y renombre° ha de quedar de aquí adelante, se quede con el pañuelo y a mi cuenta se quede la satisfacción deste servicio; y la bolsa se ha de llevar el alguacil, que es de un sacristán pariente suyo, y conviene que se cumpla aquel refrán que dice: «No es mucho que a quien te da la gallina entera, tú des una pierna della».[47] *nickname*

Más disimula° este buen alguacil en un día que nosotros le podremos ni solemos dar en ciento." *covers up*

De común consentimiento° aprobaron todos la hidalguía° de *agreement, nobility*

---

47 **No es mucho...** *it is not difficult to give the leg of a chicken to someone who gives you the entire chicken*

los dos modernos y la sentencia y parecer de su mayoral,° el cual   superior
salió a dar la bolsa al alguacil; y Cortadillo se quedó confirmado
con el renombre de Bueno, bien como si fuera don Alonso Pérez
de Guzmán el Bueno,[48] que arrojó el cuchillo por los muros de
Tarifa para degollar° a su único hijo.   behead

Al volver que volvió Monipodio, entraron con él dos mozas,
afeitados los rostros, llenos de color los labios y de albayalde°   white powder
los pechos, cubiertas con medios mantos de anascote, llenas de
desenfado y desvergüenza:[49] señales claras por donde, en viéndolas
Rinconete y Cortadillo, conocieron que eran de la 'casa llana;° y   brothel
no se engañaron en nada. Y así como entraron, se fueron con los
brazos abiertos, la una a Chiquiznaque y la otra a Maniferro, que
éstos eran los nombres de los dos bravos; y el de Maniferro era
porque traía una mano de hierro, en lugar de otra que le habían
cortado por justicia. Ellos las abrazaron con grande regocijo, y les
preguntaron si traían algo con que mojar la canal maestra.

"Pues, ¿había de faltar, diestro° mío?" respondió la una, que   hero
se llamaba la Gananciosa. "No tardará mucho a venir Silbatillo,
tu trainel,° con la canasta de colar atestada de lo que Dios ha sido   lackey
servido."[50]

Y así fue verdad, porque al instante entró un muchacho con
una canasta de colar cubierta con una sábana.

Alegráronse todos con la entrada de Silbato, y al momento
mandó sacar Monipodio una de las 'esteras de enea° que estaban   rush mats
en el aposento, y tenderla en medio del patio. Y ordenó, asimismo,
que todos se sentasen a la redonda; porque, en 'cortando la cólera,°   eating a snack
se trataría de lo que más conviniese. A esto, dijo la vieja que había
rezado a la imagen:

"Hijo Monipodio, yo no estoy para fiestas, porque tengo
un vaguido° de cabeza, dos días ha, que me trae loca; y más que   dizziness

---

48 Rather than surrender the city of Tarifa (Cádiz) to the Moors, Guzmán el
Bueno allowed his captured son to be killed.

49 **Cubiertas con…** *wearing half-length shawls made of light wool, and they were
the picture of shamelessness and loose morals*

50 **Con la…** *with the laundry basket full of what God has provided*

antes que sea mediodía tengo de ir a cumplir mis devociones y
poner mis candelicas° a Nuestra Señora de las Aguas y al Santo   little candles
Crucifijo de Santo Agustín, que no lo dejaría de hacer si nevase
y ventiscase.[51] A lo que he venido es que anoche el Renegado y
Centopiés llevaron a mi casa una canasta de colar, algo mayor
que la presente, llena de ropa blanca; y en Dios y en mi ánima
que venía con su cernada° y todo, que los pobretes° no debieron   soap, poor boys
de tener lugar de quitalla, y venían sudando la gota tan gorda,
que era una compasión verlos entrar ijadeando° y corriendo   panting
agua de sus rostros, que parecían unos angelicos. Dijéronme que
iban en seguimiento de un ganadero° que había pesado ciertos   cattle owner
carneros° en la Carnicería, por ver si le podían dar un tiento en   sheep
un grandísimo gato de reales que llevaba. No desembanastaron°   empty
ni contaron la ropa, fiados en la entereza de mi conciencia; y así
me cumpla Dios mis buenos deseos y nos libre a todos de poder
de justicia, que no he tocado a la canasta, y que se está tan entera
como cuando nació."

"Todo se le cree, señora madre," respondió Monipodio, "y
estése así la canasta, que yo iré allá, a boca de sorna,° y haré 'cala   slowly
y cata° de lo que tiene, y daré a cada uno lo que le tocare, bien y   inspection
fielmente, como tengo de costumbre.

"Sea como vos lo ordenáredes, hijo," respondió la vieja, "y
porque se me hace tarde, dadme un traguillo,° si tenéis, para   swallow
consolar este estómago, que tan desmayado anda de contino."

"Y ¡qué tal lo beberéis, madre mía!" dijo a esta sazón la
Escalanta, que así se llamaba la compañera de la Gananciosa.

Y descubriendo la canasta, se manifestó una bota a modo de
cuero, con hasta dos arrobas de vino, y un corcho que podría caber
sosegadamente° y sin apremio° hasta una azumbre;° y llenándole   easily, constraint, half
la Escalanta, se le puso en las manos a la devotísima vieja, la cual,   gallon
tomándole con ambas manos y habiéndole soplado un poco de
espuma, dijo:

---

51 **Si nevase...** *if there were a snow storm or a blizzard.* Other possible translations include "Come hell or high water" and "If the world were ending tomorrow."

"Mucho echaste, hija Escalanta, pero Dios dará fuerzas para todo."

Y aplicándosele a los labios, de un tirón,° sin tomar aliento, lo trasegó del corcho al estómago, y acabó diciendo: gulp

"De Guadalcanal[52] es, y aun tiene un es no es de yeso el señorico.[53] Dios te consuele, hija, que así me has consolado; sino que temo que me ha de hacer mal, porque no me he desayunado."

"No hará, madre," respondió Monipodio, "porque es trasañejo."°   vintage

"Así lo espero yo en la Virgen," respondió la vieja.

Y añadió:

"Mirad, niñas, si tenéis acaso algún cuarto para comprar las candelicas de mi devoción, porque con la priesa y gana que tenía de venir a traer las nuevas de la canasta, se me olvidó en casa la escarcela."°   bag

"Yo sí tengo, señora Pipota," (que éste era el nombre de la buena vieja) respondió la Gananciosa, "tome, ahí le doy dos cuartos: del uno le ruego que compre una para mí, y se la ponga al señor San Miguel;[54] y si puede comprar dos, ponga la otra al señor San Blas,[55] que son mis abogados.° Quisiera que pusiera otra a la   patron saints
señora Santa Lucía,[56] que, por lo de los ojos, también le tengo devoción, pero no tengo trocado;° mas otro día habrá donde se   change
cumpla con todos.

"Muy bien harás, hija, y mira no seas miserable; que es de mucha importancia llevar la persona las candelas delante de sí antes que se muera, y no aguardar a que las pongan los herederos°   heirs

---

52 Guadacanal is one of the provinces of the Solomon Islands, which are in the South Pacific. Guadacanal is known for the high quality of its wine, especially its white wine.

53 **Aun tiene...** *it is still young enough to have a bit of gypsum.* Gypsum is an ingredient that affects the acidic level of wine.

54 Saint Michael the Archangel, whose name was the war cry of the good angels, was one of the principal angels who fought against Satan.

55 Saint Blas protects his devotees from ailments of the throat. Gananciosa, as a criminal, depends upon a saint to protect her from death by hanging.

56 Saint Lucia is the patron saint of blindness.

o albaceas."°   executors

"Bien dice la madre Pipota," dijo la Escalanta.

Y echando mano a la bolsa, le dio otro cuarto y le encargó que
pusiese otras dos candelicas a los santos que a ella le pareciesen
que eran de los más aprovechados y agradecidos. Con esto, se fue
la Pipota, diciéndoles:

"Holgaos,° hijos, ahora que tenéis tiempo; que vendrá la vejez,   enjoy
y lloraréis en ella los ratos que perdistes en la mocedad,° como yo   youth
los lloro; y encomendadme a Dios en vuestras oraciones, que yo
voy a hacer lo mismo por mí y por vosotros, porque Él nos libre
y conserve

en nuestro trato peligroso sin sobresaltos de justicia."

Y con esto, se fue.

Ida la vieja, se sentaron todos alrededor de la estera, y la
Gananciosa tendió la sábana por manteles; y lo primero que sacó
de la cesta fue un grande 'haz de rábanos° y hasta dos docenas de   bundle of radishes
naranjas y limones, y luego una cazuela grande llena de tajadas°   pieces
de bacallao frito. Manifestó luego medio queso de Flandes, y
una olla de famosas aceitunas, y un plato de camarones, y gran
cantidad de cangrejos, con su llamativo de alcaparrones ahogados
en pimientos,[57] y tres hogazas° blanquísimas de Gandul. Serían   loaves of bread
los del almuerzo hasta catorce y ninguno dellos dejó de sacar su
cuchillo de cachas amarillas, si no fue Rinconete, que sacó su media
espada. A los dos viejos de bayeta y a la guía tocó el escanciar°   pour wine
con el 'corcho de colmena.° Mas, apenas habían comenzado a   cork cup
dar asalto a las naranjas, cuando les dio a todos gran sobresalto
los golpes que dieron a la puerta. Mandóles Monipodio que se
sosegasen, y entrando en la sala baja y descolgando un broquel,°   shield
puesto mano a la espada, llegó a la puerta y con voz hueca° y   deep
espantosa preguntó:

"¿Quién llama?"

Respondieron de fuera:

---

57 **Y una olla...** *a pot of high-quality olives, a plate of shrimp, and a large quan-
tity of crabs, with thirst-raising caper berries smothered in peppers*

"Yo soy, que no es nadie, señor Monipodio: Tagarete soy, centinela desta mañana, y vengo a decir que viene aquí Juliana la Cariharta, toda desgreñada° y llorosa,° que parece haberle sucedido algún desastre." *disheveled, tearful*

En esto llegó la que decía, sollozando,° y sintiéndola Monipodio, abrió la puerta, y mandó a Tagarete que se volviese a su posta y que de allí adelante avisase lo que viese con menos estruendo° y ruido. Él dijo que así lo haría. Entró la Cariharta, que era una moza del jaez° de las otras y del mismo oficio. Venía descabellada y la cara llena de tolondrones,[58] y así como entró en el patio, se cayó en el suelo desmayada. Acudieron a socorrerla la Gananciosa y la Escalanta, y desabrochándola° el pecho, la hallaron toda denegrida° y como magullada.° Echáronle agua en el rostro, y ella volvió en sí, diciendo a voces: *sobbing* *pomp* *type* *unfastening it* *black, bruised*

"¡La justicia de Dios y del Rey venga sobre aquel ladrón desuellacaras,° sobre aquel cobarde bajamanero,° sobre aquel pícaro lendroso,° que le he quitado más veces de la horca que tiene pelos en las barbas! ¡Desdichada de mí! ¡Mirad por quién he perdido y gastado mi mocedad y la flor de mis años, sino por un bellaco desalmado, facinoroso e incorregible!"[59] *shameless, small-time crook*

"Sosiégate, Cariharta," dijo a esta sazón Monipodio, "que aquí estoy yo que te haré justicia. Cuéntanos tu agravio,° que más estarás tú en contarle que yo en hacerte vengada; dime si has habido algo con tu respecto; que si así es y quieres venganza, no has menester más que boquear."° *offense* *open your mouth*

"¿Qué respecto?" respondió Juliana. "Respectada me vea yo en los infiernos, si más lo fuere de aquel león con las ovejas y cordero con los hombres.[60] ¿Con aquél había yo de comer más pan a manteles, ni yacer° en uno? Primero me vea yo comida de adivas° estas carnes, que me ha parado de la manera que ahora veréis." *lie* *jackels*

---

58 **Venía...** *she arrived with disheveled hair and a face covered in bruises*

59 **Un bellaco...** *a lousy, soulless, and wicked rogue*

60 **Respectada me vea...** *I would rather see myself in hell than with that lion among sheep and that lamb among men*

Y alzándose al instante las faldas hasta la rodilla, y aun un poco más, las descubrió llenas de cardenales.° · black and blue marks

"Desta manera," prosiguió, "me ha parado aquel ingrato del Repolido, debiéndome más que a la madre que le parió. Y ¿por qué pensáis que lo ha hecho? ¡Montas,[61] que le di yo ocasión para ello! No, por cierto, no lo hizo más sino porque, estando jugando y perdiendo, me envió a pedir con Cabrillas, su trainel,° treinta · lackey reales, y no le envié más de veinte y cuatro, que el trabajo y afán con que yo los había ganado ruego yo a los cielos que vaya en descuento de mis pecados. Y en pago desta cortesía y buena obra, creyendo él que yo le sisaba° algo de la cuenta que él allá en su · stole imaginación había hecho de lo que yo podía tener, esta mañana me sacó al campo, detrás de la Güerta del Rey, y allí, entre unos olivares,° me desnudó, y con la petrina,° sin excusar ni recoger los · olive trees, belt hierros° que en malos grillos° y hierros le vea yo, me dio tantos · buckles, shackles azotes° que me dejó por muerta. De la cual verdadera historia son · lashes buenos testigos estos cardenales que miráis."

Aquí tornó a levantar las voces, aquí volvió a pedir justicia, y aquí se la prometió de nuevo Monipodio y todos los bravos que allí estaban. La Gananciosa tomó la mano a consolalla,° diciéndole · = consolarla que ella diera de muy buena gana una de las mejores preseas° que · possessions tenía porque le hubiera pasado otro tanto con su querido.

"Porque quiero," dijo, "que sepas, hermana Cariharta, si no lo sabes, que a lo que se quiere bien se castiga; y cuando estos bellacones° nos dan, y azotan y acocean,° entonces nos adoran; · rogues, trample si no, confiésame una verdad, por tu vida: después que te hubo Repolido castigado y brumado, ¿no te hizo alguna caricia?"° · caress

"¿Cómo una?" respondió la llorosa. "Cien mil me hizo, y diera él un dedo de la mano porque me fuera con él a su posada; y aun me parece que casi se le saltaron las lágrimas de los ojos después de haberme molido."° · beaten mercilessly

"No hay dudar en eso," replicó la Gananciosa. "Y lloraría de pena de ver cuál° te había puesto; que en estos tales hombres, · = como

---

61 ¡Montas! is an exclamation of surprise, similar to "My God!"

y en tales casos, no han cometido la culpa cuando les viene el
arrepentimiento;° y tú verás, hermana, si no viene a buscarte antes   regret
que de aquí nos vamos, y a pedirte perdón de todo lo pasado,
rindiéndosete° como un cordero."   surrendering himself to
                                                                       you
   "En verdad," respondió Monipodio, "que no ha de entrar
por estas puertas el cobarde envesado,° si primero no hace una   wretched
manifiesta penitencia del cometido delito.° ¿Las manos había él   crime
de ser osado ponerlas en el rostro de la Cariharta, ni en sus carnes,
siendo persona que puede competir en limpieza y ganancia° con   earning power
la misma Gananciosa que está delante, que no lo puedo más
encarecer?"°   compliment

   "¡Ay!" dijo a esta sazón la Juliana. "No diga vuesa merced,
señor Monipodio, mal de aquel maldito, que con cuan malo es, le
quiero más que a las telas de mi corazón,[62] y hanme vuelto el alma
al cuerpo las razones que en su abono° me ha dicho mi amiga la   behalf
Gananciosa, y en verdad que estoy por ir a buscarle."

   "Eso no harás tú por mi consejo," replicó la Gananciosa,
"porque se extenderá y ensanchará y hará tretas en ti como en
cuerpo muerto.[63] Sosiégate, hermana, que antes de mucho
le verás venir tan arrepentido como he dicho; y si no viniere,
escribirémosle un papel en coplas que le amargue."°   annoy

   "Eso sí," dijo la Cariharta, "que tengo mil cosas que
escribirle."

   "Yo seré el secretario cuando sea menester," dijo Monipodio,
"y aunque no soy nada poeta, todavía, si el hombre 'se arremanga,°   rolls up his sleeves
se atreverá a hacer dos millares de coplas en daca las pajas,[64] y,
cuando no salieren como deben, yo tengo un barbero amigo, gran
poeta, que nos hinchirá las medidas a todas horas; y en la de agora
acabemos lo que teníamos comenzado del almuerzo, que después
todo se andará."

   Fue contenta la Juliana de obedecer a su mayor; y así, todos

---

   62 **Más que...** *from the bottom of my heart*
   63 **Porque...** *he will sing a different tune and cheer you up, and then he will walk
all over you as if you were a corpse*
   64 **En daca...** *in no time at all*

volvieron a su *gaudeamus*,° y en poco espacio vieron el fondo de   rejoicing
la canasta y las heces del cuero. Los viejos bebieron '*sine fine*;°   without end
los mozos adunia;° las señoras, los quiries.° Los viejos pidieron   abundantly, a lot
licencia para irse. Diósela luego Monipodio, encargándoles
5   viniesen a dar noticia con toda puntualidad de todo aquello que
viesen ser útil y conveniente a la comunidad. Respondieron que
ellos se lo tenían bien en cuidado y fuéronse.

    Rinconete, que de suyo era curioso, pidiendo primero perdón
y licencia, preguntó a Monipodio que de qué servían en la cofradía
10 dos personajes tan canos, tan graves y apersonados. A lo cual
respondió Monipodio que aquéllos, en su germanía° y manera de   slang
hablar, se llamaban *avispones*,° y que servían de andar de día por   hornets
toda la ciudad avispando° en qué casas 'se podía dar tiento° de   buzzing, try to enter
noche, y en seguir los que sacaban dinero de la Contratación,°   House of Trade
15 o 'Casa de la Moneda,° para ver dónde lo llevaban, y aun dónde   Mint
lo ponían; y en sabiéndolo, tanteaban° la groseza° del muro de   examined, thickness
la tal casa y diseñaban el lugar más conveniente para hacer los
guzpátaros—que son agujeros°—para facilitar la entrada. En   holes
resolución, dijo que era la gente de más o de tanto provecho
20 que había en su hermandad, y que de todo aquello que por su
industria se hurtaba llevaban el quinto, como Su Majestad de los
tesoros; y que con todo esto, eran hombres de mucha verdad, y
muy honrados, y de buena vida y fama, temerosos de Dios y de sus
conciencias, que cada día oían misa con extraña devoción.

25   "Y hay dellos tan comedidos,° especialmente estos dos que   polite
de aquí se van agora, que se contentan con mucho menos de
lo que por nuestros aranceles° les toca. Otros dos que hay son   laws
palanquines, los cuales, como por momentos mudan casas, saben
las entradas y salidas de todas las de la ciudad, y cuáles pueden ser
30 de provecho y cuáles no."

    "Todo me parece de perlas," dijo Rinconete, "y querría ser de
algún provecho a tan famosa cofradía."

    "Siempre favorece el cielo a los buenos deseos," dijo
Monipodio.

Estando en esta plática, llamaron a la puerta; salió Monipodio a ver quién era, y preguntándolo, respondieron:

"Abra voacé, sor Monipodio, que el Repolido soy."

Oyó esta voz Cariharta y alzando° al cielo la suya, dijo: *raising*

"No le abra vuesa merced, señor Monipodio; no le abra a ese marinero de Tarpeya,[65] a este tigre de Ocaña."[66]

No dejó por esto Monipodio de abrir a Repolido; pero viendo la Cariharta que le

abría, se levantó corriendo y se entró en la sala de los broqueles,° y cerrando tras sí la puerta, desde dentro, a grandes *shields*
voces decía:

"Quítenmele de delante a ese gesto de por demás,[67] a ese verdugo de inocentes, asombrador° de palomas duendas."° *nightmare, tender*

Maniferro y Chiquiznaque tenían a Repolido, que en todas maneras quería entrar donde la Cariharta estaba; pero como no le dejaban, decía desde afuera:

"¡No haya más, enojada mía; por tu vida que te sosiegues, ansí te veas casada!"

"¿Casada yo, malino?"° respondió la Cariharta. "¡Mirá en qué *good for nothing*
tecla toca![68] ¡Ya quisieras tú que lo fuera contigo, y antes lo sería yo con una sotomía° de muerte que contigo! *skeleton*

"¡Ea, boba,"° replicó Repolido, "acabemos ya, que es tarde, *silly girl*
y mire no 'se ensanche° por verme hablar tan manso° y venir *take satisfaction, meekly*
tan rendido!° Porque, ¡vive el Dador,° si se me sube la cólera al *subdued, God*
campanario que sea peor la recaída que la caída! Humíllese, y humillémonos todos, y no demos de comer al diablo."

"Y aun de cenar le daría yo," dijo la Cariharta, "porque te llevase donde nunca más mis ojos te viesen."

"¿No os digo yo?" dijo Repolido. "¡Por Dios que voy oliendo,

---

65 Cariharta cites a line from the ballad about Rome titled "Mira Nero de Tarpeya." "Mira Nero de Tarpeya / a Roma cómo se ardía/Gritos dan niños y viejos,/y él de nada se dolía." Instead of "Mira Nero," however, she says **marinero**.

66 Cariharta means to say Hircania, which is in Asia Minor and was famous in ancient literature for its fierce tigers. Ocaña is a town in the province of Toledo.

67 **Quítenmele...** *remove that good for nothing from my sight*

68 **¡Mira en que...** *now listen to the song he is singing*

señora trinquete,° que lo tengo de echar todo a doce,[69] aunque   wench
nunca se venda!"

A esto dijo Monipodio:

"En mi presencia no ha de haber demasías: la Cariharta saldrá,
no por amenazas, sino por amor mío, y todo se hará bien; que
las riñas entre los que bien se quieren son causa de mayor gusto
cuando se hacen las paces.° ¡Ah Juliana! ¡Ah niña! ¡Ah Cariharta   peace
mía! Sal acá fuera por mi amor, que yo haré que el Repolido te
pida perdón de rodillas."

"Como él eso haga," dijo la Escalanta, "todas seremos en su
favor y en rogar a Juliana salga acá fuera."

"Si esto ha de ir por vía de rendimiento que güela a menoscabo
de la persona,"[70] dijo el Repolido, "no me rendiré a un ejército
formado de esguízaros;° mas si es por vía de que la Cariharta   rogues
gusta dello, no digo yo hincarme de rodillas, pero un clavo me
hincaré por la frente en su servicio."

Riyéronse desto Chiquiznaque y Maniferro, de lo cual se
enojó tanto el Repolido, pensando que hacían burla dél, que dijo
con muestras de infinita cólera:

"Cualquiera que se riere o se pensare reír de lo que la Cariharta,
o contra mí, o yo contra ella hemos dicho o dijéremos, digo que
miente y mentirá todas las veces que se riere o lo pensare, como
ya he dicho."

Miráronse Chiquiznaque y Maniferro de tan mal garbo y
talle,[71] que advirtió Monipodio que pararía en un gran mal si no
lo remediaba; y así, poniéndose luego en medio dellos, dijo:

"No pase más adelante, caballeros; cesen aquí palabras
mayores, y desháganse entre los dientes; y pues las que se han
dicho no llegan a la cintura,° nadie las tome por sí."   sword belt

"Bien seguros estamos," respondió Chiquiznaque, "que no se
dijeron ni dirán semejantes monitorios ° por nosotros; que si se   warnings
hubiera imaginado que se decían, en manos estaba el pandero°   tambourine

---

69 **Echar...** *not hold anything back*
70 **Si esto ha de ir...** *if my surrendering to him results in harm to me*
71 **De tan mal...** *in such a suspicious and guilty way*

que lo supiera bien tañer."

"También tenemos acá pandero, sor Chiquiznaque," replicó
el Repolido, "y también, si fuere menester, sabremos tocar los
cascabeles,° y ya he dicho que el que se huelga,° miente; y quien   jingle bells, makes fun
otra cosa pensare, sígame, que con un palmo de espada menos
hará el hombre que sea lo dicho dicho."

Y diciendo esto, se iba a salir por la puerta afuera. Estábalo
escuchando la

Cariharta, y cuando sintió que se iba enojado, salió
diciendo:

"¡Ténganle no se vaya, que hará de las suyas! ¿No ven que va
enojado, y es un Judas Macarelo[72] en esto de la valentía?° ¡Vuelve   heroic deeds
acá, valentón del mundo y de mis ojos!

Y cerrando con él, le asió fuertemente de la capa, y acudiendo
también Monipodio, le detuvieron. Chiquiznaque y Maniferro
no sabían si enojarse o si no, y estuviéronse quedos esperando lo
que Repolido haría; el cual, viéndose rogar de la Cariharta y de
Monipodio,

volvió diciendo:

"Nunca los amigos han de dar enojo a los amigos, ni hacer
burla de los amigos, y más cuando ven que se enojan los amigos."

"No hay aquí amigo," respondió Maniferro, "que quiera
enojar ni hacer burla de

otro amigo; y, pues todos somos amigos, dense las manos los
amigos."

A esto dijo Monipodio:

"Todos voacedes han hablado como buenos amigos, y como
tales amigos se den las

manos de amigos.

Diéronselas luego, y la Escalanta, quitándose un chapín,°   sandal
comenzó a tañer en él como en un pandero;° la Gananciosa tomó   tambourine
una escoba de palma nueva, que allí se halló acaso, y rascándola,

---

72 Judas Maccabaeus was a Hebrew leader who reconquered Jerusalem in 164
B.C..

hizo un son que, aunque ronco y áspero, se concertaba con el del
chapín.[73] Monipodio rompió un plato y hizo dos tejoletas,° que,   pieces
puestas entre los dedos y repicadas con gran ligereza, llevaba el
contrapunto al chapín y a la escoba.

5   Espantáronse° Rinconete y Cortadillo de la nueva invención   became astonished
de la escoba, porque hasta entonces nunca la habían visto.
Conociólo Maniferro y díjoles:

"¿Admíranse° de la escoba? Pues bien hacen, pues música más   amazed
presta y más sin pesadumbre,° ni más barata, no se ha inventado en   unpleasantness
10   el mundo; y en verdad que oí decir el otro día a un estudiante que
ni el Negrofeo,[74] que sacó a la Arauz del infierno; ni el Marión,[75]
que subió sobre el delfín y salió del mar como si viniera caballero
sobre una mula de alquiler; ni el otro gran músico[76] que hizo una
ciudad que tenía cien puertas y otros tantos postigos,° nunca   back doors
15   inventaron mejor género de música, tan fácil de deprender,°   = aprender
tan mañera° de tocar, tan sin trastes,° clavijas° ni cuerdas,° y tan   artful, frets, pegs, strings
sin necesidad de templarse; y aun voto a tal, que dicen que la
inventó un galán desta ciudad, que se pica de ser un Héctor[77] en
la música."

20   "Eso creo yo muy bien," respondió Rinconete, "pero
escuchemos lo que quieren cantar nuestros músicos, que parece
que la Gananciosa ha escupido,° señal de que quiere cantar."   spit

Y así era la verdad, porque Monipodio le había rogado que
cantase algunas seguidillas de las que se usaban; mas la que
25   comenzó primero fue la Escalanta, y con voz sutil y quebradiza°   trembling
cantó lo siguiente:

---

73 **La Gananciosa tomó...** *Gananciosa grabbed a new palm broom that was
there, and strumming it, she made a sound, although harsh and discordant, that comple-
mented the sound of the sandal*

74 Orpheus was the great musician of Greek mythology who descended into
hell to save his wife Euridice (**Arauz**).

75 Arion was a Greek poet who was thrown overboard from a ship and carried
to safety on the back of a dolphin.

76 "The other great musician" is most likely a reference to Amphion. The music
from his magic lyre caused the stones that fortified the city walls Thebes to move into
place on their own.

77 Hector was a hero of the Trojan War.

> Por un sevillano, rufo a lo valón,
> tengo socarrado° todo el corazón.

singed

Siguió la Gananciosa cantando:

> Por un morenico de color verde,
> ¿cuál es la fogosa° que no se pierde?

maiden

Y luego Monipodio, dándose gran priesa al meneo° de sus tejoletas, dijo:

shaking

> Riñen dos amantes, hácese la paz:
> si el enojo es grande, es el gusto más.

No quiso la Cariharta pasar su gusto en silencio, porque tomando otro chapín, se metió en danza, y acompañó a las demás diciendo:

> Detente, enojado, no me azotes más;
> que si bien lo miras, a tus carnes das.

"Cántese a lo llano," dijo a esta sazón Repolido, "y no se toquen estorias pasadas, que no hay para qué: lo pasado sea pasado, y tómese otra vereda,° y basta."

path

Talle° llevaban de no acabar tan presto el comenzado cántico, si no sintieran que llamaban a la puerta apriesa; y con ella salió Monipodio a ver quién era, y la centinela le dijo cómo al cabo de la calle había asomado el alcalde de la justicia, y que delante dél venían el

indications

Tordillo y el Cernícalo, corchetes° neutrales. Oyéronlo los de dentro, y alborotáronse todos de manera que la Cariharta y la Escalanta se calzaron sus chapines al revés,° dejó la escoba la Gananciosa, Monipodio sus tejoletas, y quedó en turbado

constables

backwards

silencio toda la música, enmudeció Chiquiznaque, pasmóse°   stunned
Repolido y suspendióse Maniferro; y todos, cuál por una y cuál
por otra parte, desaparecieron, subiéndose a las azoteas y tejados,
para escaparse y pasar por ellos a otra calle. Nunca ha disparado
5   arcabuz° a deshora, ni trueno repentino espantó así a banda de   musket
descuidadas° palomas, como puso en alboroto y espanto a toda   carefree
aquella recogida compañía y buena gente la nueva de la venida
del alcalde de la justicia. Los dos novicios,
      Rinconete y Cortadillo, no sabían qué hacerse, y estuviéronse
10   quedos, esperando ver en qué paraba aquella 'repentina borrasca,°   sudden storm
que no paró en más de volver la centinela a decir que el alcalde
se había pasado de largo, sin dar muestra ni resabio° de mala   sign
sospecha alguna."
      Y estando diciendo esto a Monipodio, llegó un caballero mozo
15   a la puerta, vestido, como se suele decir, 'de barrio;° Monipodio le   elegantly
entró consigo, y mandó llamar a Chiquiznaque, a Maniferro y al
Repolido, y que de los demás no bajase alguno. Como se habían
quedado en el patio, Rinconete y Cortadillo pudieron oír toda
la plática que pasó Monipodio con el caballero recién venido, el
20   cual dijo a Monipodio que por qué se había hecho tan mal lo que
le había encomendado. Monipodio respondió que aún no sabía
lo que se había hecho; pero que allí estaba el oficial a cuyo cargo
estaba su negocio, y que él daría muy buena cuenta de sí.
      Bajó en esto Chiquiznaque, y preguntóle Monipodio si había
25   cumplido con la obra que se le encomendó de la 'cuchillada de a
catorce.°   14-stitch cut
      "¿Cuál?" respondió Chiquiznaque. "¿Es la de aquel mercader
de la Encrucijada?
      "Ésa es," dijo el caballero.
30   "Pues lo que en eso pasa," respondió Chiquiznaque, "es que
yo le aguardé° anoche a la puerta de su casa, y él vino antes de la   I waited
oración; lleguéme cerca dél, marquéle el rostro con la vista, y vi
que le tenía tan pequeño que era imposible de toda imposibilidad
caber en él cuchillada de catorce puntos;° y hallándome   stitches

imposibilitado de poder cumplir lo prometido y de hacer lo que llevaba en mi destruición...

"Instrucción querrá vuesa merced decir," dijo el caballero, "que no destruición."

"Eso quise decir," respondió Chiquiznaque. "Digo que, viendo que en la estrecheza° y poca cantidad de aquel rostro no cabían los puntos propuestos, porque no fuese mi ida en balde, di la cuchillada a un lacayo° suyo, que a buen seguro que la pueden poner por mayor de marca." narrowness

lackey

"Más quisiera," dijo el caballero, "que se la hubiera dado al amo una de a siete que al criado la de a catorce. En efeto, conmigo no se ha cumplido como era razón, pero no importa; poca mella° me harán los treinta ducados que dejé en señal. Beso a vuesas mercedes las manos." importance

Y diciendo esto, se quitó el sombrero y volvió las espaldas para irse; pero Monipodio le asió° de la capa de mezcla que traía puesta, diciéndole: grabbed

"Voacé se detenga y cumpla su palabra, pues nosotros hemos cumplido la nuestra con mucha honra y con mucha ventaja: veinte ducados faltan, y no ha de salir de aquí voacé sin darlos, o prendas que lo valgan."

"Pues, ¿a esto llama vuesa merced cumplimiento de palabra," respondió el caballero: "dar la cuchillada al mozo, habiéndose de dar al amo?"

"¡Qué bien está en la cuenta el señor!" dijo Chiquiznaque. "Bien parece que no se acuerda de aquel refrán que dice: "Quien bien quiere a Beltrán, bien quiere a su can."° dog

"¿Pues en qué modo puede venir aquí a propósito ese refrán?" replicó el caballero.

"¿Pues no es lo mismo," prosiguió Chiquiznaque, "decir: "Quien mal quiere a Beltrán, mal quiere a su can?" Y así, Beltrán es el mercader, voacé le quiere mal, su lacayo es su can; y dando al can se da a Beltrán, y la deuda queda líquida y trae aparejada ejecución; por eso no hay más sino pagar luego sin 'apercebimiento de remate."°   delay

"Eso juro yo bien," añadió Monipodio, "y de la boca me quitaſte, Chiquiznaque

amigo, todo cuanto aquí has dicho; y así voacé, señor galán,
5   no se meta en puntillos° con sus servidores y amigos, sino tome   trifles
mi consejo y pague luego lo trabajado; y si fuere servido que se
le dé otra al amo, de la cantidad que pueda llevar su roſtro, haga
cuenta que ya se la eſtán curando."

"Como eso sea," reſpondió el galán, "de muy entera voluntad
10   y gana pagaré la una y la otra por entero."

"No dude en eſto," dijo Monipodio, "más que en ser criſtiano;
que Chiquiznaque se la dará pintiparada,° de manera que parezca   perfectly
que allí se le nació."

"Pues con esa seguridad y promesa," reſpondió el caballero,
15   "recíbase eſta cadena en prendas de los veinte ducados atrasados°   already owed
y de cuarenta que ofrezco por la venidera° cuchillada. Pesa mil   next
reales, y podría ser que se quedase rematada, porque 'traigo entre
ojos° que serán meneſter otros catorce puntos antes de mucho."   suſpect

Quitóse, en eſto, una cadena de vueltas menudas del cuello y
20   dióse la a Monipodio, que al color y al peso bien vio que no era de
alquimia.° Monipodio la recibió con mucho contento y cortesía,   cheap imitation
porque era en extremo bien criado; la ejecución quedó a cargo de
Chiquiznaque, que sólo tomó término de aquella noche. Fuese
muy satisfecho el caballero, y luego Monipodio llamó a todos los
25   ausentes y azorados.° Bajaron todos, y poniéndose Monipodio en   terrified ones
medio dellos, sacó un libro de memoria° que traía en la capilla° de   records, hood
la capa° y dióselo a Rinconete que leyese, porque él no sabía leer.   cloak
Abrióle Rinconete, y en la primera hoja vio que decía:

30   ## Memoria de las cuchilladas
que se han de dar esta semana

La primera, al mercader° de la encrucijada:° vale cincuenta   merchant, crossroad
escudos. Eſtán recebidos treinta a buena cuenta. Secutor,°   executor

Chiquiznaque.

"No creo que hay otra, hijo," dijo Monipodio, "pasá adelante
y mirá donde dice: *Memoria de palos.*°   beatings

Volvió la hoja Rinconete, y vio que en otra estaba escrito:
Memoria de palos. Y más abajo decía:

Al bodegonero° *de la* *Alfalfa,*° *doce palos de mayor*   tavern keeper, *Plaza de*
cuantía a escudo cada uno. Están dados a buena cuenta   Alfalfa
ocho. El término, seis días. Secutor, *Maniferro.*

"Bien podía borrarse° esa partida,"° dijo Maniferro, "porque   erase, entry
esta noche traeré finiquito° della."   end

"¿Hay más, hijo?" dijo Monipodio.

"Sí, otra," respondió Rinconete, "que dice así:

Al sastre° *corcovado*° *que por mal nombre se llama el*   tailor, hunchbacked
Silguero, seis palos de mayor cuantía, a pedimiento° *de la*   request
dama que dejó la gargantilla.° *Secutor, el Desmochado.*   necklace

"Maravillado estoy," dijo Monipodio, "cómo todavía está
esa partida en ser. Sin duda alguna debe de estar mal dispuesto
el Desmochado, pues son dos días pasados del término y no ha
dado puntada en esta obra."

"Yo le topé ayer," dijo Maniferro, "y me dijo que por haber
estado retirado° por enfermo el Corcovado no había cumplido   unable to perform
con su débito."°   debt

Eso creo yo bien," dijo Monipodio, "porque tengo por
tan buen oficial al Desmochado, que, si no fuera por tan justo
impedimento,° ya él hubiera dado al cabo con mayores empresas.°   obstacle, undertakings
¿Hay más, mocito?"

"No señor," respondió Rinconete.

"Pues pasad adelante," dijo Monipodio, "y mirad donde dice:
Memorial de agravios comunes. Pasó adelante Rinconete, y en

otra hoja halló escrito:

> *Memorial de agravios comunes, conviene a saber:*
> *redomazos,° untos de miera,*[78] *clavazón° de sambenitos*
> *y cuernos*[79]*, matracas,° espantos, alborotos y cuchilladas*
> *fingidas, publicación de nibelos,° etc.*

beatings, fastening
tauntings
slander

"¿Qué dice más abajo?" dijo Monipodio.

"Dice," dijo Rinconete: "*Unto de miera en la casa...*"

"No se lea la casa, que ya yo sé dónde es," respondió
Monipodio, "y yo soy el tuáutem° y executor desa niñería, y están
dados a buena cuenta cuatro escudos, y el principal es ocho."

driving force

"Así es la verdad," dijo Rinconete, "que todo eso está aquí
escrito; y aun más abajo dice: *Clavazón de cuernos.*"

"Tampoco se lea," dijo Monipodio, "la casa, ni adónde; que
basta que se les haga el agravio, sin que se diga en público; que es
gran cargo de conciencia. A lo menos, más querría yo clavar cien
cuernos y otros tantos sambenitos, como se me pagase mi trabajo,
que decillo° sola una vez, aunque fuese a la madre que me parió."

= decirlo

"El executor desto es," dijo Rinconete, "el Narigueta."

"Ya está eso hecho y pagado," dijo Monipodio. "Mirad si hay
más, que si mal no me acuerdo, ha de haber ahí un espanto de
veinte escudos; está dada la mitad, y el executor es la comunidad
toda, y el término es todo el mes en que estamos; y cumpliráse 'al
pie de la letra,° sin que falte una tilde, y será una de las mejores
cosas que hayan sucedido en esta ciudad de muchos tiempos a
esta parte. Dadme el libro, mancebo, que yo sé que no hay más,
y sé también que anda muy flaco el oficio; pero tras este tiempo
vendrá otro y habrá que hacer más de lo que quisiéremos; que
no se mueve la hoja sin la voluntad de Dios, y no hemos de hacer
nosotros que se vengue nadie por fuerza; cuanto más, que cada

exactly as ordered

---

78 **Untos de miera...** *juniper oil ointment.* A punishment that involved rubbing
juniper oil, which is greasy and foul-smelling, on a person.

79 **Sanbenitos** were a type of clothing worn by people whom the Inquisition
punished. **Cuernos**, or *horns*, designated a person as an adulterer.

uno en su causa suele ser valiente y no quiere pagar las hechuras°   costs
de la obra que él se puede hacer por sus manos."

"Así es," dijo a esto el Repolido. "Pero mire vuesa merced,
señor Monipodio, lo que nos ordena y manda, que se va haciendo
tarde y va entrando el calor más que de paso."

"Lo que se ha de hacer," respondió Monipodio, "es que todos
se vayan a sus puestos, y nadie se mude hasta el domingo, que nos
juntaremos en este mismo lugar y se repartirá todo lo que hubiere
caído, sin agraviar a nadie. A Rinconete *el Bueno* y a Cortadillo
se les da por distrito, hasta el domingo, desde la Torre del Oro,[80]
por defuera° de la ciudad, hasta el postigo del Alcázar, donde se   = afuera
puede trabajar a sentadillas con sus flores; que yo he visto a otros,
de menos habilidad que ellos, salir cada día con más de veinte
reales en menudos, amén de la plata, con una baraja sola, y ésa
con cuatro naipes menos. Este distrito os enseñará Ganchoso; y
aunque os extendáis hasta San Sebastián y San Telmo,[81] importa
poco, puesto que es justicia mera mixta que nadie se entre en
pertenencia de nadie."

Besáronle la mano los dos por la merced que se les hacía, y
ofreciéronse a hacer su oficio bien y fielmente, con toda diligencia
y recato.

Sacó, en esto, Monipodio un papel doblado de la capilla de la
capa, donde estaba la lista de los cofrades,° y dijo a Rinconete que   members
pusiese allí su nombre y el de Cortadillo; mas porque no había
tintero,° le dio el papel para que lo llevase, y en el primer boticario   inkwell
los escribiese, poniendo: Rinconete y Cortadillo, cofrades:
noviciado, ninguno; Rinconete, floreo;° Cortadillo, bajón;° y el   card-sharp, thief
día, mes y año, callando padres y patria.

Estando en esto, entró uno de los viejos avispones y dijo:

"Vengo a decir a vuesas mercedes cómo agora, agora, topé

---

80 The Almohades built the **Torre del Oro**, or *Tower of Gold*, as a military
watchtower to protect Seville from the Christians who attempted to reconquer the
city by way of the Guadalquivir river.

81 Based upon the places mentioned in this paragraph, Rinconete y Cortadillo's
territory is southern Seville.

en Gradas a Lobillo el de Málaga, y díceme que viene mejorado
en su arte de tal manera, que con naipe limpio quitará el dinero
al mismo Satanás; y que por venir maltratado no viene luego a
registrarse y a dar la sólita obediencia; pero que el domingo será°   = estará
5   aquí sin falta."

"Siempre se me asentó a mí," dijo Monipodio, "que este
Lobillo había de ser único en su arte, porque tiene las mejores y
más acomodadas manos para ello que se pueden desear; que, para
ser uno buen oficial en su oficio, tanto ha menester los buenos
10   instrumentos con que le ejercita, como el ingenio con que le
aprende."

"También topé," dijo el viejo, "en una casa de posadas,° en la   lodging
calle de Tintores, al Judío, en hábito de clérigo, que se ha ido a
posar allí por tener noticia que dos peruleros viven en la misma
15   casa, y querría ver si pudiese trabar juego con ellos, aunque
fuese de poca cantidad, que de allí podría venir a mucha. Dice
también que el domingo no faltará de la junta y dará cuenta de
su persona."

"Ese Judío también," dijo Monipodio, "es gran sacre° y tiene   thief
20   gran conocimiento. Días ha que no le he visto, y no lo hace bien.
Pues a fe que si no se enmienda, que yo le deshaga la corona; que
no tiene más órdenes el ladrón que las tiene el turco, ni sabe más
latín que mi madre. ¿Hay más de nuevo?"

"No," dijo el viejo, "a lo menos que yo sepa."

25   "Pues sea en buen hora," dijo Monipodio. "Voacedes tomen
esta miseria," y repartió entre todos hasta cuarenta reales, "y el
domingo no falte nadie, que no faltará nada de lo corrido."

Todos le volvieron las gracias. Tornáronse a abrazar Repolido
y la Cariharta, la Escalanta con Maniferro y la Gananciosa con
30   Chiquiznaque, concertando que aquella noche, después de haber
'alzado de obra° en la casa, se viesen en la de la Pipota, donde   finished their business
también dijo que iría Monipodio, al registro de la canasta de colar,
y que luego había de ir a cumplir y borrar la partida de la miera.°   juniper oil
Abrazó a Rinconete y a Cortadillo, y echándolos su bendición, los

despidió, encargándoles que no tuviesen jamás posada cierta ni de asiento, porque así convenía a la salud de todos. Acompañólos Ganchoso hasta enseñarles sus puestos,

acordándoles que no faltasen el domingo, porque a lo que creía y pensaba, Monipodio había de leer una 'lición de posición° acerca de las cosas concernientes a su arte. Con esto, se fue, dejando a los dos compañeros admirados de lo que habían visto.

speech

Era Rinconete, aunque muchacho, de muy buen entendimiento, y tenía un buen natural; y como había andado con su padre en el ejercicio de las bulas, sabía algo de buen lenguaje, y dábale gran risa pensar en los vocablos que había oído a Monipodio y a los demás de su compañía y bendita comunidad, y más cuando por decir *per modum sufragii*[82] había dicho *per modo de naufragio*;[83] y que sacaban el *estupendo*, por decir *estipendio*,° de lo que 'se garbeaba;° y cuando la Cariharta dijo que era Repolido como un *marinero de Tarpeya*[84] y un tigre de *Ocaña*, por decir *Hircania*, con otras mil impertinencias (especialmente le cayó en gracia cuando dijo que el trabajo que había pasado en ganar los veinte y cuatro reales lo recibiese el cielo en descuento de sus pecados) a éstas y a otras peores semejantes; y, sobre todo, le admiraba la seguridad que tenían y la confianza de irse al cielo con no faltar a sus devociones, estando tan llenos de hurtos, y de homicidios y de ofensas a Dios. Y reíase de la otra buena vieja de la Pipota, que dejaba la canasta de colar hurtada, guardada en su casa y se iba a poner las candelillas de cera a las imágenes, y con ello pensaba irse al cielo calzada y vestida. No menos le suspendía° la obediencia y respecto que todos tenían a Monipodio, siendo un hombre bárbaro, rústico y desalmado.° Consideraba lo que había leído en su libro de memoria y los ejercicios en que todos se ocupaban. Finalmente, exageraba cuán descuidada justicia había en aquella tan famosa ciudad de Sevilla, pues casi al descubierto vivía en ella gente tan perniciosa y tan contraria a la misma naturaleza;

"stipend"

were stealing

fascinated

soulless

---

82 **Per...** *by way of suffrage*
83 **Per...** *by way of salvage*
84 **Marinero...** *sailor from Tarpeya*

y propuso en sí de aconsejar a su compañero no durasen mucho
en aquella vida tan perdida y tan mala, tan inquieta, y tan libre
y disoluta. Pero, con todo esto, llevado de sus pocos años y de
su poca experiencia, pasó con ella adelante algunos meses, en los
cuales le sucedieron cosas que piden más luenga escritura; y así
se deja para otra ocasión contar su vida y milagros, con los de
su maestro Monipodio, y otros sucesos de aquéllos de la infame
academia, que todos serán de grande consideración y que podrán
servir de ejemplo y aviso a los que las leyeren.

Spanish-English Glossary

A

abadesa abbess
abatido disheartened
abertura spit
abofetarse to slap
abono behalf
aborrecer to hate
aborrecido hated
aborrecimiento dislike
abrasado burned
absorto absorbed in thought
acaecimiento incident
acariciar to treat tenderly
acarrear to carry
acedía flounder
acedo harsh
acertar to succeed in
aciago sad
acocear to trample
acoger to receive
acogerse to resort
acometer to undertake; to attack
acomodado accomodated
acomodar to arrange
aconsejar to advise
acontecer to occur
acontecido happened
acontecimiento
acordado pleasing
acortar to shorten
acrecentado intensified

acrecentar to increase
acrisolar to purify
acto action
acudir to come
acuerdo consciousness
adalid leader
adelantado in advance
adelante forward
aderezado well dressed
aderezar to prepare
adiva jackel
adolorido hurt
adormecer to make sleepy
adornar to adorn
aduana customhouse
aduar gypsy camp
adúlteros adulterous
adunia abundantly
advertido informed
advertimiento warning
advertir to warn
afán distress
afear to condemn
afligido afflicted
afligir to afflict
afrenta affront; disgrace
agraviado aggrieved
agraviar to harm
agravio offense
aguardar to wait

aguda clever
agudeza subtlety
agudo sharp
aguilucho little eagle
aguja needle
agujero hole
aherrojado chained
aherrojar to chain
ahinco zeal
ahuyentar to chase away
aína rather
Aja Grace
ajeno of another
alabanza praise
alabar to praise
alargar to extend
alarido howl
albacea executor
albahaca sweet basil
albayalde white powder
albedrío will
alborotar to excite
alborotarse to become excited
alboroto tumult
alborozado elated
albricia reward
albricias praise; good news
albur dace
alcabala tax
alcaide governor
alcalde mayor
alcázar palace
alcornoque stump of a cork tree
alcorza sugar icing
aldabilla whipping post
alegar to quote
alegar to allege
alfanje saber
alfeñique sugar paste
alferecía epilepsy
alforja bag
alforza tuck (of a garment)
alguacil constable
alhajas belongings

aljimifrado scrubbed
allegado friend
allende magnifying glass
alma soul
almalafa Moorish cape
almidonado starched
almirante admiral
almofía basin
almohada pillow
almojarifazgo import duty
almoneda auction
alnado stepson
alopiado sleep inducing
alpargate rope-soled sandals
alquicel fine linen
alquimia cheap imitation; fool's gold
alquitara still
altanería haughtiness
altiveces airs
altivo haughty
alzado fraudulent
alzarse to raise; to seize
amainar to lower the sails
amante lover
amargar to annoy
ámbar ambergris
amohinarse to become furious
amonestación bann
amortajado in a shroud
amparo protection
anascote lightweight wool
ancha vast
anciano very old
anclas hindquarters
andaboba fool's game
andariego swift
andrajoso ragged
anegarse to drown
ánimo courage
aniquilar to humble
ansia torture
antecoger to take
antifaz veil
antípodas antipodes

antoja desire
antojadizo fickle
antorcha torch
anzuelo bait
añadidura addition
añagaza popular place
añudar to tie
apaciguar to calm down
apalabrado to promise
apalear to shovel
aparecimiento appearance
aparejar to prepare
apartar to separate
apelación appeal
apellidar to call together
apenas hardly
apercebido in possession of
aplacar to extinguish
apoderado possessed
aportar to bring
aposento room
aprender to learn
apuntamiento agreement
ara altar
arancel tariff
arca chest
arcabuz musket
ardite a coin of little value
arenga harangue
armar to put together
arnés suit of armor
arráez captain
arremangarse to roll up one's sleeves
arremeter to attack
arrimar to protect
arrinconar to discard
arrojadiza bold
as ace
asegurar to calm
asendereado defeated
asentado balanced
asentar balance
asestar to turn
asido attached; grasped

asiento seat
asirse to grasp
asotilarse to be subtle
aspereza cruel
áspero harsh
astroso ragged
atajador patrol
atajar to cut off
atar to tie
atestado filled
atildado refined
atiplado high pitch
atizar to stir up
atónito terrified
atraillado tied up
atrasado delayed
atravesar to go across
atrevimiento insolence
atropellar to overcome
audiencia court of justice
auditorio audience
avallarse to enslave
avampié cloth leg covering
avenir to cope
aventajado superior
aventajar to surpass
aventura fortune
avino as it happened
avisado sensible
aviso information
avispar to stir up
avivar to enliven
avizorar to watch
azorarse to be distressed
azotar to whip
azumbre half gallon
azutea roof terrace

B
bajamanero small-time crook
bajar to come down
bajel vessel
bajón thief
bailadora dancer

balde nothing; vain
baldío idle
ballestera gun-port
bandera flag
bandereta pennant
barraca hut
barragán cloth
barranco obstacle
barrena gimlet
barrenar to scuttle
barrunto suspicion
bastardo insufficient
basto coarse
bayeta baize; flannel
bebedor drinker
bellaco rogue
bellaquería roguery
bendición blessing
bendecir to bless
beneplácito blessing
bernardinas nonsense
besar to kiss
bienes riches
bienhechor benefactor
bizarro elegant
bizcocho biscuit
blanco target
bofetada blow
bogar to row
bonísimo very good
boquear to open one's mouth
borrasca storm
boscaje woodland scene
bosque forest
botecico small jar
boticario apothecary
boya slave
bozal imported
brinco dashing; leap
brío force
brocado embroidered
broquel shield
brújula compass
buenamente well

buenaventura fortunes
bulero pardoner

C

cabal complete
caballeriza stable
cabriola dance steps
cabriolar to dance merrily
cacao bean
cacha handle; knife
cadena chain
cáfila multitude
cairelada dirty
caja box
cala cove
calabozo jail
calidad quality
camarada friend
campanario belltower
campaña campaign
camuza sheepskin
can dog
candelica candle
cantar to sing
cántaro pitcher
cantueso lavender
cañuto squealer
capa cloak
capellanía chaplaincy
capelo hat
capilla hood
capitana flagship
cardenal black and blue mark
carecer to lack
cargazón loading up
cargo charge
caridad charity
carmesí crimson
carrillo cheek
casapuerta vestibule
casta chaste
castigo punishment
caudaloso mighty
cautivar to capture

cavar to dig
cazuela pan
cebada barley
cebo feed
cecear to hiss
cédula written order
céfiro wind
ceja eyebrow
celeridad speedily
cendal thin silk
censo leased
centinela sentry
ceñido tightly
cepo alms box
cepo stocks
cera wax
cerca near
cercado surrounded
cercenar to cut
cercenar to cut off
ceremonia ceremony
cernícalo hawk
cero zero
cerrado closed
cerrajero key maker
certificar to assure
chapa plate
chapín sandal
Chipre Cyprus
chusma crowd
cimiento foundation
cinchas saddle straps
cinto girdle
ciudad city
clama to cry out
clavija pin
clavo nail
cobertizo shed
cobrado received
cobrar to receive; to recover
cobre copper
cobro safety
cofrade brother
cofre jewelry box

cohechar to take a bribe
colación social class
colada wash
colar washed clothing
colchón mattress
colegial student
colegir to deduce
colgado wondering
coligir to gather
colmado filled
colmena beehive
colmillo tusk
comedido polite
comedimiento courtesy
cómitre superintendent
comodidad opportunity
compadecerse to sympathize
compostura composure
comprar to buy
conceder to grant
concerniente
concertar to agree
concha shell
condescender to comply
condolido grieved
congoja anguish
congojar to distress
conocido known
conseja old wives' tale
consejero advisor
consentir to allow
consigo from within
consolar to console
consorte companion
continuos troubled
contorno vicinity
contrapunto harmony of words
contravenir to counteract
contrayente contracting marriage
convertirse en to change into
convidado attracted
convite guest
copete pompadour
copla verse

corchete constable
corcho cork
corcovado hunchbacked
cordal tailpiece
cordel bond
cordero lamb
cordura sense; prudence
corma clog
corredor gallery
corregidor chief magistrate
correntío joyfully
corrillos gossip groups
corrimiento difficulty
corro circle of spectators
costumbre character; custom
cortesía courtesy
costa expense
coyuntura occasion; opportunity
creer to believe
criarse to grow up
cristiano Christian
crujía gangway
cruz cross
cruzado chord
cuartanario quartan
cuatrero rustler
cuerpo body
cueva cave
cuidado concern
cuño die (for stamping coins)
cupir to be left over
cursado accustomed
curtido tanned
curtir to harden

D
dádiva gift
dadivoso generous
Dador God
dar por to exchange
débito debt
decencia decency
dedal thimble
dedo finger

defensor defender
degollar to behead
dejar to leave
delito crime
denegrir to darken
dentro inside
denuedo vigor
derramar to spill
derribar to knock down
desabrido unappetizing
desabrimiento bitterness
desaguar to diminish
desalentado discouraged
desalmado shameless; soulless
desamorado loveless
desastrado disastrous
desatinadamente uncontrollably
desatino folly
desbaratar to despair
descaradamente openly
descompuesto brazen
descosido shabbily dressed
desdecir to differ
desdeñar to disdain
desdicha misfortune
desdichado unfortunate
desechado rejected
desembarazar to clear
desembarcarse to disembark
desenbanastar to empty
desengañar to become aware
desengaño truth
desenvoltura free lifestyle
desenvuelo immodest; carefree
deseo desire
desgracia disgrace
desgreñado disheveled
deshilado shredded
deshora unexpectedly
designio intention; plan
deslustrar to spoil
desman misfortune
desmayarse to faint
desmedido excessive

desmenuzar to scrutinize
desmoronar to crumble
desollar to fleece
desollarnos to flay
despabilar to sharpen
despachar to dismiss
despacho news
despavorido terrified
despecho anger
despedazado torn apart
despedirse to say goodbye
despensero caterer
desplegar to open
despojo prize
desposarse to get married
despuntar to round
destemplado out of tune
desterrado banished
destreza skill
destruición destruction
desvalijar to rob
desvanar to wind
desvelar to do one's best
desviado separated
desvisarse to go away
deudo relative
dichoso fortunate
dije trinket
dilatado slow
dilatarse to postpone; to grow
diosa goddess
diputado representative
discreto discreet
disforme ugly
disimular to cover up
disparate nonsense
dobleces creases
doblez deceit
dolor pain
domar to captivate
donaire grace
doncella maiden
dormir to sleep
dotar to endow

dote dowry
duro hard

E
ea come
ejército army
embajada mission
embalsamado
embeleco deceit
embelesado spellbound
embelesamiento spell
embestir to attack; to crash
embotar to dull
embravecerse to get angry
embuste trick
empeñado in payment
encaminarse to guide
encarecer to compliment; to extol
encarecidamente earnestly
encarecimiento praise
encerramiento locking-up; cloistered life
encerrarse to lock inside
enchancletado worn like slippers
encinal oak grove
encoger to shrug
encogido confined
encolerizar to become angry
encomendado committed
encomendar to reveal
encomendarse to entrust
encorvarse to bend
endecha dirge
endemoniado devilish
enderezo upright
endurecido hardened
enea rush mat
enfermedad illness
enjutar to dry
enojarse to become angry
enojo anger
enredarse to entangle
enroquecer to make hoarse
ensanchar to enlarge
ensanciar to pour wine

ensayado saved
ensayar to carry
ensortijar to curl
entereza entirety
enternecer to soften
enterrar to bury
entonar to sing
entrada entrance; entrance fee
entrambos both
entrañas entrails
entremeter to insert; —**se** to become
    involved
entreoír to hear vaguely
entretener to allay
entretenido entertained
envesado whipped
enviudar to become a widower or widow
envoltorio bundle
escalón step
escanciadora cup holder
escarcela bag
esclavo slave
escotillón hatchway
escribano notary
escuadra fleet
escueto simple
esculpido sculptured
esgrima fencing
esmalte enamel
espantoso frightening
esparcir to scatter
esperanza hope
esperar to wait
espiritado possessed
esportilla basket
esposa wife
espuela spur
esquiveza aloofness
esquízaro rogue
estacada battlefield
estado social rank; condition
estanterol flagstaff
estar de presidio to stand guard
estatua statue

estío summer
estirado haughty
estocada thrust
estorbar to disturb
estorbar to interfere; to prevent
estrado drawing room
estratagema strategy
estrecheza distress
estrecheza poverty
estrella star
estrellado starry
estremecerse to tremble
estrenarse to employ
estrépito loud noise
estropeado damaged
exentarse to exempt
expugnar to seize
extremado extreme

F
facinoroso wicked
fajado bandaged
falconete small cannon
faldriquera pocket
fama fame
fatigar to grow weary
fiado bail
fiador guarantor
fianza bond
fieltro calloused
filo edge
fingimiento deceit
finiquito settlement (of an account)
flamante splendor
flámula streamer
floreo card-sharp
florón flower
fogosa maiden
fortaleza strength
forzoso necessary
fuego fire
fuerza fort
fuga crescendo; getaway

G
gabacho ruffian
gala finery
galeota galley
galera galley
galima theft
gallardía elegance
gallardo charming
gamo buck
ganancia earning power
gananciosa profitable
garbear to steal
gargantilla necklace
garrote stick
garrucha pulley
gatera cat flap
gente people
gentil pagan
ginovés Genoese
gitanilla littly gypsy girl
gitanismo gypsy world
gitano gypsy
gobernar to govern
golfo high sea
goloso sweet tooth
golpe knock; blow
gorrero cap maker
gota old age
grado willingly
gran large
granizar to shower
granjeado gained
granjear to gain
grasiento greasy
grave serious
gravedad gravitas
gregüescos breeches
grillo shackle
groseza thickness
grueso large
gruñir to grunt
guarda impression
guardas captive
guarentigia contract

guínolas four of a kind
guisar to cook
gurapa galley
guro bailiff

H
hacha torch
hado fate
halda skirt
halduda full-skirted
hallarse to find
hambre hunger
hambriento starving
hampa underworld
harapos clothes
harta enough
hartarse to be satisfied
hechicero sorcerer
hechura composition
heno hay
herir to flow
hermosura beauty
herrar to brand
herrería forge
herreruelo cloak
hilacha thread
hincarse to kneel
hogaza loaf of bread
hoja page
holgarse to be pleased; to make fun
horro clear
horro freedom
hortaliza vegetable
hoyo dimple
hucha bag
huerta garden
humedecer to dampen
humilde humble
humillo marked cards
hurto act; crime

I
iglesia church
ijadear to pant

imagen image
imaginado imagined
impedimento obstacle
impelir to hurl
imperio empire
importunación plea
imposibilitado unable
incauto innocent
inconstancia fickleness
Indias New World
indisposiciones ailments
industria hard work
industriar to train
infructuoso unprofitable
infundir to instil
intermerata undefiled

J
jarro jug
joya jewel
juanetudo lumpy
jubilado retired
jubón close-fitting jacket
judío Jew
juego game
juncia sedge
juntar to join together
juramento oath
juro ownership

L
labios lips
lacayo lackey
ladino educated
ladrón thief
lágrimas tears
lámpara lamp
lardear to baste
lástima pity
lautamente splendidly
lecho bed
lendroso nitty
leonardo tan
lerda slow-witted

letrado man of letters
levantarse to get up
levante east
ley law
Líbano Lebanon
liberal generous
liberalidad generosity
libertad freedom
librar to free
lienzo linen
lienzo pants
lisonjeras flattery
liviandad frivolity
llanamente plainly
llaneza sincerity
llano open
loable praiseworthy
loquesco carefree
Lucero morning star
luciente shining
luengo long
lugar place
lumbre light
lumbrera skylight
luminaria festive light
lunar mole

M
magullado bruised
maitín matin
majuelo vineyard
malbaratar to sell for nothing
malbaratillo flea market
mancebo young man
manera way
manilla bracelet
mano hand
manosear to spoil
mansamente gently
maña desire
maña skill
maravilla wonder
marido husband
marineresca sailor-like

mármol marble
marta sable
matalotaje provisions
matar to kill
matraca taunting
mayordomo steward
medianera go-between
medias stockings
medrar to get along with
melifluo mellifluous
melindre demand
mella importance
memoria notes
menaje furniture
meneo shaking
menester need; necessary
menesteroso needy
menguar to diminish
menoscabar to diminish
mentir to lie
menudo small
mesura politeness
mezclar to mix
mientras while
miera list
milagro miracle
mitad half
mocedad youth
modorro ignorant
moho rust
moliente grinding
mondado shelled pine nut
monjil habit
montera cap
morador resident
mordedor biting
mordedura bite
mostrar to display
moverse to move
murciado stolen
murcio a person from Murcia

N
nácar mother-of-pearl

nacer to be born
naipes cards
narigueta small nose
nata tax
navío ship
nieblo slander
nieta granddaughter
niñez childhood
nobleza nobility
nocivo injured
nogal walnut tree
nombre name
nonada nonsense
nuevas news

O
obedecer to obey
ocupado filled
oído heard
olmo elm
opósito resistance
oreo breeze
orilla shore
oro gold
oropel tinsel
oscurecer to darken
ovado oval-shaped
oveja sheep
ovillo ball of yarn
oyente listener

P
pabellón bell tent
pagar to pay
pajar hay loft
paje page
palabra word
palacio palace
paladar palate
palma palm
palo club; wood
panderete tambourine
pandero tambourine
parabienes congratulations

paradero end
parche patch
parecer advice
pared wall
parido gave birth
pariente relative
pasmado stunned
pasmarse to be stunned
paso quietly
patena locket
patria country
patrimonio inheritance
pecado sin
pecho taxes
pellizcar to pinch
peloso hairy
pena punishment
penoso painful
pensamiento thought
pequeño small
pequeñuelo tiny
perder to lose
perdido lost
pergamino parchment
pesadumbre grief
pescado fish
pestífera foul
piadoso compassionate
picado hole
pico words
píctima balsam
pie running
piedeamigo iron collar
pintiparada perfectly
piñon pine nut
pique about
pistolete small pistol
plancha gangplank
plañir to lament
plegaria prayer
poderoso powerful
poeta poet
polaina legging
pollina donkey filly

pollino donkey
pompa splendor
poniente west
popa stern
porte postage
pospuesto postponed
postrado prostrate
postrarse to prostrate oneself
postre last
postrero last one
potro torture
preciar to value
preciarse to pride oneself
precio price
pregonar to proclaim publicly
preseas valuables; possessions
presteza quickness
presunción presumption
pretina belt
prevenir to prepare
primicias first
privanza favor
proa bow (of a ship)
procurador lawyer
procurar to seek out
proemio preface
prolijo long-winded
promesa promise
prometido promised
promontorio elevation
propicio favorable
proponer to propose
provecho advantage
pueril childish
puerta door
puerto port
pule neat
punta corner
puntado finished
puntoso demanding
purpúrear to have a purple tinge
puta whore
putativo supposed

Q
quebradizo trembling
quebrantar to break
quedo quietly
querella complaint
quicio door jamb
quilate quality; worth
quimera illusion
quiries a lot
quisto liked

R
rábano radish
rancho camp
randado lace-trimmed
rapaza young girl
rapiña prey
rascado scratched
rasgado wide
raudal flow
raya limit
razón conversation
recatado modest
recatado modest; virtuous
recato caution; modesty
recaudo instructions; ready; safe place
recelar to suspect
recio deep
reclamar to claim
recoger to settle
recudida reward
recuesto hillside
redomazo beating
redopelo against one's will
redundar to lead to; to turn out
refrigerio relief
regirse to govern
registrado legal
regocijarse to rejoice
reja window grate
remachada flattened
rematado complete
remate end
remediar to remedy

remendado mended
remero rower
remozo dapper
renca limping
rencor animosity
rendido victim
rendir to surrender
reparar to consider
repartir to divide
repentino sudden
repicado played merrily
replicar to respond
reportado refrained
reposado quiet
reposo rest
reprehensión reprimand
representa to represent
reprimir to control
repulgado affected
requiebro flirting remark
resabio sign
rescatar to rescue
rescato ransomed
residencia report
resplandecer to shine brightly
resplandeciente shining
retular to laud
ribera steward
rigor harshness
risco stone
rociada wave
rodeado surrounded
rodeo peculiar fate
rogar to beg
romero rosemary
roncar to snore
ronda patrol
ronquido snore
rostro face
rozno donkey
rústico coarse

S
sábana sheet

sagaz scheming
sahumado with interest
sahumerio perfuming
salida exit
sangre blood
santiguarse to bless oneself
sarta string
saya skirt
sazón in season; moment; opportunity
sed thirst
seguimiento pursuit
sello stamp
semana week
sembrado sown
sembrar to sow
semejante similar
sendos one each
senteno seventh
señero separated
sepultar to bury
sepultura grave
serrallo harem
servir to serve
sestear to take a nap
setenas sevenfold interest
silbato whistle
silencio silence
siguiente following
sima cave
sirgo silk
sisar to pilfer
soborno bribery
sodomía skeleton
solapo secretly
solazar to relax
solicitud diligence
sonaja small hand drum
soñado dreamed
soplo quickly
sorna slowly
sosegar to rest
sosiego calm
soslayo directly
sospecha suspicion

suceder to happen
suela sole
sueño sleep
sumaria indictment
suspender to amaze
suspenso amazed
sustentado fed

T
tacha fault
tachonado studded
tahalí strap
taimado crafty; cunning
tajado chiseled
tálamo nuptial bed
talante disposition
talega sack
talego sack of money
talle size
tamaño size
tand flogging
tantear to examine
tañer to play (instrument)
taquilla headband
tardo slow
tártago anguish
tasa price
tejoleta piece
temor fear
templar to appease
tenaza pincer
tendido stretched out; ample
tentar to feel
tercero meddler
tercio stipend; regiment of soldiers
tesón tenacity
tesoro treasure
tienda tent
tiento care
tierno tender
Tierrafirme Perú
tinaja vat
tiro range
toca gag; headdress; turban

tocar to touch
todo everything
tolondrón reckless
tomar to take
tonada song
tornar to begin again
torno turnstile
torzal taper
tosca rough
trabar to seize
trabarse to join
trajinar to wander
trasañejo vintage
traste fret
traste single note
trasudar to perspire
trasudor sweat stain
tratar de to deal with
traza plan; trick
trecho distance
tregua respite
trencilla braid
treta trick
trinquete wench
triunfar to triumph
trocado change
trocar to exchange
tropel rush
trueco exchange
trueque exchange
truhán tricky
truhana buffoon
trujese = **trajese**
trujo = **trajo**
tuáutem most important
tullido invalid
turbo troubled

U
umbral threshold
ungüento ointment
untar to grease
untura ointment
uña claw

V
vaguido dizziness
valedero valid
valerse to make use of
valija saddlebag
valón Walloon
valona wide collar
valoncica necklace
varón male
vedado game preserve
veinticuatro alderman
vela sail
velado husband
velo veil
vender to sell
venganza revenge
venia pardon
venidero coming
ventaja advantage
ventiscase gale
ventura Fortune; happiness
verdad truth
verde fill
verdugo executioner
vereda path
versar to know about
verter to shed
vid vine
viejo old
vira shoe lace
virar to veer
virrey viceroy
visirbajá Vizier Pasha
vístola caught sight of
viuda widow
volandas quickly
voz voice

Y
yacer to lie
yedra ivy
yerno son-in-law
yerro error

yeso plaster
yugo yoke

Z
zaragüelles baggy breeches
zarpar to weigh anchor
zozobra difficulty